Sylvia Day

Sylvia Day, classée n°1 sur les listes de best-sellers du *New York Times*, est née en 1973 à Los Angeles. Ses ouvrages sont traduits en 41 langues. Elle a été nominée à deux reprises pour le prestigieux RITA Award et a été récompensée, entre autres, par le prix *Romantic Times*.

Cette Américano-Japonaise est notamment l'auteur, chez Michel Lafon, de la série *La Nuit leur appartient* (2014). Sylvia Day vit actuellement à Las Vegas.

**Retrouvez toute l'actualité de l'auteur sur
www.sylviaday.com**

LA NUIT
LEUR APPARTIENT

SYLVIA DAY

LA NUIT
LEUR APPARTIENT

TOME 1 :
LES RÊVES N'ONT JAMAIS ÉTÉ
AUSSI BRÛLANTS

Traduit de l'anglais (États-Unis)
par Florence Dolisi

MICHEL LAFON

Titre original
PLEASURES OF THE NIGHT (tome 1)

Pocket, une marque d'Univers Poche,
est un éditeur qui s'engage pour la préservation
de son environnement et qui utilise du papier fabriqué
à partir de bois provenant de forêts gérées
de manière responsable.

© 2007 de Sylvia Day.
Ouvrage publié avec l'accord de Avon,
un label de HARPERCOLLINS PUBLISHERS
© Éditions Michel Lafon, 2014, pour la traduction française.
ISBN : 978-2-266-24878-5

Je dédie ce livre aux superagents
Pamela Harty et Deidre Knight,
avec toute ma gratitude.
Elles avaient pour mission
de m'accompagner tout au long
de ce récit, elles y sont parvenues
haut la main.
Même quand je repousse mes limites,
elles sont là jusqu'au bout.

Mille fois merci à vous,
Deidre et Pamela.
Je vous embrasse !

Prologue

La femme à laquelle Aidan Cross faisait l'amour était au bord de l'orgasme. Alertées par ses cris, les créatures qui assistaient à leurs ébats se rapprochèrent.

Depuis des siècles, c'était ainsi qu'Aidan protégeait les Rêveuses. Alors que sa partenaire s'apprêtait à jouir, il pressa le rythme, activant de plus belle ses hanches sveltes, plantant résolument son sexe dans l'écrin velouté. Dans ce domaine, il était d'une incroyable habileté. Le souffle coupé, la jeune femme se cambra en lui griffant le dos.

— Oui, oui, oui...

Ses halètements le firent sourire. La ferveur de son orgasme imminent nimbait la pièce d'une lueur qu'il était le seul à percevoir. À l'orée du Crépuscule, tapis dans les ténèbres où l'ardente Rêveuse abritait ses peurs les plus intimes, les Cauchemars guettaient, de plus en plus excités. Mais Aidan les tenait à distance.

Dans peu de temps, il se chargerait d'eux.

Empoignant les fesses de sa partenaire, il lui releva les hanches. À présent, chaque fois qu'il s'enfonçait en elle, son pénis se frottait au clitoris gonflé. Au moment de jouir, elle hurla et son vagin se contracta autour du sexe durci de son amant. Elle ondulait maintenant avec une audace et un abandon sauvages auxquels elle ne se laissait aller que dans son sommeil.

Il la garda ainsi suspendue en pleine extase, le temps d'absorber son énergie pour la décupler, puis la recentrer en elle. Elle plongea alors dans l'état de rêve le plus profond et le plus reposant qui fût, très loin du Crépuscule où elle restait si vulnérable.

— Brad... soupira-t-elle.

Puis elle dériva hors de portée de son amant.

Cette union n'avait été qu'une illusion, Aidan le savait. La connexion de deux esprits. Leurs peaux ne s'étaient touchées que dans l'inconscient de la jeune femme. Elle, en revanche, avait cru vivre réellement ces instants.

Une fois certain que sa partenaire était hors de danger, il se retira, puis se désincarna du fantasme qu'il avait créé : Brad Pitt. Plus grand, plus large d'épaules, Aidan reprit son apparence véritable. Ses cheveux retrouvèrent leur coupe en brosse et leur couleur noire d'origine, et ses iris s'assombrirent jusqu'au bleu saphir.

Quant aux Cauchemars, ils virevoltaient, brûlants d'impatience. Aidan voyait leur substance indistincte ondoyer autour de la Rêveuse jusqu'aux limites de sa conscience. Ce soir-là, il allait donc devoir en affronter plusieurs de front. Il dégaina son glaive avec un sourire. Des Cauchemars bien plus nombreux que lui ? Il adorait ce cas de figure. Éprouvant une rancune tenace à leur égard, il les combattait depuis une éternité et savourait chaque occasion de se défouler sur eux.

Avec la grâce du combattant expérimenté, il fit jouer les muscles de son bras armé. Il le plia plusieurs fois et réalisa quelques mouvements fluides, le poids de sa lame transformant sa vigueur, accaparée jusque-là par le sexe, en souplesse. Certains atouts pouvaient s'améliorer en rêve, mais pour affronter plusieurs adversaires à la fois, il fallait posséder des qualités innées.

Quand il se sentit prêt, il leur lança un désinvolte « On y va ? ».

Puis il bondit vers eux et leur asséna un premier coup d'estoc mortel.

— Vous avez passé une bonne nuit, capitaine Cross ?

— Comme d'habitude, répliqua Aidan avec un haussement d'épaules.

Sans s'arrêter, il rendit d'un geste son salut au Gardien. Ses robes noires tourbillonnant autour de ses chevilles à chacune de ses longues foulées, il se rendait au Temple des Anciens. Après avoir franchi l'énorme portail traditionnel, le torii, il se retrouva dans la cour centrale et, pieds nus, foula sans bruit le sol de pierre glacée. Une douce brise lui ébouriffa la chevelure, les odeurs qu'elle charriait éveillant tous ses sens. Il débordait d'énergie. Il aurait pu rester sur le terrain, il aurait pu continuer à combattre, mais c'eût été enfreindre les règles des Anciens.

Depuis une éternité, les Gardiens devaient tous se ressourcer au Temple à intervalles réguliers. Les Anciens considéraient ces périodes de repos comme indispensables. Mais elles avaient aussi une autre utilité. Les Gardiens ne ressentaient nul besoin de se reposer longtemps, et la vraie raison de ces retours imposés était inscrite sur l'arche derrière lui. Gigantesque, rouge vif, elle forçait chacun à lever la tête au passage pour y lire, gravé en langue séculaire :

PRENDS GARDE À LA CLÉ QUI OUVRE LA SERRURE !

Faute de preuves, il commençait à se demander si cette fameuse Clé existait vraiment. Sa légende ne servait peut-être qu'à inspirer la peur, à pousser les Gardiens à tenir le cap, à rester vigilants, à les empêcher de se détourner de leur mission.

— Salut, capitaine, dit alors une voix suave.

Il se retourna et repéra Morgane. C'était une Joueuse, une Gardienne dont la tâche consistait à inspirer des rêves de surf, de plage, de mariage et autres activités réjouissantes. Il s'approcha lentement de la femme aux yeux sombres qui se dissimulait derrière une colonne d'albâtre cannelée.

— Que fais-tu là ? lui demanda-t-il, un sourire indulgent aux lèvres.

— Les Anciens nous demandent.

— Vraiment ? s'étonna-t-il, interloqué.

Une convocation des Anciens, c'était rarement de bon augure.

— C'est donc pour ça que tu te caches, petite maligne !

— Viens t'ébattre près de la source, lui chuchotat-elle d'une voix rauque. Je te dirai tout ce que je sais.

Aidan accepta sans la moindre hésitation. Quand une adorable Joueuse était de bonne humeur, on ne la repoussait pas.

Il l'entraîna discrètement, sautant avec elle dans l'herbe depuis la plate-forme de marbre. Tout en aidant Morgane à garder l'équilibre sur le sentier abrupt menant au ruisseau fumant, il prit le temps d'apprécier l'éclatante beauté du jour naissant, les collines verdoyantes, les cours d'eau bouillonnants et les cascades en furie.

De l'autre côté de la butte, sa maison l'attendait, avec ses portes shoji coulissantes et ses tatamis posés à même le sol. Une demeure à peine meublée aux couleurs neutres. Quelques objets choisis avec soin apportaient paix et tranquillité d'esprit. Son refuge, petit et intime, mais qu'il ne partageait avec personne.

D'un geste insouciant de la main, il fit taire le bruit de l'eau, et un silence absolu les enveloppa. Il n'avait aucune envie de crier pour se faire entendre.

Ils se débarrassèrent des tenues signalant leurs statuts respectifs – robes noires pour Aidan, en accord avec son rang élevé, multicolores pour la frivolité de Morgane – et plongèrent nus dans l'eau chaude. Adossé à une petite saillie rocheuse, Aidan ferma les yeux et attira sa compagne contre lui.

— Tout est bien trop calme aujourd'hui, murmura-t-il.

Morgane se lova dans ses bras, ses petits seins exerçant une pression délicieuse sur la peau de son compagnon.

— C'est Dillon, murmura-t-elle. Il affirme avoir découvert la Clé.

Cette nouvelle le laissa parfaitement indifférent. Tous les quelques siècles, un Gardien succombait à l'envie de vivre la légende. Rien d'extraordinaire, donc. Ce qui n'empêchait pas les Anciens d'examiner très soigneusement chacune de ces découvertes.

— Il s'est trompé sur l'un des signes, c'est ça ? Lequel ? Tu le sais ?

Ce genre de choses ne lui serait jamais arrivé, à lui. Certaines Rêveuses présentaient parfois une partie des signes, mais jamais tous en même temps. Le jour où cela se produirait avec l'une des siennes, il la tuerait sans se poser de questions.

— Contrairement à ce qu'il a cru, sa Rêveuse n'a pas pu distinguer ses traits. En fait, son fantasme ressemblait étrangement à Dillon.

— Tiens donc !

Dillon avait commis l'erreur la plus fréquente, une erreur qui survenait de plus en plus souvent. Au cœur du Crépuscule, les Rêveuses étaient privées du sens de la vue ; elles ne pouvaient donc discerner la véritable apparence des Gardiens qui passaient du temps avec elles. D'après la légende, seule la Clé pouvait les voir tels qu'ils étaient vraiment.

— Mais qu'en est-il des autres signes ?

— Elle les présentait tous.

— Elle contrôlait son rêve ?

— Oui.

— Et les Cauchemars, quel était leur comportement ? Ils semblaient perdus, désorientés ?

— Oui, ça aussi...

Elle se mit à lui suçoter un téton, puis se retourna franchement, écartant les jambes pour lui emprisonner les hanches dans l'étau de ses cuisses.

Il l'attira contre lui, sans penser vraiment à ce qu'il faisait. Guidés par l'habitude, ses gestes ne devaient rien à une quelconque ardeur amoureuse. Les Guerriers d'élite ne pouvaient se permettre le luxe d'éprouver de l'affection pour leurs partenaires. L'affection était une faiblesse qui pouvait les rendre vulnérables.

— *Mais qu'est-ce qu'on a à voir avec ça, nous deux ? chuchota-t-il.*

Morgane passa ses doigts mouillés dans les cheveux d'Aidan.

— *Cette nouvelle a secoué les Anciens. Toutes ces mortelles présentant la plupart des signes attendus... Ils pensent que le moment est proche.*

— *Et ?*

— *Ils ont décidé d'envoyer les Guerriers d'élite dans les rêves de celles qui nous résistent. Dès que vous serez parvenus à y pénétrer, notre tâche consistera à les guérir avec l'aide des Soigneurs.*

Avec un soupir accablé, Aidan appuya sa tête contre la pierre. Certaines Rêveuses refusaient aux Gardiens l'accès de leur inconscient. Parce qu'elles avaient subi des abus et en refoulaient le moindre souvenir, ou ressentaient une terrible culpabilité pour des actes qu'elles préféraient oublier. Protéger ces femmes des Cauchemars qui les menaçaient était une mission ardue, la plus difficile de toutes. Incapables de comprendre la nature de leurs souffrances intimes, les Gardiens concernés ne pouvaient rien faire pour elles.

Il en avait vu des horreurs, dans ces esprits-là...

Certaines images – guerre, maladie, tortures indicibles – resurgirent en force. Malgré l'eau chaude dans laquelle il barbotait, un frisson lui hérissa le poil, car ces images le hantaient depuis des siècles.

Les combats, l'action... Ça, il pouvait gérer. Le sexe, l'oubli momentané au moment de l'orgasme, il les recherchait avec une énergie proche du désespoir. Homme sensuel aux pulsions insatiables, il baisait et combattait bien. Les Anciens recouraient sans hésiter à ses services quand leurs intérêts étaient en jeu.

*Il connaissait ses forces et ses faiblesses et se char-
geait volontiers des Rêveuses qu'on lui confiait.*

*Mais lui demander de s'occuper exclusivement et
sans relâche de femmes blessées, c'était tout simplement une plongée en enfer. Pas seulement pour lui,
mais pour tous les hommes sous ses ordres.*

*— Tu dois être drôlement excité, murmura Mor-
gane en se méprenant sur sa respiration rapide. Les
Guerriers d'élite adorent les gros défis...*

*Il prit une grande inspiration. Le poids de sa voca-
tion lui semblait chaque jour plus écrasant, mais il
devait garder ça pour lui. Pendant un temps, son
travail lui avait inspiré un enthousiasme débordant.
Mais à la longue, le peu de résultats pouvait décou-
rager les guerriers les plus confiants.*

*Rien, dans les légendes d'autrefois, ne lui avait
laissé entendre que son travail ne connaîtrait pas de
fin. On ne pouvait éradiquer les Cauchemars, on ne
pouvait que les contrôler. À tout instant, des milliers
de mortels subissaient l'emprise impitoyable de ces
entités, auxquelles ils ne pouvaient échapper parce
qu'ils ne parvenaient pas à se réveiller. Aidan se trouvait dans l'impasse et n'en pouvait plus. Lui qui voulait des résultats, il en était privé depuis des siècles.*

*Le sentant préoccupé, Morgane referma ses doigts
habiles sur son pénis. Un sourire se forma sur le
visage d'Aidan – la promesse de désirs assouvis. Il
lui donnerait ce qu'elle voulait... et plus encore.*

*En lui accordant pleinement son attention, il par-
viendrait enfin à s'oublier. Pendant quelques instants,
en tout cas.*

*— On commence comment, ma belle ? Vite et à
fond, ou je fais durer le plaisir ?*

Avec un petit bruit de gorge trahissant son impatience, Morgane frotta ses mamelons durcis contre la poitrine du guerrier.

— Tu sais parfaitement ce que je veux, souffla-t-elle.

Pour Aidan, le sexe était presque une forme d'amitié ; l'acte apaisait sa faim physique, sans parvenir à combler le manque bien plus profond qui le rongeait. Malgré toutes ces Rêveuses dont il croisait la route, malgré les innombrables Gardiens avec lesquels il travaillait, il était seul.

Et le resterait pour l'éternité.

— J'étais sûr de te trouver ici ! rugit derrière Aidan un homme à la voix grave.

Tout en continuant ses exercices dans la clairière derrière chez lui, le guerrier se retourna. Dans la lumière rosée d'un semblant de crépuscule, son meilleur ami marchait vers lui. Les tempes dégoulinant de sueur, des herbes folles jusqu'aux genoux, Aidan maniait son glaive sans répit. Les heures se succédaient, mais il ne sentait toujours pas la fatigue.

— Bien vu, Connor.

— La nouvelle de notre prochaine mission se répand à toute vitesse dans nos rangs.

Connor Bruce s'arrêta à quelques pas, bras croisés, posture mettant en valeur ses biceps imposants et ses avant-bras musclés. Le géant blond n'avait ni la rapidité ni l'agilité de son ami, mais sa force brute les compensait.

— Je sais, répliqua Aidan.

Il se fendit vers un adversaire imaginaire, simulant avec son épée un coup mortel.

Les deux hommes se connaissaient depuis des siècles. Ils s'étaient liés d'amitié au gymnase des Guerriers d'élite. À l'époque, ils suivaient des cours innombrables, bûchant le jour et se partageant des femmes la nuit. Un lien indestructible s'était forgé entre eux.

Les élèves de cette école suivaient un enseignement extrêmement rigoureux et sélectif. Pendant les moments difficiles, Aidan et Connor s'étaient soutenus mutuellement. Seuls trois des vingt élèves de leur promotion étaient parvenus au terme de leurs études.

Ceux qui abandonnaient en chemin choisissaient d'autres missions. Ils devenaient Guérisseurs, Joueurs, etc. Certains se tournaient vers l'enseignement, tâche tout aussi capitale. Maître Sheron, le mentor d'Aidan, avait joué un rôle important dans sa vie. Malgré toutes ces années, le guerrier éprouvait encore à son égard une admiration et une affection sans faille.

— La décision des Anciens te contrarie, à ce que je vois, lui fit sèchement remarquer Connor. Mais depuis quelque temps, tu réprouves toutes les mesures qu'ils prennent.

Aidan se figea, laissant retomber son bras armé.

— C'est peut-être parce que je ne les comprends pas, justement.

— Tu devrais voir ta tête, marmonna Connor.

— Qu'est-ce qu'elle a, ma tête ?

— C'est celle de monsieur J'ai-cent-questions-en-tête.

C'est ainsi que Maître Sheron, au pensionnat, avait surnommé son élève si réfléchi. Ce sobriquet ne l'avait plus quitté, comme bien d'autres choses qu'il avait acquises au cours de sa formation.

Toutes ces heures à étudier sous sa houlette dans la cour de l'école lui manquaient. Sous l'arbre, assis à une table de pierre, il posait sans fin des questions, auxquelles Sheron répondait avec une patience admirable. Ce dernier avait passé l'épreuve de l'Installation peu de temps après la fin de leur formation : devenu Ancien à part entière, il avait disparu. Et Aidan ne l'avait plus jamais revu.

Il tripota le pendentif de pierre que son maître lui avait offert à la fin de ses études. Il ne s'en séparait jamais, c'était un souvenir de ce passé révolu et du jeune homme passionné qu'il avait été.

— Tu ne te demandes jamais ce qui peut bien pousser certains à vouloir devenir des Anciens ? demanda-t-il à son ami.

Sans doute voulaient-ils trouver des réponses. Mais l'Installation changeait radicalement les Gardiens. Le jeu en valait-il la chandelle ? Jusqu'à son Installation, Maître Sheron avait conservé l'apparence de la jeunesse, ses cheveux et ses yeux sombres, sa peau hâlée... À présent, il devait ressembler aux autres Anciens : cheveux blancs, teint blafard, regard délavé... Pour une espèce quasi immortelle, un changement aussi drastique devait forcément signifier quelque chose. Et quelque chose d'inquiétant, Aidan en était intimement convaincu.

— Non, je ne me pose jamais cette question, répliqua Connor d'un air têtu, la mâchoire contractée. Moi, tout ce que je veux savoir, c'est où se déroulera notre prochain combat.

— Et ce pour quoi nous nous battons, ça ne t'intéresse pas ?

— Mais putain, Cross ! Nous nous battons pour

la même chose depuis toujours ! Pour contenir les Cauchemars jusqu'à ce que nous trouvions la Clé ! Tu sais comme moi que nous sommes le seul rempart entre les humains et ces créatures. Nous avons merdé, les Cauchemars sont arrivés par notre faute... Moralité, nous devons les maintenir à distance jusqu'à ce que nous trouvions le moyen de nous en débarrasser pour de bon.

Aidan soupira. Contrairement à certains parasites trop malins pour tuer leur source de nourriture, les Cauchemars asséchaient leur hôte jusqu'à ce que mort s'ensuive. Si les Gardiens laissaient les Rêveurs sans protection, l'espèce humaine finirait par s'éteindre, anéantie.

Il voyait ça d'ici. Les Rêveurs endurant des cauchemars sans fin. Terrorisés à l'idée de s'endormir, incapables de travailler ou de manger. Une espèce entière décimée par l'épouvante et la fatigue. Et la démence qui s'ensuivrait.

— D'accord, concéda-t-il en reprenant le chemin de sa maison. Mais si la Clé n'existait pas ? C'est une simple hypothèse, bien sûr.

— Si la Clé n'existait pas ? répéta Connor, qui lui avait emboîté le pas. Ce serait la merde, si tu veux mon avis. Savoir qu'il y a une lumière au bout du tunnel, c'est la seule chose qui me pousse à continuer, certains jours.

Le géant blond plissa les yeux, lui jeta un regard en coin et ajouta :

— Mais où veux-tu en venir ?

— Et si la légende de la Clé n'était qu'un gros bobard ? Voilà où je veux en venir. Peut-être qu'on nous l'inculque uniquement pour la raison que tu *viens d'énoncer. Pour maintenir la flamme de l'espoir en nous, et nous motiver quand notre tâche nous semble insurmontable.*

Aidan fit coulisser la porte shoji s'ouvrant sur le salon, puis se défit de son fourreau, le posant contre le mur.

— Et si c'est le cas, la nouvelle mission qu'on veut nous confier va desservir les Rêveurs. Au lieu de les protéger des Cauchemars, la moitié des Guerriers d'élite va partir à la recherche d'une illusion. En pure perte !

— Je te suggérerais bien d'aller tirer un coup, mais ce n'est pas ça qui te ronge, vu que tu t'es déjà défoulé ce matin avec Morgane, marmonna Connor en traversant la pièce à grandes enjambées.

Il disparut dans la cuisine.

— L'idée d'abandonner les Rêveurs sans protection me déplaît fortement. Quant aux petites cachotteries des Anciens, ça me fout en rogne. Moi, je ne crois que ce que je vois.

— Et c'est toi qui dis ça ? Toi, le chasseur de Cauchemars ? lui lança Connor depuis la cuisine.

Il en ressortit avec deux bières à la main.

— Alors que notre boulot consiste précisément à supprimer des choses que nous ne pouvons pas voir…

— Ouais, merci, je suis au courant.

Aidan accepta la bière que lui tendait son ami et partit la boire goulûment dans un fauteuil.

— C'est notre inébranlable résolution qui vient à bout des Cauchemars, dit-il, pas nos glaives. Nous les terrorisons. Nous avons ça en commun avec ces enfoirés, nous leur inspirons une terreur mortelle.

Ses parents n'avaient jamais compris sa vocation,

et à la longue un fossé s'était creusé entre eux. Son père Guérisseur, sa mère Soigneuse... Exaspéré par leurs questions incessantes, Aidan avait pris ses distances. Il était incapable de leur expliquer pourquoi il ressentait le besoin d'affronter les Cauchemars, plutôt que de nettoyer après leur passage. Et comme il n'avait pas d'autre famille, le seul lien affectif qui lui restait était son amitié avec Connor, qu'il aimait et respectait comme un frère.

— Mais si la Clé n'existe pas, que faisons-nous dans ce passage ? lui demanda celui-ci en se laissant tomber dans un fauteuil similaire.

D'après la légende, les Cauchemars avaient découvert dans leur ancien monde une « Clé » qui leur avait permis de se répandre dans le reste de l'univers, exterminant tout sur leur passage.

Les Anciens avaient créé in extremis, dans l'« espace abrégé », la faille qui leur avait permis de se réfugier dans ce passage reliant la dimension des humains à celle que les Gardiens avaient dû fuir. Ces concepts de dimensions multiples et de continuum espace-temps, l'un relevant de la métaphysique, l'autre de la physique, Aidan avait fini par les comprendre dans toute leur complexité. Mais l'idée qu'il existât quelque part un être unique – la Clé – capable d'ouvrir des failles à son gré, éparpillant le contenu des mondes d'une dimension à l'autre, cette idée-là, il avait du mal à l'assimiler.

Il lui fallait des faits, des preuves concrètes. Un exemple : en se réfugiant dans ce passage, les Gardiens avaient subi des changements psychologiques indéniables. Jusque-là sans défense, ils étaient devenus des êtres presque immortels et quasi désincarnés, à l'égal de leurs ennemis.

— Les Anciens n'ont pas eu besoin d'une Clé pour nous entraîner dans cette fissure, insista-t-il. Je suis sûr que les Cauchemars peuvent s'en passer, eux aussi.

— Donc tu préfères une simple hypothèse à une croyance communément admise, ricana Connor en écrasant sa canette. Le vin, les femmes et la baston... C'est ça la vie d'un Guerrier d'élite. Profites-en, Cross ! Qu'est-ce que tu veux de plus ?

— Des réponses. J'en ai marre de ces Anciens qui me parlent par énigmes. Je veux la vérité, toute la vérité !

— Tu ne renonces jamais, hein ? Cette obstination fait de toi un grand guerrier, mais aussi un emmerdeur de première. « Je veux savoir », tu ne sais dire que ça. Mais combien de missions as-tu dirigées dont tu étais le seul à connaître les tenants et les aboutissants ?

— Rien à voir, rétorqua Aidan. Là, tu me parles d'une rétention d'information temporaire. En revanche, les Anciens refusent de partager leurs secrets.

— Où est passé le type le plus idéaliste que je connaissais ? Qu'est-il arrivé à l'étudiant qui s'était juré de trouver la Clé et de la tuer ?

— Ça, c'étaient des vantardises d'adolescent. Ce gamin a grandi. Et maintenant, il en a marre.

— J'ai adoré cette période de ma vie. Je pouvais baiser toute la nuit et déchiqueter des Cauchemars le lendemain. Maintenant, c'est soit l'un, soit l'autre.

Aidan comprit que Connor voulait donner une tournure plus légère à cette conversation explosive. Mais il n'arrivait plus à contenir son inquiétude, et son ami était la seule personne à qui il pouvait se confier.

Un ami qui le connaissait assez pour percevoir sa détermination.

— Écoute, Cross...

Le géant, posant ses avant-bras sur ses cuisses, fixa Aidan avec attention :

— Tu dois oublier tes doutes et rallier les troupes. C'est un conseil d'ami, pas celui de ton lieutenant.

— Nous allons gaspiller de précieuses ressources.

— Ben moi, je suis vachement content que ça bouge ! Nous n'avons obtenu aucun résultat pour l'instant, alors nous tentons autre chose. C'est un progrès. Et toi, pendant ce temps-là, tu végètes... Reprends-toi, mets-toi au diapason.

Aidan se leva et secoua la tête.

— Réfléchis à ce que je viens de te dire.

— Je l'ai fait. C'est débile, point final.

— Tiens, c'est quoi, cette odeur ?

— Hein ?

— Ça pue. L'odeur des petits merdeux obnubilés par leur nombril.

— Tu me cherches, répliqua Connor, se levant à son tour.

— Comment peux-tu rejeter quelque chose sans même prendre le temps d'y réfléchir un tant soit peu ?

Ils se dévisagèrent pendant un long moment, tous deux bouillant d'une exaspération qui n'avait pas la même cause.

— Mais putain, qu'est-ce qui te prend ? grommela Connor. Qu'est-ce que ça veut dire, tout ça ?

— Je veux juste que quelqu'un – toi, en l'occurrence – envisage la possibilité que les Anciens nous cachent quelque chose.

— Très bien. Mais moi, je veux que tu envisages la possibilité qu'ils ne nous cachent rien du tout.

— D'accord. Je vais me laver, soupira Aidan en passant la main dans ses cheveux encore humides de sueur.

Connor croisa les bras.

— Et ensuite, qu'est-ce qu'on fait ?

— J'en sais rien. T'auras bien une idée.

— Chaque fois qu'on suit mes idées, on a des emmerdes. C'est pour ça que c'est toi le capitaine.

— Faux. Je suis capitaine parce que je suis plus doué que toi.

Connor pencha la tête en arrière et éclata d'un rire profond qui dissipa la tension comme une brise le brouillard.

— Tu ne les as pas toutes oubliées, tes vantardises d'ado !

Aidan partit prendre sa douche, espérant qu'il n'avait pas oublié tout le reste.

Il allait devoir donner tout ce qu'il avait dans le ventre pour accomplir la mission qui l'attendait. Une mission difficile et complètement absurde, lui soufflait son instinct.

Chapitre 1

Lyssa Bates jeta un coup d'œil à son horloge en forme de chat. Bientôt dix-sept heures ! Le week-end, enfin…

Épuisée, elle se massa le crâne, ses longs cheveux glissant entre ses doigts. Même quand elle dormait tout son soûl, elle n'arrivait jamais à recharger ses batteries. Elle passait ses jours de congé dans une sorte de brouillard, étendue sur ses draps en désordre. Elle avait beau boire des litres de café, elle passait de plus en plus de temps au lit, et sa vie sociale se réduisait comme peau de chagrin. Tous les traitements qu'elle suivait semblaient inefficaces. Contrairement aux insomniaques, elle s'endormait sans problème, mais ne parvenait jamais à trouver le repos.

Elle se leva et tout son corps protesta quand elle décida de s'étirer. Des bougies parfumées brûlaient sur les meubles-classeurs, leur odeur sucrée couvrant les relents médicamenteux de son cabinet. Leur parfum était censé lui ouvrir l'appétit… La jeune femme faiblissait et maigrissait de jour en jour. Son médecin voulait l'inscrire dans un centre du sommeil pour des examens approfondis. Elle n'avait jamais pu se rappeler ses rêves. Pour son docteur, c'était le symptôme d'une maladie physiologique dont il ne comprenait pas encore la nature. La camisole de force ne s'imposait pas, c'était déjà ça.

— Votre dernier patient vient de sortir, lui signala Stacey, sa réceptionniste, sur le seuil du bureau. Vous devriez rentrer chez vous.

Lyssa parvint à lui sourire.

— Vous avez une mine affreuse, Doc. À mon avis, vous couvez quelque chose.

— Sûrement, marmonna Lyssa. Ça fait au moins un mois que je ne me sens pas dans mon assiette.

En fait, elle était patraque depuis toujours, une des raisons qui l'avaient poussée à choisir une profession médicale. Elle passait le plus de temps possible dans le décor douillet de son agréable clinique au sol dallé de marbre blanc. Derrière Stacey, un étroit couloir lambrissé menait à la salle d'attente où des paires d'inséparables gazouillaient toute la journée dans quelques cages anciennes. Lyssa adorait travailler dans ce lieu confortable et chaleureux. Sauf quand elle se sentait aussi épuisée.

— Beurk, je déteste être malade ! répliqua sa réceptionniste, le nez froncé, en s'appuyant au chambranle.

Stacey était une jeune femme pétillante vêtue d'une blouse aux motifs tirés de dessins animés parfaitement assortis à sa personnalité.

— J'espère que vous allez vous remettre très vite. Lundi prochain, votre premier patient sera un labrador qui vient pour ses vaccins. Je peux modifier la date du rendez-vous, si vous voulez. Ça vous laisserait une heure de plus pour décider si vous avez envie de venir.

— Je t'adore, lui dit Lyssa avec un sourire reconnaissant.

— Mais non ! Ce qu'il vous faudrait, c'est quelqu'un qui s'occupe un peu de vous. Un petit ami, par exemple. Vu la façon dont les clients vous regardent, vous n'auriez que l'embarras du choix...

Stacey mima un sifflement admiratif :

— Certains n'amènent leur chien que pour pouvoir vous reluquer, si vous voulez mon avis.

— Mais j'ai une mine horrible, c'est toi qui me l'as dit !

— Façon de parler. Même à l'article de la mort, vous seriez plus jolie que la plupart des femmes dans leur meilleur jour. Ces types n'ont pas besoin des courriers de rappel pour venir faire vacciner leurs bestioles, vous pouvez me croire.

Lyssa leva les yeux au ciel :

— Je viens déjà de t'augmenter, qu'est-ce que tu veux de plus ?

— Que vous rentriez chez vous. Mike et moi, on s'occupe de fermer la clinique.

— Bon, d'accord, j'y vais...

Elle était éreintée, de toute façon. Les chiens aboyaient toujours, le matériel d'entretien de Mike ronronnait, les oiseaux pépiaient, mais cette réconfortante cacophonie s'atténuait lentement. La fin de la journée approchait.

— Mais d'abord, je dois mettre un peu d'ordre dans ces papiers...

— Pas question ! Si je vous laisse faire mon travail, vous n'aurez plus besoin de moi !

Stacey vint ramasser les dossiers posés sur le bureau et lui lança en sortant :

— À lundi, Doc !

Un sourire aux lèvres, Lyssa attrapa son sac, dans lequel elle pêcha ses clés. Elle quitta la clinique par la porte de derrière. Son cabriolet BMW noir l'attendait sur le parking désert. Comme il faisait encore chaud, elle décida de rentrer chez elle cheveux au vent et baissa la capote du véhicule. Le trajet durait vingt-cinq minutes, qu'elle mit à profit pour siroter un reste de café froid. Elle avait monté le volume de la radio à fond pour ne pas s'endormir. Elle ne tenait pas à se tuer ou à provoquer un accident sur l'autoroute.

Sa voiture racée se glissait facilement dans la circulation clairsemée de la petite ville de Californie du Sud où elle vivait. Elle l'avait achetée sur un coup de tête, le jour où elle avait enfin accepté de voir les choses en face : sa santé défaillante la condamnait à une mort précoce. Elle n'avait jamais regretté son acquisition.

Pendant les quatre années qui venaient de s'écouler, d'autres changements tout aussi drastiques s'étaient produits dans sa vie : elle s'était installée dans la vallée de Temecula, abandonnant un poste de vétérinaire à San Diego pourtant très gratifiant. À l'époque, elle croyait encore que sa fatigue chronique était due à ses horaires de travail stressants et au rythme de vie bien trop usant de San Diego. Puis elle avait déménagé et s'était sentie mieux pendant deux ans. Mais dernièrement, sa santé avait recommencé à se dégrader, l'affaiblissant comme jamais auparavant.

Elle avait donc subi toute une série d'examens qui avaient éliminé le lupus et la sclérose des causes plausibles de ses problèmes de sommeil. On avait alors soupçonné la fibromyalgie, puis l'apnée du sommeil.

Elle avait absorbé des médicaments inutiles et porté un masque qui la gênait tant qu'il l'empêchait carrément de s'endormir. Le dernier diagnostic, narcolepsie, l'avait consternée : il n'existait aucun véritable remède à cette maladie. Désormais incapable de travailler de longues heures d'affilée, elle sentait lentement son esprit lui échapper.

Le portail en fer forgé de son immeuble s'ouvrit devant sa voiture. Elle longea la piscine dont elle n'avait pas encore profité, puis appuya sur la télécommande du garage, juste au coin du bâtiment.

Une fois garée dans son box, elle actionna à nouveau la télécommande. La porte du garage commençait à peine à redescendre que Lyssa entrait dans sa cuisine aux plans de travail en granit. Elle jeta son sac sur le comptoir où elle prenait son petit déjeuner, se débarrassa de sa chemise en soie ivoire et de son pantalon bleu, puis se laissa tomber sur le canapé moelleux. Elle s'endormit avant même d'avoir posé la tête sur un coussin.

*
* *

Aidan fronça les sourcils devant le portail métallique qui lui bloquait l'accès à sa nouvelle mission. La femme terrée derrière cette muraille de ténèbres devait être sérieusement perturbée… Il n'avait jamais vu de protection comme celle-ci, si haute qu'on n'en distinguait même pas le sommet. Pas étonnant que six autres Gardiens s'y soient déjà cassé les dents.

Il passa la main dans ses cheveux qui grisonnaient légèrement au niveau des tempes. Les Gardiens ne vieillissaient pas. À moins que les Cauchemars ne les vident de leur énergie vitale, ils étaient immortels. Mais toutes les horreurs qu'Aidan avait vues au fil des ans avaient fini par le marquer. Fatigué, découragé, il resserra sa prise sur la garde de son épée et frappa à grands coups contre la porte. Une longue nuit l'attendait.

— Qui est-ce ? demanda l'habitante des lieux d'une voix mélodieuse.

Il hésita. Elle avait réussi à susciter son intérêt.

— Qui êtes-vous ? insista la femme derrière le portail.

Perturbé par cet échange imprévu, il répondit la première chose qui lui passa par la tête :

— Je peux être qui vous voulez.

— Allez-vous-en, espèce de cinglé, grommela-t-elle. J'en ai ras le bol de vous autres.

Aidan fixa le portail, sidéré.

— Pardon ?

— Et après, on s'étonne que je ne dorme pas bien, avec tous ces types qui cognent à ma porte pour me tenir des propos incohérents ! Si vous ne voulez pas me dire votre nom, allez-vous-en !

— Quel nom vous ferait plaisir ?

— Le tien, petit malin !

Il eut soudain l'impression que la femme qui lui parlait était parfaitement saine d'esprit, et que le type perturbé, c'était lui.

— Enfin peu importe, monsieur l'inconnu, sympa de t'avoir rencontré.

La voix féminine s'éloigna, et il comprit qu'il la perdait.

— Aidan ! cria-t-il.

— Ah.

Il y eut un silence pesant, puis :

— Pas mal. J'aime bien.

— Tant mieux ! Enfin, je crois.

Il fronça les sourcils sans trop savoir comment poursuivre.

— Je peux entrer ? demanda-t-il.

La porte s'ouvrit péniblement en grinçant sur ses gonds rouillés. Il la contempla un instant, éberlué d'avoir obtenu si vite une réponse positive. On l'avait pourtant prévenu que la tâche qui l'attendait serait extrêmement ardue. L'intérieur de l'enceinte le surprit tout autant. Il y faisait aussi noir qu'à l'extérieur ! C'était la première fois qu'il observait un tel phénomène.

Tout en pénétrant prudemment dans le « rêve » de la femme qu'il était chargé d'aider, il lui demanda :

— Pourquoi restez-vous dans le noir ?

— Je n'arrive pas à allumer, répliqua-t-elle sèchement. Ça fait pourtant des années que j'essaie.

Ces mots dérivèrent jusqu'à lui dans la pénombre comme une chaude brise de printemps. Il examina les souvenirs de Lyssa Bates, mais n'y trouva rien de spécial. C'était une femme ordinaire qui menait une vie banale. Rien dans son passé ou son présent ne pouvait expliquer ce vide en elle.

Derrière Aidan, la porte était toujours ouverte. S'il voulait renoncer, il le pouvait encore. Ou lui envoyer un Soigneur. Il avait accompli sa mission, la plus facile qu'on lui ait confiée depuis longtemps, mais pour la première fois depuis des siècles, il ressentait une vague curiosité. Il décida de rester.

— Bon… marmonna-t-il en se caressant le menton.

Essayez de penser à un endroit où vous aimeriez vous rendre, et emmenez-nous là-bas.

— Fermez la porte, s'il vous plaît, répondit-elle en s'éloignant.

Était-ce prudent de s'enfermer avec elle ?

— Et si nous la laissions ouverte ?

— Hors de question ! Si vous ne la refermez pas, elles vont entrer.

— De qui parlez-vous ?

— Des Ombres.

Aidan garda le silence. Cette femme pouvait reconnaître les Cauchemars ; elle les voyait comme des entités distinctes.

— Si vous le voulez, je les anéantirai.

— J'exècre la violence, vous savez.

— Oui, je suis au courant. C'est en partie pour cela que vous êtes devenue vétérinaire.

— Ça y est, grommela-t-elle. Je me rappelle pourquoi je jette toujours les types dans votre genre, vous ne pouvez pas vous empêcher de fourrer votre nez partout.

Tout en commençant à refermer le portail, Aidan ironisa :

— Et pourtant, vous m'avez laissé entrer plutôt facilement…

— J'aime bien votre voix. Votre accent, il est irlandais, non ? D'où venez-vous ?

— D'où aimeriez-vous que je vienne ?

— Je m'en fous.

Ses pas s'éloignèrent un peu plus.

— Allez-vous-en, ajouta-t-elle. Je n'ai plus envie de bavarder.

Aidan gloussa tout bas. Cette Lyssa Bates avait

beaucoup de courage. Elle devait se sentir misérable, toute seule dans le noir, mais ne se laissait pas intimider.

— Vous savez quel est votre problème, mademoiselle Bates ?

— Vous et vos amis qui n'arrêtez pas de m'emmerder ?

— Vous ne rêvez pas correctement. Vous refusez les possibilités sans fin que vous offre votre esprit. Tous ces lieux où vous pourriez vous rendre, ces choses que vous pourriez accomplir, ces personnes qui pourraient vous tenir compagnie...

— Vous croyez que j'aime ça, rester tout le temps assise dans le noir ? Je préférerais être sur une plage des Caraïbes, et me rouler dans le sable avec un beau mâle...

Les battants du portail se rejoignirent enfin, dans un vacarme épouvantable. Le guerrier laissa échapper un soupir. Que faire, à présent ? Soigner, guérir... il n'était pas doué pour la compassion.

— C'est quoi, pour vous, un « beau mâle » ? demanda-t-il à Lyssa Bates.

Le sexe, en revanche, il connaissait. Et pour la première fois depuis très longtemps, il avait hâte de s'y mettre. La façon irrévérencieuse dont s'exprimait cette femme attisait sa curiosité.

— Je ne sais pas... Un type grand et ténébreux... C'est ce que nous voulons toutes, non ?

— Pas forcément.

Il s'avança vers elle. Dans les souvenirs de Lyssa Bates, il ne trouva aucun exemple de ce qu'elle considérait comme un « beau mâle ».

— Vous vous y connaissez, on dirait, répliqua-t-elle.

Il haussa les épaules, puis se rappela qu'elle ne pouvait rien voir dans le noir.

— Je le sais d'expérience. Continuez à parler, que je puisse vous localiser.

— Pourquoi tenez-vous tant à me rejoindre ? Restez donc où vous êtes.

— Je veux m'approcher de vous parce que... – il dévia sa trajectoire vers la gauche – je n'ai pas envie de devoir crier.

— Au fait, vous avez une voix très sensuelle.

— Vous trouvez ?

C'était la première fois qu'on lui faisait ce genre de compliment. L'effet fut immédiat. Il sentit durcir son pénis, qui pourtant en avait vu d'autres. Au point qu'il ne réagissait plus que quand on le caressait. Et jamais sans stimulation visuelle.

— Si j'en juge par la vôtre, vous devez être extrêmement jolie.

En explorant l'esprit de Lyssa Bates, il découvrit une jeune femme en effet très séduisante, aux beaux yeux sombres cernés de rouge. Séduisante, mais aussi épuisée, et bien trop frêle.

— Si c'est vraiment ce que vous pensez, je préfère rester dans le noir, chuchota-t-elle tristement.

La tristesse. Chaque fois qu'il se retrouvait confronté à cette émotion, il fuyait. Les seuls sentiments qu'il supportait, c'était le désir et la colère. Il ne voulait pas éprouver d'inquiétude pour ses congénères, et même son propre sort lui était indifférent.

— Il y a parmi nous des personnes qui peuvent vous aider, lui dit-il doucement.

— Ah bon ? Comme le type de la nuit dernière, qui a essayé de se faire passer pour mon ex, alors que cet abruti m'a trompée ?

Aidan cilla.

— Il a fait un mauvais choix, murmura-t-il. Mais vu l'épaisseur du portail, il a quand même du mérite d'avoir réussi à lire ce souvenir en vous.

Elle éclata de rire, un rire profond auquel il ne s'attendait pas. Un rire franc et vibrant, comme la femme qu'elle avait dû être autrefois. Que s'était-il passé ? Qu'est-ce qui l'avait détruite ?

— L'autre nuit, ils ont même tenté d'imiter ma mère ! gloussa-t-elle.

Il s'accroupit à côté d'elle.

— Ils ne cherchent qu'à vous réconforter. Ce n'était pas idiot… Vous êtes très proches toutes les deux, n'est-ce pas ?

— Je n'ai pas besoin de réconfort, Aidan.

Elle s'étira en bâillant. Un parfum capiteux monta jusqu'à lui, lui chatouillant les narines. Il s'assit par terre, jambes croisées.

— De quoi as-tu besoin, Lyssa ?

— De sommeil… murmura-t-elle avec une immense lassitude. Je veux m'endormir pour de bon. Ça fait si longtemps que je ne me suis pas reposée… Ma mère parle trop, elle m'empêche de fermer l'œil. Et vous et vos copains, vous frappez sans arrêt à cette foutue porte. Si je vous ai laissé entrer, c'était surtout pour vous faire taire.

— Viens, murmura-t-il en la touchant dans le noir.

Un corps tiède à la peau douce se lova contre lui. Il imagina un mur qui se matérialisa aussitôt derrière

37

lui, s'y adossa, étendit ses longues jambes en serrant Lyssa dans ses bras.

— C'est agréable… chuchota-t-elle.

Son souffle brûlant frôla le torse d'Aidan par l'ouverture de sa tunique. Cette femme, pourtant si frêle, était dotée d'une poitrine généreuse. Cette découverte l'enchanta.

— Ta voix aussi… marmonna-t-elle.

— Hmm ?

— C'est à cause d'elle que je t'ai laissé entrer…

Il lui caressa le dos et lui chuchota de douces promesses vides de sens, mais pleines de chaleur.

— Tes muscles sont tellement durs que c'en est presque inconfortable, grommela-t-elle en l'enlaçant. Qu'est-ce que tu peux bien faire pour gagner ta vie ?

Il enfouit son nez dans les longs cheveux de la jeune femme et respira son odeur fraîche et agréable. L'odeur de l'innocence. Elle passait sa vie à soigner des petites bêtes, alors que lui consacrait son immortalité au combat et à la mort.

— Je repousse les méchants, chuchota-t-il.

— Pas facile, on dirait.

Il resta silencieux. S'il éprouvait un besoin presque irrésistible de se consoler dans les bras de Lyssa, contrairement à son habitude, il ne tenait pas à s'oublier en elle. Il voulait juste la serrer contre lui, s'abandonner au réconfort qu'elle pouvait lui apporter. Elle gagnait sa vie en guérissant les animaux, et pendant un court instant, il eut envie de guérir, lui aussi.

Il écarta cette envie sans pitié.

— Je meurs de sommeil, Aidan…

— Alors repose-toi, murmura-t-il. Je te promets que personne ne te dérangera.

— Tu es un ange ?

Il sourit et l'étreignit encore plus fort.

— Non, ma belle. Je ne suis pas un ange.

Un doux ronronnement lui répondit.

*
* *

Lyssa se réveilla. On lui secouait la jambe avec une certaine vigueur. Elle découvrit avec stupéfaction qu'elle était allongée sur son divan, et surtout qu'elle se sentait merveilleusement bien. Le soleil de l'après-midi inondait son salon par la baie vitrée et Chamallow, son chat tigré, miaulait d'un air mécontent parce qu'il se sentait délaissé.

Elle se redressa, se frotta les yeux et sourit en entendant gronder son estomac. Pour la première fois depuis des semaines, elle mourait de faim.

— Je ne sais pas pourquoi je n'ai pas pensé plus tôt à dormir sur le divan, murmura-t-elle à son chat en le grattant derrière les oreilles.

La sonnerie du téléphone la fit sursauter. Elle se précipita vers le comptoir du petit déjeuner et décrocha le combiné.

— Dr Bates, salua-t-elle, le souffle coupé.

— Salut, docteur ! s'exclama sa mère en riant. Tu as encore dormi toute la matinée, c'est ça ?

— Oui, je crois, répondit Lyssa en jetant un coup d'œil à l'horloge.

Presque treize heures.

— Mais cette fois-ci, j'ai l'impression que ça a marché, ajouta-t-elle. Ça fait des mois que je ne me suis pas sentie aussi bien.

— Assez bien pour sortir déjeuner avec moi ?

À cette pensée, son estomac rugit de plaisir.

— Et comment ! Tu seras là dans combien de temps ?

— Je suis au coin de la rue.

— Parfait !

Tout en discutant avec sa mère, elle saupoudra de nourriture pour poissons l'eau salée de son aquarium. Un poisson-clown affamé remonta à la surface, lui arrachant un sourire.

— Entre et fais comme chez toi, maman. Je file me laver !

Elle jeta le combiné sur le divan, puis s'élança dans les escaliers. Après sa douche, elle enfila en quatrième vitesse un jogging confortable en velours chocolat, peigna ses cheveux humides et les releva. Malgré l'incroyable bien-être qui l'avait envahie, son miroir lui apprit que ses cernes n'avaient pas disparu.

Sa mère, en revanche, tenait une forme olympique. Elle portait un pantalon cigarette rouge et une minuscule veste assortie qui lui allaient à ravir. Cheveux blonds coupés au carré, lèvres fardées de rouge, Catherine Bates n'avait pas laissé ses deux divorces entamer son envie d'être belle et de séduire.

Elle parlait déjà de tout et de rien. Lyssa l'entraîna jusqu'au garage et la poussa dans son cabriolet.

— Allez, on y va ! Tu parleras dans la voiture. Je meurs de faim !

— Tu dis toujours ça, et ensuite tu picores comme un petit oiseau…

Lyssa sortit en marche arrière, sans relever la remarque de sa mère.

— Où est-ce qu'on va ? demanda-t-elle.

— Ça te dirait, le *Soup Plantation* ? suggéra Cathy Bates, l'œil critique. Oh et puis non. Nous devons te remplumer un peu. Allons au *Vincent's…*

— Des pâtes ? Miam !

Lyssa en salivait déjà. Elle tourna au coin de son immeuble, puis accéléra. Après cette fabuleuse nuit de repos, elle se sentait prête à conquérir le monde. Quel plaisir d'avoir de l'énergie, d'être de bonne humeur ! Elle avait presque oublié ces sensations.

Le restaurant italien était aussi bondé que d'habitude, mais elles trouvèrent vite une table libre. Dans ce décor de nappes à carreaux rouges et blancs, de petites bougies allumées et de chaises en bois, une ambiance provinciale plutôt décontractée régnait. À peine assise, Lyssa s'attaqua avec enthousiasme à un morceau de pain au romarin tout juste sorti du four.

— Ça alors ! Tu devrais te voir ! s'exclama sa mère d'un ton approbateur en levant son verre pour réclamer du vin. À propos, je me demande si ta sœur mange assez, elle aussi. D'après son obstétricienne, ce sera encore un garçon. Elle essaye de lui trouver un prénom.

— Oui, elle me l'a dit.

Lyssa dégusta un nouveau bout de pain imbibé d'huile d'olive, puis consulta le menu. Il y avait foule à cette heure. Le vacarme était tel qu'on distinguait à peine la musique italienne diffusée par les haut-parleurs. Exactement le genre d'ambiance qu'il lui fallait pour avoir à nouveau l'impression d'appartenir à la civilisation.

— J'ai répondu que je n'avais que des noms d'animaux domestiques à lui proposer, précisa-t-elle. Ça n'a pas eu l'air de lui convenir.

— Et moi, je lui ai suggéré de consulter le livre sur les prénoms que je lui ai offert. En commençant par la lettre A, et en continuant jusqu'à Z. Adam, Alden…

— Aidan ! s'écria Lyssa, la bouche pleine. Ne me demande pas pourquoi, mais j'adore ce prénom…

Une douce chaleur se répandit en elle.

*
* *

C'était une belle nuit de Crépuscule, avec un ciel semblable à un dais d'ébène constellé d'étoiles. Au loin, le rugissement des cascades couvrait presque les rires et la musique assourdie. Les Gardiens s'amusaient pour oublier les tensions d'une longue nuit de labeur, mais pour Aidan, le travail ne faisait que commencer.

Il franchit l'arche immense du Temple des Anciens. Au *chōzuya*, il saisit la louche posée à côté de la fontaine, la plongea dans l'eau pour se rincer la bouche, puis se lava les mains avant de continuer sa route.

Il traversa la cour centrale en maugréant et pénétra dans le *haiden* où l'attendaient les Anciens. Ils étaient tous assis sur des gradins en demi-cercle, face à l'entrée encadrée de colonnes. Des gradins si nombreux que les Gardiens avaient renoncé depuis longtemps à en dénombrer les occupants.

— Capitaine Cross ! s'exclama l'un des sages.

Aidan aurait été bien en peine de désigner celui qui s'était adressé à lui. Comme toujours, il eut une pensée pour Maître Sheron, son professeur perdu dans la multitude, individu noyé au cœur d'une sorte de conscience collective. Cette pensée l'attrista.

Il s'inclina avec respect.

— Je vous salue, Anciens.

— Dis-nous tout ce que tu sais sur Lyssa Bates, ta Rêveuse.

Il mourait d'envie de les envoyer balader, mais parvint à conserver une expression impassible. Il se redressa. Le simple énoncé de ce nom avait suffi à le faire frissonner de plaisir. Les rêves de Lyssa étaient peuplés de ténèbres, et pourtant il avait adoré les moments passés avec elle. Bien à l'abri derrière le gigantesque portail, il avait eu le temps de savourer la confiance qu'elle lui portait. À sa grande surprise, elle s'était tournée vers lui, Aidan, le préférant à n'importe quel fantasme né de son imagination. Elle avait compati à son sort, avait vu en lui davantage qu'un robot qui ne rêvait que de combats énergiques et de possession charnelle.

— Je vous ai dit tout ce que je sais.

— Il doit y avoir autre chose. Sept cycles de sommeil se sont écoulés depuis ton entrée dans son rêve. Elle a refusé tous les autres Gardiens.

— Laissez-la tranquille. Aucun danger ne la menace, tout va bien. Elle nous laissera venir quand elle se sentira prête. Pour l'instant, elle n'a pas besoin de nous.

— Certes, mais peut-être avons-nous besoin d'elle.

Très raide, Aidan balaya du regard l'océan de visages tournés vers lui. Son cœur se mit à battre plus vite dans sa poitrine. D'innombrables silhouettes le dévisageaient fixement. Elles se ressemblaient toutes, leurs capuches gris foncé masquant la partie supérieure de leurs traits. Une seule entité…

— Que voulez-vous dire ?

— Elle t'a demandé.

Son cœur s'emballa. Ainsi, elle se souvenait de lui ? Une grande chaleur l'envahit, mais il préféra leur cacher sa réaction.

— Et alors ? répliqua-t-il dédaigneusement.

— Comment se fait-il qu'elle connaisse ton nom véritable ?

— Elle me l'a demandé.

— Et comment expliques-tu qu'elle parvienne à déjouer tous les simulacres que nous lui présentons ?

— Elle est médecin, donc intelligente.

— Est-elle la Clé ?

Aidan fronça les sourcils.

— Non. Si vous la connaissiez, vous sauriez que cette hypothèse est ridicule. Cette femme redoute les Cauchemars autant que nous, elle ne leur ouvri- rait jamais le passage. En outre, elle est absolument incapable de contrôler ses rêves. Même créer de la lumière est trop dur pour elle, alors elle reste assise dans le noir…

— Nous devons lui envoyer d'autres Gardiens pour vérifier que tu dis vrai, mais elle refuse de nous lais- ser entrer. Si nous n'y parvenons pas, nous devrons envisager le pire et la détruire.

Aidan se mit à faire les cent pas, les mains dans le dos, s'efforçant de trouver des arguments pour contrer leur paranoïa.

— Que puis-je faire pour vous convaincre ?

— Retourne dans ses rêves, et dis-lui de nous lais- ser entrer.

Il rêvait de la revoir tout autant qu'il le redou- tait. Déjà cette semaine, il n'avait pu s'empêcher de s'inquiéter pour elle. Allait-elle bien ?

Dire qu'elle pensait à lui…

Un doux frisson le parcourut. Il avait fouillé de fond en comble l'esprit de Lyssa et aimait ce qu'il y avait découvert. Il la connaissait aussi intimement que possible et ne rêvait que de passer plus de temps avec elle.

Pourtant, il était tiraillé entre deux désirs contradictoires, la revoir ou l'éviter à tout prix. Comme un homme affamé à qui l'on aurait demandé de résister à un étal de pâtisseries. Fréquenter Lyssa pourrait le combler un moment, mais ensuite, le manque qui le rongeait deviendrait plus terrible encore. Les tourments qui l'assaillaient déjà en étaient la preuve évidente.

— Si tu refuses, nous n'aurons pas le choix, Cross.

La menace de l'Ancien flotta entre eux pendant quelques secondes. Il arrivait parfois qu'un Gardien retourne voir sa Rêveuse, mais c'était rarissime, et l'on n'avait jamais rien exigé de tel d'un Guerrier d'élite. Il décida pourtant d'obéir à cet ordre. Il n'avait qu'à conserver ses distances, comme il l'avait toujours fait.

— Très bien, j'irai.

— Elle restera à ta charge jusqu'à ce qu'elle s'ouvre aux autres Gardiens.

Il ne put leur cacher sa surprise :

— Mais d'autres missions m'attendent !

— Tes qualités de chef vont nous manquer, c'est vrai, concéda l'Ancien. Cependant, la capacité de cette femme à barrer la route à la fois aux Cauchemars et aux Gardiens est unique. Nous devons savoir pourquoi elle agit ainsi et comment elle s'y prend, et peut-être pourrons-nous implanter ce don à d'autres Rêveurs. Imagine l'avantage que ce serait, s'ils devenaient capables de se défendre seuls.

Le guerrier s'arrêta et leur fit face :

— Il y a autre chose. Si vous ne vous préoccupiez que de son bien-être, vous enverriez un Guérisseur ou un Soigneur pour l'amadouer.

Au lieu de quoi ils préféraient lui envoyer un homme impitoyable, un tueur.

Il y eut un silence, puis :

— S'il se confirme qu'elle est la Clé, tu es le plus à même de la supprimer.

Son sang se figea dans ses veines. À cause d'une légende idiote, la douce et pure Lyssa Bates risquait la mort. Il en avait la nausée. Depuis quelque temps, il haïssait le métier qu'il avait choisi. Assassiner des êtres détruits par la folie, ou même ces Cauchemars incarnant le mal, c'était déjà assez dur. Si on lui demandait maintenant de tuer des innocents, il ne pourrait le supporter.

— Tu es resté avec elle, Cross. Tu aurais pu te retirer, laisser la place à un autre, mais tu es resté. Il est donc normal que tu poursuives cette mission. Tu ne dois t'en prendre qu'à toi-même.

Aidan tendit les bras vers les gradins.

— Mais qu'est-ce qui nous arrive, pour que nous, Gardiens, censés protéger les innocents, nous mettions à tuer, simplement parce que nous ne comprenons pas ?

— Nous devons trouver la Clé et la détruire, psalmodia le chœur des Anciens.

— Oubliez cette maudite Clé ! rugit-il, son cri résonnant comme un coup de tonnerre sous le dôme.

Les Anciens tressaillirent de concert.

— Pourquoi, alors que vous êtes si sages, êtes-vous

incapables de voir la vérité en face ? Il n'y a pas de Clé ! Ce n'est qu'un rêve, un mythe, une illusion !

Il pointa vers eux un doigt accusateur.

— Vous préférez vous voiler la face, plutôt que d'affronter la réalité. Vous préférez croire qu'il existe quelque part un être miraculeux qui vous débarrassera un jour de la culpabilité d'avoir ouvert la porte aux Cauchemars ; mais nous n'avons rien d'autre que notre volonté à leur opposer, et nous gaspillons nos forces pour la quête d'une chimère. La guerre n'aura jamais de fin ! Jamais ! Tout ce que nous pouvons faire, c'est continuer à aider ceux que nous pouvons encore sauver. Mais que deviendrons-nous, si nous nous mettons à tuer sans discernement le bon et le mauvais pour un mensonge ? À moins… – il baissa le ton, menaçant – à moins que vous ne nous dissimuliez certaines choses. Des preuves, par exemple.

Un silence assourdissant répondit à son explosion de colère. Il ne regrettait aucun de ses propos. Il n'avait fait qu'énoncer des évidences.

Un autre Ancien prit la parole :

— Tu ne nous avais rien dit de ta foi vacillante, capitaine Cross, répliqua-t-il d'un ton bien trop calme. Toute chose vient en son temps, cependant, et ton état d'esprit nous confirme que nous avons raison de te confier cette mission.

Aidan se referma comme une huître. De toute façon, c'était ce qu'il avait de mieux à faire.

— Très bien. Je retourne auprès d'elle. Et je continuerai à lui rendre visite jusqu'à ce que je reçoive un ordre contraire de votre part.

Il espéra que les Anciens ne tarderaient pas à reprendre leurs esprits et à réaliser à quel point leurs croyances étaient devenues fanatiques. En attendant, il protégerait Lyssa à la fois d'elle-même et de l'ordre qui avait juré de le faire.

Il tourna rageusement les talons et quitta les lieux dans un tourbillon de robes noires.

Il ne vit pas le sourire collectif des Anciens. Et personne ne vit qu'un des Anciens ne souriait pas.

*
* *

— Que se passe-t-il ? Tu avais l'air d'aller si bien le week-end dernier…

Lyssa roula sur le ventre et enfouit son visage dans les coussins noirs du divan.

— Cette nuit de repos était un coup de chance.

Sa mère s'assit par terre à côté d'elle.

— Tu dors mal depuis ta naissance, chuchota-t-elle en lui caressant les cheveux. D'abord il y a eu les maladies infantiles, ensuite les cauchemars, les fièvres…

Emmitouflée dans son couvre-lit vert, Lyssa frissonna à ce souvenir. Les bains d'eau glacée, quelle horreur !

Perché sur l'accoudoir du divan comme à son habitude, Chamallow cracha soudain contre Mme Bates.

— Cet animal est taré, marmonna-t-elle. Il déteste tout le monde !

— Je ne m'en séparerai jamais. C'est le seul mec qui m'accepte telle que je suis.

— J'aimerais tant pouvoir t'aider, ma chérie…

48

— Et moi donc. J'en ai ras le bol d'être malade et fatiguée.

— Tu devrais passer d'autres examens.

— Ah non, pitié… gémit Lyssa. La pelote d'épingles humaine, c'est terminé, maman. Plus jamais ça !

— Mais tu ne peux pas continuer à vivre ainsi !

— Ah bon ? Parce que pour toi, je vis, là ? Si c'est ça, la vie, je crois que la mort est préférable.

— Lyssa Ann Bates, ne redis plus jamais une chose pareille ! Sinon je… je…

Incapable de trouver une menace pire que la mort, sa mère se releva en grommelant.

— Je vais te préparer une bonne soupe de nouilles au poulet. Tu as intérêt à la boire jusqu'à la dernière goutte, jeune fille. C'est bien compris ? Jusqu'à la dernière goutte. Je pars acheter les ingrédients.

— Maman, va-t'en… Laisse-moi dormir !

Elle ferma les yeux de toutes ses forces.

— Je reviens, Lyssa. Je n'abandonne jamais. Et toi non plus, d'ailleurs.

Elle entendit vaguement sa mère ramasser ses clés, puis sortir. *Enfin, la paix*, songea-t-elle, soulagée. Elle sombra aussitôt dans le sommeil…

… et se réveilla en sursaut. Quelqu'un frappait au portail.

— Qu'est-ce que vous voulez ? Foutez le camp ! s'exclama-t-elle, exaspérée, en changeant de position dans le noir.

— Lyssa ?

Embelli par un accent de séduction, son prénom dériva lentement jusqu'à elle. Elle se figea, son cœur manqua un battement…

49

— Aidan, c'est toi ?

— Oui. Je peux entrer ?

Elle s'assit, plia les jambes et ramena ses genoux contre elle.

— Où étais-tu passé ?

— Je travaillais.

Il y eut un long silence, puis il ajouta d'une voix douce :

— Je me faisais du souci pour toi.

— Mais quel charmeur ! ironisa-t-elle pour lui cacher le plaisir que lui inspirait sa remarque.

D'une simple pensée, elle ouvrit le portail. Elle aurait tant aimé voir l'homme qui possédait cette voix. Il entra d'un pas confiant et régulier qui en disait très long et lui donnait un sentiment de sécurité.

— Tu peux refermer le portail, lui dit-il.

Elle s'exécuta aussitôt et l'entendit ralentir : il essayait de la localiser.

— Il fait toujours aussi noir, ici, commenta-t-il.

— Oh, tu as remarqué ?

Les pas se rapprochèrent, précédés d'un petit rire chaleureux qui parut prendre tout l'espace.

— On va s'occuper de ça.

— Eh bien j'espère que tu n'es pas pressé, répliqua-t-elle, ironique, parce que ça fait des années que je « m'occupe de ça ».

— J'ai tout le temps qu'il faudra.

Elle frissonna malgré elle. Ridicule ! Elle craquait pour une voix. Pour un corps musclé aussi. Et pour ces bras puissants. Pour cette patience, cette tendresse. Elle se sentait si seule… Pas de vie sociale, pas de petit ami… Toutes ces choses lui manquaient terriblement.

— Tu pourrais continuer à me parler, que je puisse te situer ?

Une immense amertume la submergea brutalement, et sa gorge se serra. Elle dut déglutir avant de lui répondre :

— Je perds la tête, Aidan. Je deviens stupide. Je pleure pour des trucs idiots.

Il s'approcha d'elle sans plus ralentir ni marquer la moindre hésitation.

— J'admire les gens qui assument leurs émotions.

— Qu'est-ce que tu veux dire ? murmura-t-elle.

— Exactement ce que j'ai dit.

— Tu ne peux pas admirer une femme qui reste assise dans le noir parce qu'elle est trop bête pour allumer la lumière.

Aidan s'accroupit à côté d'elle.

— Si, je peux. Et je le fais.

— Comment as-tu fait pour me trouver si vite ?

Elle frissonna. Il était tout près d'elle et lui parlait d'une façon si intime. Elle ne pouvait pas le voir, mais elle devinait le regard sensuel et brûlant qu'il posait sur elle.

— Ton odeur, répondit-il.

Il enfouit son visage dans les longs cheveux de Lyssa et inspira à pleins poumons. Pétrifiée, elle sentit un frisson parcourir sa peau, tandis qu'une palpitation presque imperceptible lui chatouillait les entrailles. Aidan s'adossa à un mur et la serra contre lui.

— Tu peux ouvrir et refermer la porte sans la toucher, Lyssa…

Wouah, c'est vrai ! Et sans même y penser…

— … Donc, tu es parfaitement capable de contrôler

ton environnement si tu le souhaites, insista-t-il d'un ton bizarre.

Elle fronça les sourcils, perplexe.

— Dans ce cas, où est la bière fraîche dont je rêve ? Où sont mes vacances idéales ?

— Avec un beau mâle, c'est ça ? la taquina Aidan.

Il parvint à peine à contenir son rire.

Le beau mâle, je l'ai déjà. Lyssa se mordit les lèvres. La voix sensuelle du guerrier semblait lui promettre tant de choses… Et puis ce corps musclé, ces longues jambes puissantes… Elle toucha les cheveux courts d'Aidan et les découvrit épais et soyeux. Dans ce noir absolu qui la privait du sens de la vue, des images lascives l'assaillirent, elle se vit en train de caresser la tête de cet homme nichée entre ses cuisses…

Elle l'entendit inspirer entre ses dents serrées. Il la tenait étroitement enlacée ; il avait donc dû sentir durcir le bout de ses seins contre son torse… Elle se dégagea vivement et s'éloigna un peu.

— Désolée, marmonna-t-elle en faisant les cent pas dans cette obscurité qu'elle connaissait si bien.

Il garda longtemps le silence, puis se racla la gorge.

— Bon, si on essayait de découvrir comment tu t'y prends pour contrôler la porte ?

Elle ne s'était jamais sentie aussi embarrassée de toute sa misérable vie.

— Tu sais ce que je pense, Lyssa ? murmura-t-il dans un souffle.

— Non, quoi ?

Que je suis une cinglée en manque de sexe ?

— Je crois que tu es trop dissipée pour rêver.

— Trop excitée, tu veux dire !

Pieds nus sur le sol tiède, elle s'éloigna à pas de loup de l'homme qu'elle désirait. Pour la première fois depuis longtemps, elle regrettait de ne pas être seule. Elle se sentait à nouveau maussade et frustrée.

— Tu te débrouilles très bien quand tu n'as rien d'autre à l'esprit ! lança-t-il, lui arrachant un ricanement.

— Allez, dis-le, grommela-t-elle tout bas. J'ai besoin de m'envoyer en l'air.

Deux bras puissants se nouèrent soudain sur son ventre. Le dos plaqué contre un torse dur comme le roc, elle sentit un sexe en érection flatter la courbe de ses fesses, présence ardente et bien concrète dont la chaleur traversa ses vêtements jusqu'à sa peau. Elle perdit tous ses moyens, incapable d'intégrer le fait qu'Aidan puisse avoir envie d'elle comme elle avait envie de lui.

— Je ne vais pas me contenter de te le dire, ma belle.

Il l'obligea à lui faire face, l'embrassa sur la bouche avec un appétit vorace, l'allongea sur le sable doré…

Chapitre 2

Aveuglé par le soleil, Aidan s'abrita les yeux pour contempler la femme qu'il tenait dans ses bras. À la vue des boucles d'or répandues sur le sable, son cœur s'arrêta de battre.

— Ça alors... où sommes-nous ? souffla-t-elle, ses adorables yeux noirs agrandis par la surprise.

Une douce brise tropicale leur caressait la peau et une mélodie reggae s'élevait au loin. Aidan ne pouvait la quitter du regard. Déboussolée, elle enfonçait ses ongles courts dans les avant-bras du guerrier et ce dernier, incapable de formuler le moindre mot pour la rassurer, la dévorait des yeux. Lyssa Bates était d'une beauté stupéfiante : traits à la fois classiques et sensuels, bouche pulpeuse qui semblait faite pour les baisers, yeux superbes en amande au regard innocent brillant d'intelligence. Pourquoi se croyait-elle si abîmée par la fatigue ?

Parce que c'est ainsi qu'elle se sent.

— Oh ! Seigneur... tu es magnifique... murmura-t-elle en lui frôlant le visage du bout des doigts.

Tout d'un coup, ils se retrouvèrent à nouveau plongés dans le noir. La musique se tut et la brise embaumée se dissipa, les laissant tous les deux étroitement enlacés, leurs cœurs palpitant l'un contre l'autre.

— Que s'est-il passé ? s'écria-t-elle, déçue.

Toujours sous le choc de ce qu'il venait de voir, Aidan s'était figé. Jusqu'alors, il avait pu se contenter de l'odeur de Lyssa, du contact de son corps, de son parler franc et direct. Son apparence physique, il s'en moquait. Il désirait juste lui faire l'amour jusqu'à l'inconscience. Pour lui, le sexe était une simple distraction, et la jeune femme lui avait semblé sur la même longueur d'onde.

Puis il l'avait aperçue. Et maintenant, il voulait bien plus.

— Ton rêve t'a échappé parce que tu as eu peur, grogna-t-il, la voix rauque.

Tandis qu'il réfléchissait aux implications de ce qu'ils venaient de vivre, Lyssa lui caressa le visage à nouveau, dessinant ses traits de ses doigts comme un sculpteur l'aurait fait. Il n'avait aucune idée de ce qu'elle avait vu quelques instants plus tôt. Elle lui avait donné l'apparence d'un fantasme, de l'homme de ses rêves, comme les autres Rêveuses, mais pour la première fois il en ressentait de l'amertume, regrettant que ce ne soit pas lui qu'elle désire ni son vrai visage qu'elle admire.

— Aidan ? chuchota-t-elle d'une voix douce et timide.

Cette femme se sentait terriblement seule.

Comme lui.

Les yeux fermés, il roula sur le dos en la serrant contre lui. Il avait un problème. Sa gorge se noua à cette pensée, entravant sa respiration. Il séduisait les femmes depuis des siècles, suffisamment pour savoir qu'une chose fragile était née durant le court instant où leurs regards s'étaient croisés.

Une chose qu'il devait réduire en miettes quitte à briser Lyssa avec.

— Quoi ? répondit-il d'un ton brusque.

Il sentit la confusion se répandre en elle comme une onde de choc. C'était le moment de la laisser partir, de la repousser.

Il ne put s'y résoudre.

Quand Lyssa se pencha sur lui, ses longs cheveux au doux parfum tombèrent en cascade autour de sa tête comme pour les isoler du monde. Il oublia tout ce qui l'entourait, sauf cette jeune femme et la fièvre qu'elle provoquait en lui. Les lèvres de Lyssa frôlèrent les siennes, baiser léger, pression à peine perceptible… Il poussa un gémissement de plaisir. Enhardie par sa réaction, elle lui humecta la bouche du bout de la langue, puis se mit à suçoter sa lèvre inférieure. Son pénis réagit aussitôt, presque douloureux. Et ce fut pire encore lorsqu'elle plaqua ses seins contre son torse.

Pour la première fois de son immortelle existence, Aidan Cross, Guerrier d'élite et séducteur profession-nel, succombait corps et âme à une femme. Lyssa Bates était décidément très douée. Lui qui n'était censé que la distraire et lui faire l'amour, il pressentait maintenant le danger et les complications qu'allaient entraîner leurs ébats. Il ne réfléchissait plus aux étapes à suivre pour exciter Lyssa afin de la prendre au plus vite, son cerveau n'étant plus capable que de paniquer face à ce désir qui ne cessait de croître. Il voulait la serrer contre lui, prendre son temps pour la caresser de ses mains et de sa bouche jusqu'à ce que, au bord de la folie, elle le supplie d'enfin la pénétrer et de la faire jouir…

Pas pour s'oublier, mais pour se retrouver. Pour retrouver le jeune homme plein d'espoir qu'il avait été autrefois, quand il n'avait pas encore peur d'aimer.

Il ouvrit la bouche pour parler mais elle lui vola ses mots en l'embrassant tendrement. Une petite langue se glissa entre ses dents puis se lova contre la sienne, suscitant en lui des frissons de volupté. Cuisses collées à ses hanches, chatte plaquée contre son membre, Lyssa commença à onduler sur lui, tout son corps oscillant avec souplesse. Grisé par cette caresse inattendue, Aidan se mit à suer, pris de vertige. Il tenta de la repousser, mais ses muscles refusèrent de lui obéir.

— Sable ! haleta-t-il en tournant la tête.

Tandis que Lyssa en profitait pour lui mordiller la mâchoire, un matelas de sable se matérialisa sous lui.

— Soleil !

S'il détournait l'attention de sa compagne, il parviendrait peut-être à calmer ses ardeurs. Et à sauver sa peau. Il ne pouvait laisser se développer la fascination naissante qu'elle lui inspirait. Une relation entre eux était impossible. Il devait consacrer chaque parcelle de son énergie au combat et ne pouvait se permettre de perdre la concentration que ses missions demandaient.

La luminosité s'accrut lentement autour d'eux, comme si le soleil se levait. En traversant la chevelure de Lyssa, cette lueur dorée lui fit une sorte d'auréole. Elle ressemblait vraiment à un ange, cette femme à la fois directe et ingénue, mais un ange sans doute moins fragile qu'il ne l'avait tout d'abord cru.

— Je t'en supplie, ne t'arrête pas, lui souffla-t-elle

à l'oreille, déclenchant en lui une nouvelle vague de frissons.

— Tu ne comprends pas… chuchota-t-il entre ses dents serrées.

Elle s'assit franchement sur lui. Sa chaleur corporelle brûlante embrasa aussitôt la partie la plus sensible de l'anatomie du guerrier.

— Tu me veux, rétorqua-t-elle d'un air têtu.

— Oui, mais il y a des choses que…

— Et je te veux.

Elle recommença son va-et-vient, lui arrachant un grognement.

— Et merde, marmonna-t-il en roulant sur le sable pour la clouer sous son poids.

— Tu lis dans mes pensées, gloussa-t-elle, le regard pétillant.

Aidan fit taire la petite voix qui lui intimait d'y réfléchir à deux fois et laissa son corps diriger les opérations.

Il savait comment s'y prendre avec les femmes. Il leur faisait l'amour depuis des siècles, mais jamais il n'en avait désiré une à ce point. Lui qui pouvait affronter sans trembler des légions de Cauchemars, il avait peur de ce qui l'attendait avec Lyssa.

— Oublie tout le reste, lui dit-il sans ménagement. Et laisse-moi mener la danse.

— C'est déjà le cas…

Pour dompter le rêve de Lyssa, Aidan dut se concentrer comme jamais. Leur environnement se modifia, créant autour d'eux une sorte de yourte tapissée de velours où flottait un parfum exotique. À la lueur des bougies posées un peu partout, de l'encens se consumait, envoyant dans l'atmosphère de minces spirales blanches d'une fumée capiteuse. Au centre de la yourte trônait un lit imposant couvert de châles de soie multicolores. Et au milieu de cette couche ronde, sur ces douces étoffes, reposaient Aidan et Lyssa, étroitement enlacés. Le guerrier avait pris sa décision, il ferait tout pour que la nuit soit inoubliable. Ils n'avaient qu'un temps limité devant eux et il était bien décidé à rassasier pleinement l'appétit qui les dévorait.

— Ça alors… chuchota-t-elle, les yeux écarquillés. Mais comment… ?

— Chut…

Il posa ses doigts sur la bouche de Lyssa :

— Plus un mot.

Couché sur le côté, il lui prit la main, la posa sur sa poitrine et murmura :

— Sens le rythme de ma respiration.

— Hum… Je préférerais sentir ta peau nue contre la mienne.

— Je mène la danse, tu te souviens ?

Il se mit à imiter le souffle rapide de Lyssa, puis ralentit la cadence.

— Fais comme moi…

La jeune femme s'exécuta jusqu'à ce qu'ils inspirent et expirent à l'unisson. Cela demandait une telle concentration que son attention se recentra brusquement sur le moment présent. Elle fut submergée de sensations : senteurs exquises flottant dans l'atmosphère, poids du corps ferme et puissant de son amant, contact soyeux des châles…

Elle laissa errer son regard, découvrant dans la lueur mauve des lanternes à huile de lourds bouquets d'hibiscus dans des vases de verre et des cierges plantés dans des chandeliers sertis de pierres précieuses. Quelques rayons de lune tombant d'un oculus saupoudraient la scène d'argent. Tout cela conférait à la chambre une atmosphère érotique et magique.

Alors que le monde de Lyssa se contractait et se réduisait à cette yourte et à l'homme qui l'occupait avec elle, elle sentit le lien magique qui la reliait à lui se resserrer davantage.

— Continue à respirer en gardant ce rythme, chuchota-t-il.

Sa voix était si grave, si sensuelle, qu'elle ébranla la jeune femme des pieds à la tête. Puis il tendit la main, et une petite fiole contenant un liquide doré apparut.

— Tu m'apprendras à faire ce genre de choses ? murmura-t-elle.

Il s'agenouilla près d'elle avec souplesse et se versa dans la paume un peu d'huile parfumée au jasmin.

— Oui, mais pas ce soir. Ce soir, je vais te donner ce que nous voulons tous les deux.

En le voyant ébaucher un sourire, elle sentit son cœur bondir dans sa poitrine. Elle avait du mal à y croire : elle allait faire l'amour avec un homme qu'elle connaissait à peine !

Mais elle était dans un rêve et dans les rêves, les tabous n'ont pas lieu d'être. Pas besoin de passer par les étapes habituelles du parcours amoureux, sortie cinéma, dîner et tout le reste ; pas besoin de suivre « les règles », et d'attendre de se connaître assez pour « aller jusqu'au bout ».

Ces règles étaient absurdes de toute façon. Elle savait déjà tout ce qu'elle devait savoir. Doux, à l'écoute de ses moindres désirs, il avait créé pour elle un environnement luxueux. S'il n'avait cherché qu'à la posséder, il l'aurait prise dans le sable… Mais sa priorité, c'était de donner du plaisir à sa partenaire.

Tout en conservant une respiration régulière et profonde, elle examina le corps de son amant, dont la peau satinée, tendue sur des pectoraux bien dessinés et des abdominaux splendides, luisait à la lueur des bougies. Elle s'attarda sur les biceps que les mouvements circulaires des mains réchauffant l'huile faisaient ondoyer. Puis son regard descendit sur l'objet de son désir et l'eau lui vint à la bouche et entre les jambes. Empoignant l'imposant pénis en érection, elle chuchota :

— Il est tellement impressionnant.

Elle frissonna en imaginant Aidan usant de cet alléchant membre pour l'amener à l'orgasme.

Ça alors… Après toutes ces années, elle avait enfin trouvé l'homme idéal ! Cette pensée la fit frétiller d'excitation. Déjà sensibilisée à l'extrême, sa peau s'enflamma.

À son grand contentement, Aidan, son imposant phallus dressé jusqu'au nombril, l'enfourcha. Les épaules robustes du guerrier occupaient désormais tout son champ de vision. Il mesurait plus d'un mètre quatre-vingts, mais sa large carrure ne l'effrayait pas. Elle se sentait protégée, au contraire, et l'idée de partager sa couche avec ce mâle superbe l'émerveillait. Il avait une taille incroyablement fine, des hanches sveltes, des cuisses puissantes. À l'évocation de ces cuisses entre les siennes, elle déglutit. N'y tenant plus, elle posa les doigts sur la somptueuse érection. Et l'explora sur toute sa longueur, muette d'admiration.

Comme le reste du corps d'Aidan, cette partie de son anatomie atteignait des proportions hors normes.

— As-tu déjà entendu parler de la doctrine philosophique du tantra ? murmura-t-il en caressant les seins presque douloureux de Lyssa.

— Vaguement… répondit-elle en laissant courir ses doigts le long de la verge durcie pour en apprendre la forme et la texture.

Il exhala un hoquet presque imperceptible, puis sa respiration redevint régulière.

Ses mains puissantes pétrissaient avec art la poitrine offerte de la jeune femme. Elle sentit ses paupières s'alourdir, son sang couler de plus en plus paresseusement dans ses veines…

— Le tantra enseigne à ses disciples que l'énergie du cosmos existe aussi en nous, dans notre corps. Lorsque nous faisons l'amour en appliquant la méthode tantrique, ces énergies fusionnent pour ne plus en former qu'une seule.

Du bout des doigts, il lui titilla les mamelons, lui arrachant un petit cri plaintif. Ses tétons durcis lui faisaient mal, mais quand Aidan fit glisser ses mains huileuses sur la peau fiévreuse de sa compagne, elle faillit perdre la tête, submergée par deux sensations opposées d'excitation et d'apaisement.

— Je t'en supplie… Assez de préliminaires… gémit-elle.

Aidan la contempla avec ravissement. Il exsudait le sexe par tous les pores de sa peau, il exsudait la malice, la sensualité, le plaisir.

— Parlons-en, des préliminaires. Je te préviens, nous n'allons pas tirer un coup en vitesse. Tu vas devoir attendre avant de me sentir en toi.

— Tu n'es pas sérieux, j'espère ?

— Oh si, très ! répliqua-t-il en lui pinçant la pointe des seins.

Elle se cambra, faussement outrée. Si seulement elle avait de l'huile dans les mains, elle aussi… Aussitôt ses mains devinrent glissantes. Un petit sourire aux lèvres, elle empoigna résolument la hampe palpitante et la flatta jusqu'à sa racine. Aidan haleta, surpris.

— On est à égalité, maintenant, gloussa-t-elle.

— OK, un point pour toi, ma belle, on passe à l'étape suivante.

Aidan lui écarta les jambes et se mit à caresser lentement son clitoris, en petits cercles, tout en lui chatouillant un mamelon.

— Tu es trop avide, trop impatiente.

— Oh ! mon Dieu… souffla-t-elle en étreignant convulsivement la verge de son amant.

Un orgasme intense, convulsif, la submergea brutalement. Deux longs doigts s'introduisirent en elle, le pouce huileux continuant ses caresses expertes du petit berlingot. Tendue comme la corde d'un arc, Lyssa sentit son sexe se contracter spasmodiquement.

Au moment du deuxième orgasme, sa chatte aspira avec voracité les deux doigts zélés d'Aidan.

— Tellement bonne, grogna-t-il.

Il se redressa un peu, lui laissant voir la trame serrée de ses abdominaux. Puis il s'attaqua à sa bouche, frôla ses lèvres, les titilla du bout de la langue au rythme de ses caresses entre les cuisses de la jeune femme. Le pendentif qu'il portait au cou se balançait en cadence, taquinant la peau de Lyssa, lui prodiguant d'autres sensations exquises.

Elle écarta résolument les jambes. Les doigts d'Aidan ne lui suffisaient plus, elle voulait le sentir bien plus profondément en elle. Ses baisers devinrent frénétiques, passionnés, comme si elle espérait le boire jusqu'à la dernière goutte. Il plaqua sa bouche sur la sienne et lui offrit ce qu'elle recherchait, un baiser profond qui la laissa pantelante. Perdant tout contrôle, elle recommença à le masturber en comprimant l'énorme gland chaque fois qu'elle remontait jusqu'à lui.

— Arrête... marmonna-t-il d'une voix rauque. Si tu continues, je vais jouir trop vite !

Sous la poigne serrée de Lyssa coulait déjà un peu de sperme.

— T'as dit qu'on passait à l'étape suivante ! On prendra notre temps la prochaine fois !

La prochaine fois... Une possibilité qu'Aidan n'avait jamais envisagée avec les autres femmes. Pour lui, il n'y avait toujours eu qu'une seule fois. Une seule et unique fois, qu'il s'arrangeait pour faire durer toute la nuit. Avec Lyssa, il savait qu'il ne tiendrait pas plus de cinq minutes une fois qu'il l'aurait pénétrée. Heureusement, elle était plus que prête à le recevoir, comme le lui confirmait le sexe chaud et humide qui semblait fondre sous ses doigts. Et puis, elle avait raison, rien ne les empêchait de faire l'amour plus lentement au round suivant...

Cette perspective l'enflamma un peu plus et son membre dressé pulsa douloureusement. Il se vit la prendre encore et encore...

Écartant cette idée, il revint à Lyssa.

— Mets-toi à quatre pattes ! lui lança-t-il d'un ton impérieux.

Les grands yeux noirs s'écarquillèrent, et elle déglutit, soudain craintive.

— Je sais pas si je peux dans cette position… tu es trop gros…

Aidan empoigna sa verge à deux mains et l'enduisit d'un mélange d'huile et de sécrétions.

— Exécution ! Je m'occupe de la logistique. Toi, contente-toi de jouir.

Elle roula sur le ventre, puis s'agenouilla et lui présenta une croupe splendide aux courbes délicates. À cette vue, il faillit perdre tous ses moyens. Entre les jambes de Lyssa, les brins d'or sombre étaient coupés très court, révélant des plis roses mouillés de désir.

Dévoré par la concupiscence et tendu à l'extrême, il ferma les yeux. La posture érotique de sa partenaire le rendait fou, mais ce qui l'ébranlait le plus, c'était son abandon, sa confiance… Le cœur du guerrier s'emballa et sa respiration comme ses émotions échappèrent à tout contrôle. Il avait l'impression de se trouver au bord d'un précipice, conscient de la chute imminente et pourtant incapable de l'éviter. Avait-il déjà été excité à ce point ? Avait-il déjà désiré une femme comme il désirait celle-ci ?

Aidan espérait de tout son cœur que ces sentiments chaotiques étaient dus aux difficultés de sa nouvelle mission. Il n'avait couché avec personne depuis qu'il avait rencontré Lyssa. Trop de travail, pas le temps. Et quand il avait pu se libérer une heure ou deux, il n'avait pas cessé de penser à elle. Peut-être que son organisme supportait mal l'abstinence ? Oui, ça devait être ça le problème. Après tout, ça faisait des siècles qu'il faisait l'amour aux femmes. Quelle différence, cette fois-ci ?

— Vite… souffla-t-elle.

Il rouvrit les yeux et vit Lyssa lui lancer un regard

par-dessus son épaule. La courbe gracieuse de son dos, cette taille, si fine… Il sentit sa gorge se serrer. Elle était tellement belle, tellement fascinante.

Tout en lui agrippant une hanche, il dirigea son membre turgescent vers le sexe humide et frotta contre les lèvres ouvertes son gland hypersensible.

— Je… j'ai peur… gémit Lyssa, obnubilée par le phallus qui allait bientôt s'enfoncer en elle.

Quand le gland commença sa progression entre les replis veloutés, des gouttes de sueur perlèrent sur la peau de la jeune femme.

— Ne crains rien, je ne te ferai pas mal.

Il la pénétra lentement, trop lentement, avec précaution, en se retirant un peu après chaque poussée. C'était un supplice tellement délicieux qu'elle crut devenir folle. Ses bras tremblants cessèrent de la soutenir et elle enfouit son visage dans les châles de soie. À la vue de ce cul remontant vers lui de quelques centimètres, Aidan logea sa queue magnifique encore plus loin en elle. Un petit geignement s'éleva des châles froissés.

— C'est ça, donne-moi ta chatte, souffla-t-il d'une voix rauque et veloutée.

— Alors donne-moi ta queue, répliqua-t-elle, pantelante.

Ses doigts se crispèrent sur la soie. Le souffle court, elle tortilla des hanches, mais il l'immobilisa résolument et conserva son rythme mesuré.

— Oh bon sang… C'est tellement bon…

Elle le désirait comme jamais elle n'avait désiré personne. Sinon, comment aurait-elle pu accueillir en elle un membre de cette taille ? Son sexe brûlant et moite réagissait au moindre stimulus.

— Oh, Lyssa… ronronna-t-il en lui caressant l'échine. Tu as la chatte la plus étroite, la plus juteuse et la plus vorace que j'aie jamais baisée.

En entendant ces mots obscènes, elle se cambra comme un félin et mouilla de plus belle. Aidan profita de cette lubrification supplémentaire pour progresser toujours plus en elle, et tous deux haletèrent. Mesurer sa respiration, le tantra, il n'en était plus question. Ils étaient tous deux bien trop concentrés sur l'endroit où leurs corps se soudaient. Lyssa n'avait jamais rien eu contre les parties de jambes en l'air un peu cochonnes, au contraire, c'était l'un de ses fantasmes, mais pour s'ouvrir à ce point, il fallait un partenaire de confiance. Avait-elle enfin trouvé la perle rare ?

Aidan s'enfonça en elle jusqu'à la garde, ses lourds testicules frôlant le clitoris de sa partenaire. Quand il se retira et s'enfonça à nouveau, ses couilles la fouettèrent, et elle laissa échapper un gémissement d'aise.

D'une voix déformée par le plaisir, elle gémit :

— Tu me combles…

Chaque pli de son vagin s'était distendu pour le recevoir, le moulant comme un gant de velours. Leurs corps s'emboîtaient à la perfection.

Il la tenait par l'épaule et la hanche. Contre le dos de Lyssa, la poitrine virile se soulevait et retombait comme la houle. Ses cuisses tremblaient… Lui aussi allait bientôt exploser.

L'odeur du guerrier flottait tout autour d'elle, mêlée à celle de l'encens. Ils étaient littéralement collés l'un à l'autre, leurs sueurs mélangées renforçant encore le lien qui les unissait.

— On y va ? suggéra-t-elle d'un ton hésitant.

Elle se sentait maintenant extrêmement vulnérable.

— D'accord.

Tout en la pilonnant à un rythme régulier, Aidan recommença à lui chatouiller le clitoris. Elle faillit hurler de bonheur. Cette sensation d'étirement, puis de contraction, de pénétration puis de succion… elle n'avait jamais rien connu d'aussi bon. Il lui faisait l'amour comme un dieu, exploitant tout ce qu'il savait sur le sujet pour la conduire à l'extase.

Elle se sentait dépassée par les événements. N'ayant que peu d'expérience dans ce domaine, elle ignorait comment s'y prendre avec un homme comme lui. Il la chevauchait avec une grande assurance ; il était manifestement dans son élément. Elle, en revanche, devait se contenter de recevoir passivement ce qu'il lui offrait. Sa peau était devenue tellement sensible que le contact du pendentif lui frôlant le dos déclencha son orgasme.

— C'est trop bon… Je vais jouir… gémit-il en entendant ses cris de volupté.

Des jets de sperme épais et brûlant inondèrent les entrailles d'une Lyssa éperdue de plaisir. Le sang rugissait à ses oreilles, elle n'entendait plus rien. Il lui fallut un moment pour s'apercevoir que son amant lui parlait et qu'il s'adressait à elle dans une langue inconnue. Il chuchotait à son oreille d'un ton respectueux, en l'étreignant de toutes ses forces.

Quand les genoux de la jeune femme cédèrent sous elle, il chuta avec elle et resta étendu contre son dos.

Il était encore en elle.

Et, les lèvres posées sur la peau de la jeune femme, il continuait de lui murmurer des mots splendides et mystérieux.

Chapitre 3

Allongé sur le dos, Aidan contemplait le ciel étoilé par l'œil-de-bœuf. En apparence calme et repu, il se sentait profondément ébranlé. Ce lien étroit qui semblait les relier, lui et la femme lovée contre son torse, le plongeait dans des abîmes de perplexité.

Pendant qu'il faisait l'amour à la sublime Lyssa, leur communion lui avait paru aller bien plus loin qu'un simple rêve partagé. Il l'avait prise à quatre pattes pour ne pas voir son visage et se concentrer sur le sexe, mais il avait échoué. La terrible anxiété qu'il ressentait à son sujet ne s'était pas dissipée quand il avait joui. Elle avait même empiré, parce qu'il savait qu'il allait devoir la quitter et que, dès lors, il ne la reverrait plus jamais.

La gorge serrée, il ferma les yeux. Elle avait couché avec lui, pas avec un fantasme. Elle n'avait serré dans ses bras ni le capitaine de l'Élite, ni le Gardien aux prouesses sexuelles réputées, mais simplement lui, Aidan Cross.

Pour la première fois de sa vie, une femme s'était offerte à lui corps et âme. Cette prise de conscience le bouleversa. Tout comme Lyssa, il venait de redécouvrir la véritable signification de l'acte d'amour. Lui qui avait assouvi les fantasmes de centaines de femmes différentes venait de vivre avec celle-ci des moments inouïs.

Le souffle chaud de sa compagne lui caressa la poitrine.

— Bon, dis-moi... C'est quoi, ces choses que je ne peux pas comprendre ?

— Lyssa...

Il contempla la tête blonde en poussant un soupir. Que pouvait-il lui dire pour la tirer d'affaire sans provoquer la colère des Anciens ?

— Voyons, laisse-moi deviner... chuchota-t-elle en se redressant. Tu ne recherches pas une relation sérieuse, tu n'as pas besoin d'une petite amie, tu ne veux surtout pas t'attacher, et il n'y a que le sexe qui t'intéresse.

Elle se trompait, mais il ne pouvait pas le lui expliquer.

— Je suis un Gardien des Rêves, répondit-il évasivement.

Elle le dévisagea avec étonnement.

— OK... mais encore ?

— Cette plage, cette tente, ces vêtements, et même ces ténèbres où je t'ai trouvée... Ce sont des inventions de ton esprit.

— D'accord.

— Moi pas.

— « Moi pas » quoi ?

— Je ne suis pas le fruit de ton imagination. Tu peux modifier mon apparence pour l'adapter à tes désirs, mais c'est le seul contrôle que tu possèdes sur moi. Tu ne peux pas me faire faire ce que je n'ai pas envie de faire.

— Ça, j'avais remarqué.

Un sourire hésitant succéda à son expression pensive.

— Donc, tu n'es pas un grand et ténébreux dieu du sexe beau à en crever ?

Aidan ne put lui cacher son amusement.

— J'ai le poil de quelle couleur, à ton avis ?

— Noir.

— Partout ?

Elle lui caressa la poitrine, puis descendit jusqu'aux testicules et les palpa gentiment.

— Oui, partout.

— Et quelle est la couleur de mes yeux ?

Les yeux plissés, elle s'approcha de lui et l'examina avec attention.

— Je n'en suis pas sûre, marmonna-t-elle tout bas. J'ai l'impression qu'ils sont foncés, mais la lumière n'est pas très bonne.

Il lui prit la main et la lâcha aussitôt, comme s'il venait de se brûler. Elle venait de manifester le premier signe que quelque chose ne tournait pas rond… En le voyant serrer les poings, elle s'inquiéta.

— La lumière est tout à fait suffisante, répliqua-t-il.

— Donc, tu n'es pas avec moi celui que tu es en réalité ?

— C'est ça.

Elle frissonna, un peu troublée. Elle venait de faire l'amour avec un homme qu'elle ne pouvait pas voir. Quelle idée étrange et déconcertante.

— Et ils font quoi, ces Gardiens des Rêves ?

— Ça dépend. Il en existe plusieurs catégories.

Chaque Gardien a ses points forts. Ceux qui éprouvent de l'amour et de la compassion pour les autres réconfortent les humains qui viennent de subir un deuil ou qui éprouvent un immense chagrin. D'autres, les Joueurs, parsèment les rêves de sportifs célèbres ou de vedettes de cinéma.

— Toi, tu fais partie de la première catégorie, c'est ça ?

Il s'était montré si tendre avec elle, si attentionné… Ce souvenir lui apporta une grande paix. Elle ne connaissait pas sa véritable apparence, mais elle savait quel genre d'homme il était, et rien d'autre ne comptait à ses yeux.

Il se raidit brusquement.

— Qu'y a-t-il ? lui demanda-t-elle, surprise.

— Je suis le capitaine des Guerriers d'élite, grommela-t-il, comme si cela expliquait tout.

Elle se rappela ce qu'il lui avait dit au cours de leur première discussion : « Je repousse les méchants. » Il était pourtant si gentil, si tendre…

— Et c'est quoi, un Guerrier d'élite ?

— Notre mission est de protéger les Rêveurs victimes de Cauchemars récurrents.

— Vous êtes des sortes de gardes du corps ?

— Plutôt des soldats en mission de sauvetage.

— Ah, c'est pour ça que tu es si musclé…

Il la fixa avec intensité.

— Je suis musclé, c'est vrai, mais je ne sais pas ce que tu vois quand tu me regardes, Lyssa. Mon apparence physique, c'est ton rêve qui la fabrique. Les Rêveurs ne peuvent pas voir les Gardiens tels qu'ils sont en réalité. Ton inconscient remplit les blancs.

— Je comprends, murmura Lyssa en se laissant

retomber dans la soie. Mais pourquoi un Guerrier d'élite viendrait-il dans mes rêves ? Je ne fais pas de cauchemars.

— Tu as construit pour t'isoler une barrière redoutable. Nous devions absolument savoir ce qui se cachait derrière, et on m'a chargé de la forcer.

Elle laissa échapper un petit rire sans humour.

— C'est pour ça que tu es revenu cette nuit ? Parce que je n'ai pas voulu laisser entrer les... les autres Gardiens ?

— Oui, c'est pour ça.

Son estomac se noua. Elle qui croyait qu'il s'inquiétait pour elle.

— Pourquoi teniez-vous tant à visiter mes rêves ? Il n'y a rien à voir.

Aidan se redressa et se cala contre une pile d'oreillers. Hormis son pendentif, il était complètement nu, et n'en éprouvait aucune gêne. La beauté animale dans toute sa splendeur. Puis, elle se rappela qu'il n'était qu'un fantasme.

Ce mâle parfait n'existait que dans sa tête.

— Les Cauchemars sont bien réels. Et pas seulement de la façon dont vous l'entendez, toi et tes semblables.

— Que veux-tu dire ?

Il marqua un temps d'hésitation, puis lui expliqua d'une voix atone les notions d'espace abrégé, d'espace-temps, de dimensions multiples. Les paumes humides, elle l'écouta sans un mot.

Depuis que les Cauchemars avaient découvert l'inconscient des humains en se glissant par la faille créée par les Anciens, les guerriers les combattaient sans relâche. Les rêves de l'humanité offraient une nouvelle source de pouvoir à l'ennemi qui prospérait comme jamais. La peur, la colère, la misère... Des émotions faciles à susciter en rêve. Des émotions dont se repaissaient les Cauchemars.

— J'ai vu trop de cernes noirs sous les yeux des humains, trop d'épaules résignées, trop de démarches fatiguées, continua Aidan en serrant les poings sur ses genoux. Cela fait des siècles que les Anciens s'efforcent de colmater la faille minuscule qui relie le Crépuscule à ton monde. Mais c'est impossible, Lyssa. Alors nous réparons les dégâts. C'est tout ce que nous pouvons faire.

Elle qui croyait tout savoir sur les rêves, vu le temps qu'elle passait dans les siens, elle en savait bien peu, finalement.

— Nous faisons de notre mieux pour vous protéger, reprit-il. En adoptant les formes et les nuances dont vos inconscients nous parent, nous devenons des fantasmes.

Lyssa digéra lentement ces informations, puis :

— Pourquoi tu me dis tout ça ? Je parie que la plupart des gens n'en savent rien.

— C'est vrai. Mais toi, tu es forte. Les déguisements ne te trompent pas et tu es capable de nous repousser. Ma mission consistait à te convaincre de nous ouvrir ta porte. Et comme tu sais que tu es en train de rêver, ce qui est plutôt rare, j'ai décidé de ne rien te cacher.

— Donc si je comprends bien, tes petits copains voulaient juste entrer pour vérifier qu'aucun Cauchemar ne se cachait dans les recoins de mon inconscient ? Tu ne peux pas faire ça tout seul ?

Aidan garda le silence un instant.

— Ils cherchent quelqu'un, Lyssa. Une personne dont ils ignorent l'identité, mais qu'ils pensent pouvoir repérer grâce à une liste de critères auxquels elle devra correspondre. Tu présentes certaines de ces caractéristiques. Et ça fait si longtemps qu'ils la cherchent qu'ils font du zèle, maintenant. Tu devrais être prudente. Je pense que tu devrais leur fournir le moins d'informations possible à ton sujet tout en faisant attention de ne pas éveiller leurs soupçons. Je te dis tout ça pour que tu sois prête à les recevoir.

Lyssa hocha la tête.

— OK. On n'a qu'à se mettre d'accord sur un signe secret ou quelque chose dans le genre, comme ça, si je commence à en dire trop, tu pourras me prévenir.

— Lyssa…

Elle sentit son estomac se soulever. Ce silence en disait long.

Il ne reviendrait pas.

— Je vois, murmura-t-elle.

Elle avait compris le savoir-faire d'Aidan dès qu'il l'avait touchée, elle l'avait goûté dans ses baisers, et elle se serait jetée sur lui à nouveau si elle n'avait pas eu besoin de quelques minutes pour se remettre de leurs ébats. Cet homme connaissait le corps des femmes sur le bout du doigt.

— La séduction, ça fait aussi partie de ton travail ?

Il serra les dents d'un air peiné.

— Parfois.

Elle vacilla, comme si elle venait de recevoir un coup de poing en plein ventre.

— Un amant et un combattant…

— Un guerrier, la corrigea-t-il, lugubre.

— Tu possèdes de multiples talents, à ce que je vois.

Elle s'éloigna de lui et s'assit au bord du lit pour lui cacher les larmes qui brillaient dans ses yeux.

— D'accord, va leur dire que je les laisserai entrer.

Elle perçut un mouvement derrière elle, puis deux grandes mains se posèrent sur ses épaules. Quand il l'embrassa dans le cou, elle se dégagea vivement et descendit du lit. Au moment où elle se disait qu'elle aurait bien aimé avoir quelque chose pour se couvrir, une robe de chambre apparut sur un fauteuil, à côté de la porte. Elle attrapa le vêtement en sortant…

… Et se retrouva en plein soleil sur une plage de sable blanc. D'abord pétrifiée, elle ne parvint à se remettre en mouvement qu'en entendant Aidan s'approcher d'elle.

Elle pensa à une buvette au toit de chaume, qui apparut un peu plus haut sur la plage. Parfait ; elle avait terriblement besoin d'un verre. Aidan lui emboîta le pas.

— Je crois que j'ai compris toutes ces histoires de rêves. Merci pour ton aide.

— C'est peut-être la peur qui perturbe ton sommeil, lui lança-t-il dans son dos. À un moment ou à un autre, les Cauchemars ont dû te terroriser et depuis, tu te blottis dans le noir, derrière ton portail, et tu as arrêté de rêver.

— Ah. Mais j'imagine que je suis guérie.

Brusquement, il se matérialisa devant elle, et elle recula d'un bond, effrayée.

— Bon sang, tu m'as foutu la trouille ! Ne fais plus jamais ça !

Dans le regard noir d'Aidan, elle vit rugir une tempête d'émotions qu'elle ne parvint pas à identifier.

— Ne me fuis pas ! Comment peux-tu après ce que nous venons de vivre ?

Cette simple évocation la remua jusqu'au tréfonds de son être. Dans ce monde comme dans l'autre, une seule chose lui faisait envie : se blottir dans les bras d'Aidan, où rien ne pouvait l'atteindre, et ne plus penser à rien. Mais s'il restait plus longtemps, ces choses qu'elle éprouvait déjà malgré elle – le manque, la jalousie, le désir – ne feraient que se renforcer.

— Qu'est-ce que tu attends de moi, Aidan ?

Le regard du guerrier s'embrasa quand elle prononça son nom.

— Retournons dans la tente, suggéra-t-il. Nous avons encore le temps…

— Non, articula-t-elle d'une voix un peu trop tremblante à son goût.

Ils se connaissaient à peine, mais Aidan lui avait déjà tant donné. Il était comme un roc, un point d'appui dans sa vie. Son départ allait la faire souffrir. Elle souffrait déjà, d'ailleurs.

— Tu devrais partir.

— Pourquoi ? lui demanda-t-il, la mâchoire contractée.

— Coucher avec un gars qui a pitié de moi, c'est pas mon truc.

Elle éprouva une vague satisfaction en l'entendant grincer des dents. Manifestement, les émotions d'Aidan étaient aussi tumultueuses que les siennes. Tant mieux.

— Je m'en sors très bien toute seule depuis des années. Je n'ai pas besoin qu'un mec comme toi me baise dans le Crépuscule pour me guérir ou peu importe comment tu appelles ça !

Les narines d'Aidan se dilatèrent.

— Tu es en colère et je le comprends. Mais tu sais que ce n'est pas pour cette raison que nous avons couché ensemble.

— Ah oui ? Et pour quoi, alors ?

Elle lui tourna le dos et visualisa la buvette au toit de chaume dans la direction opposée.

— Lyssa...

Il l'attrapa par le bras, l'obligeant à s'arrêter net.

*
* *

— Lyssa ! Réveille-toi, bon sang !

Quelqu'un – sa mère – la secouait sans ménagement. Elle se réveilla dans son salon, entre quatre murs couleur taupe.

— OK, OK...

Elle se frotta les yeux. Sa mère était penchée au-dessus d'elle.

— Qu'est-ce qui t'arrive, Lyssa ? Tu m'as vraiment fait peur, tu sais ! Tu as dormi pendant presque vingt-quatre heures d'affilée sans bouger un orteil ! Je me suis levée toutes les heures pour vérifier que tu respirais encore !

La jeune femme referma les yeux, puis s'étira en soupirant. Tous ses muscles lui faisaient mal après ce long repos dans la même position.

— J'ai dormi dans ta chambre la nuit dernière. J'avais trop peur de te laisser toute seule.

Sa mère se faisait sans arrêt du souci pour elle. Et

cherchait en vain depuis toujours comment guérir ce que sa fille considérait comme une maladie mentale.

— Je vais bien, maman.

Pour la première fois depuis des années, Lyssa pensait vraiment ce qu'elle disait. Elle ignorait la cause de son bien-être, mais celui-ci était indéniable. Comme si elle avait résolu un problème ou reçu la réponse à une question qu'elle se posait depuis longtemps.

— Quelle heure est-il ?

— Huit heures passées.

— Merde !

Elle rejeta le couvre-lit et se leva en grimaçant.

— Il faut que je me dépêche, sinon je serai en retard pour mon premier patient !

— Quoi ? Tu pars travailler alors que tu étais quasiment dans le coma il n'y a même pas une minute ?

Les mains sur les hanches, sa mère la regardait d'un air lourd de reproches.

— Le travail, c'est tout ce qu'il me reste, maman. Je ne veux pas y renoncer comme j'ai renoncé à ma santé et à ma vie amoureuse.

— Je vais demander à ton docteur de te faire passer d'autres examens.

— Pas question ! s'écria Lyssa en grimpant les marches quatre à quatre.

— Si tu n'acceptes pas de faire un check-up, je te garde à la maison !

— Maman…

Elle jeta un coup d'œil à sa mère au pied de l'escalier, et comprit que toute discussion serait vaine.

— Bon, d'accord, grommela-t-elle à contrecœur. Mais en échange, fais-moi du café…

81

Une douche et trois tasses plus tard, Lyssa prenait la route du travail. Il faisait un peu frisquet dans la vallée encore brumeuse, néanmoins l'atmosphère était vivifiante. La jeune femme se sentait moins reposée que la semaine précédente, mais elle était loin d'être sur le point de s'effondrer sur le tableau de bord. Cette seule constatation suffit à la mettre de bonne humeur.

Ce fut donc en sifflotant qu'elle ouvrit la lourde porte d'acier à l'arrière de sa clinique et avec un large sourire qu'elle entra dans la première salle d'examen, celle avec le joli papier peint à rayures bleues et blanches.

— Bonjour, je suis le Dr Bates ! s'exclama-t-elle gaiement.

Le maître de sa patiente se tourna vers elle. C'était un bel homme, cheveux foncés coupés très court, jean large et T-shirt noir moulant mettant sa haute taille en valeur. Un pompier, s'il fallait en croire le motif du T-shirt. Lyssa admirait les pompiers.

— Chad Dawson, lui dit-il en lui serrant la main.

Puis il lui désigna le magnifique labrador assis à ses pieds :

— Je vous présente Lady.

— Salut, Lady !

La chienne lui tendit la patte.

— Ça alors ! Qu'est-ce que tu es intelligente, murmura Lyssa en jetant un coup d'œil à ses notes. Alors comme ça, tu viens pour tes vaccins ? Je ne te ferai pas mal, je te le promets.

Comme elle avait horreur de faire attendre ses patients, elle procéda aussitôt aux injections, puis offrit un biscuit à la chienne pour la récompenser. Monsieur Lady l'observait avec attention. Sa haute stature semblait absorber tout l'espace, et l'odeur de son eau de Cologne flottait comme une douce présence dans la pièce. Parfaitement consciente de l'intérêt qu'il lui portait, Lyssa écrivit quelque chose sur ses feuilles, puis fit mine de se rendre dans la pièce voisine. Comme elle s'y attendait, il l'arrêta au passage.

— Docteur Bates ?

— Oui ?

— J'apprécie vos attentions pour Lady. Elle déteste les piqûres, et d'habitude elle tremble comme une feuille quand je l'emmène chez le véto.

Lyssa gratta la chienne derrière les oreilles.

— Tu es très courageuse, Lady. L'une des patientes les plus braves que j'aie jamais eues... Vous avez une chienne merveilleuse, monsieur Dawson.

— Appelez-moi Chad.

Elle sourit mais ressentit également comme un petit coup à l'estomac : panique et excitation mêlées.

— Si je puis me permettre, ajouta-t-il avec un sourire penaud, j'ai remarqué que vous ne portiez pas d'alliance. Vous voyez quelqu'un, en ce moment ?

Sans comprendre pourquoi elle réagissait ainsi, elle fut à deux doigts de lui répondre qu'elle avait effectivement un petit ami.

— Non, je ne vois personne... À part quelques chats grincheux. Mais ça ne compte pas, je crois.

Il lui retourna un sourire éblouissant.

— Dans ce cas, j'aimerais vous inviter à dîner. Si vous acceptez de sortir avec les maîtres des animaux que vous soignez.

— Cela ne m'est jamais arrivé, mais pourquoi pas ?

Elle sortit d'un tiroir un bloc-notes portant le logo

d'un laboratoire pharmaceutique. Ils échangèrent leurs numéros, puis décidèrent de se voir pendant le week-end.

Après le départ de Chad et Lady, Lyssa resta quelques instants dans la pièce. Pourquoi son rendez-vous avec ce pompier baraqué la rendait-il si triste ?

*
* *

Tapi à la frontière du Crépuscule, Aidan fixait la femme nue qui se tordait sur son lit. Elle poussa un gémissement plaintif, puis se cambra en se caressant le clitoris d'une main, plongeant deux doigts dans sa fente glissante de l'autre.

Il observait la scène sans détourner le regard, pour obliger son corps récalcitrant à coopérer, à s'exciter. Attirés par l'énergie que la Rêveuse dégageait dans le Crépuscule, les Cauchemars arrivaient. Il les entendait, percevait leur présence. Cette femme était maintenant particulièrement vulnérable.

Aidan avait pour mission de la protéger, mais malgré son envie sincère de l'aider, il n'éprouvait pas le moindre désir pour elle… Et sans désir, il ne pouvait pas faire son travail.

Il ferma les yeux en appelant silencieusement à l'aide. La femme gémissait sur le lit, de plus en plus proche de l'orgasme.

Soudain, quelqu'un se matérialisa à côté du guerrier et lui lança d'une voix rieuse :

— Ça tombe bien, je te cherchais !

— Ah ?

Aidan jeta un coup d'œil en coin à Connor et ressentit

un immense soulagement, qu'il s'efforça de lui cacher, en le voyant commencer à ôter ses vêtements.

— Je devais me charger de ta Rêveuse, cette nuit. Je savais que tu voudrais faire l'échange dès que tu serais au courant. Tu me refiles toutes tes missions sexuelles depuis des semaines. Mais tu crèves d'envie de partager un autre rêve avec cette femme, hein ? Tu en as bien besoin, d'ailleurs. Sérieux.

Aidan se raidit, submergé par des émotions qui le dépassaient.

— Tu parles de Lyssa Bates ?

Connor hocha la tête.

— Je ne comprends pas ce qui te fascine à ce point chez elle, mais j'espère que ça va durer encore un peu. J'adore échanger ma place contre la tienne. Et maintenant, si tu veux bien m'excuser…

Dès que le Gardien blond mit un pied dans le rêve, son apparence se modifia pour correspondre aux désirs de la Rêveuse. Aidan s'éloigna en hâte, consumé par l'envie de retrouver la femme qu'il n'était pas censé revoir, mais à laquelle il semblait incapable de résister.

Un mois s'était écoulé depuis leur première rencontre. Un mois passé à tirer les vers du nez des autres Gardiens, pour savoir qui avait dormi avec elle, ce qu'elle avait dit, ce qu'elle faisait. Elle sortait avec un homme depuis quelque temps, un dénommé Chad. Sa vie semblait à nouveau sur les rails. Une très bonne chose, avait-il pensé sur le coup. Il avait alors tenté de suivre son exemple et de l'oublier, acceptant des missions qui l'auraient passionné dans le passé.

Rien n'avait marché.

Le cœur battant, Aidan filait dans le Crépuscule. Il arrivait à peine à contenir son euphorie. Il allait enfin la revoir ! Les douces intonations de sa voix, son parfum suave, ses yeux magnifiques, ses boucles blondes, tous ces détails le hantaient. Mais ils se brouillaient déjà dans sa tête, comme voilés par la brume des matins du Crépuscule. S'il se montrait un peu patient, il finirait par oublier Lyssa.

Mais il ne voulait pas l'oublier. Pour la première fois depuis des siècles, son sang bouillait dans ses veines ; pour la première fois de sa vie, Aidan désirait ardemment une femme. Il devait lui dire qu'elle n'avait pas été une simple mission à ses yeux, lui faire comprendre qu'il lui avait fait l'amour parce qu'il la désirait, et pour aucune autre raison.

Il marqua une pause devant le rêve de Lyssa. Il voulait l'enlacer, susciter sa passion, recevoir à nouveau ses caresses délicieuses... Chad avait-il déjà droit à de douces attentions ? Cette pensée le brûla, le laissant en sueur.

Non, pour l'instant, Lyssa n'avait pas couché avec ce type... pas encore. Aidan s'en assurait chaque jour auprès des autres Gardiens.

Tout en grondant de rage à l'idée qu'elle puisse s'offrir à quelqu'un d'autre, il ouvrit le portail désormais muni d'une poignée rutilante et entra sans s'annoncer. Il se retrouva sur la plage qu'il connaissait déjà. Un peu plus loin, Lyssa se balançait dans un hamac suspendu entre deux palmiers. Elle portait un paréo découvrant ses longues jambes et sa poitrine généreuse était à peine contenue par les minuscules triangles d'un bikini au crochet. Le large bord d'un chapeau de paille masquait ses traits adorables, et un carnet à dessin était posé sur son ventre.

Émerveillé par cette peau dorée et par les boucles

folâtres qui, portées par la brise tropicale, frôlaient ses lèvres brillantes, Aidan se figea.

Pourquoi le troublait-elle à ce point ? Il la désirait tant que les jambes lui manquaient. Tout à l'heure, une femme nue s'était caressée devant lui, avide de sexe, et il n'avait rien ressenti. Elle ne l'avait pas attiré. Pas plus que toutes les autres femmes qu'il avait évitées ces quatre dernières semaines.

Il dut s'armer de courage pour s'approcher de Lyssa. Quand elle leva la tête, leurs regards se croisèrent. Il comprit immédiatement qu'elle se méfiait et sentit son cœur se serrer. La confiance qui s'était installée entre eux après leurs ébats avait disparu. Cette constatation l'affectait profondément. La jeune femme se redressa, faisant tomber son carnet à dessin dans le sable, puis imprima un balancement au hamac d'un petit coup de pied agile.

Aidan s'arrêta devant elle.

— Salut.

— Salut, chuchota-t-elle, la voix rauque, l'observant avec attention.

— Comment vas-tu ?

— Bien, et toi ?

Cette réplique absurde l'irrita.

— Pas si bien que ça.

— Ah bon ?

Plus sincère, moins guindée, l'attitude de Lyssa venait de changer du tout au tout. Cette femme s'inquiétait toujours pour les autres, trait de caractère qu'Aidan appréciait beaucoup chez elle.

— Je ne suis pas censé être ici, et je ne pourrai pas revenir.

— Pourquoi ?

Le balancement s'interrompit.

— Je dois respecter certaines règles, répondit-il en s'approchant encore un peu. Nous ne sommes pas autorisés à nous attacher aux Rêveurs.

— Ah.

— Et je ne pourrais pas me le permettre, même si nous en avions le droit. C'est incompatible avec mon travail.

Lyssa repoussa le bord de son chapeau. Il était si facile de lire en elle.

— Tu parles de manière générale ?

Il secoua la tête.

— Dans ce cas, est-il envisageable que tu te sois attaché à moi ? insista-t-elle.

— Ce n'est pas seulement envisageable, c'est hautement probable, reconnut-il d'un ton bourru.

Elle fronça les sourcils et se tourna vers l'océan. Aidan serra les poings à la vue des boucles d'or cascadant sur les épaules de la jeune femme. Une envie irrépressible de les toucher, d'y entremêler les doigts le saisit...

— Bon, mais pourquoi es-tu venu ? lui lança-t-elle en descendant du hamac.

— Je n'ai pas aimé la façon dont nous nous sommes séparés.

Elle lui retourna son regard.

— Je ne voulais pas te laisser croire que ce qu'il s'est passé entre nous faisait partie de mon travail.

Lyssa était si petite qu'elle dut pencher la tête en arrière pour le dévisager.

— Merci, murmura-t-elle.

Son attitude digne et tranquille eut raison du guerrier. Franchissant la distance qui les séparait, il envoya valser le chapeau de paille dans le sable et embrassa fougueusement la jeune femme. Un baiser ardent, précipité…

— Je t'ai fait l'amour parce que j'en crevais d'envie. Je ne regrette pas ces moments, et j'espère de tout cœur que tu ne les regretteras pas non plus.

Deux petites mains se refermèrent sur ses poignets.

— Je ne regrette rien, Aidan.

Il posa son front contre celui de Lyssa et respira son odeur délicieuse.

— J'ai l'impression que je te connais depuis toujours, chuchota-t-elle. J'ai l'impression de dire adieu à un très cher et très vieil ami.

— Toi aussi tu vas me manquer.

À nouveau, il l'embrassa fiévreusement. C'était un baiser d'adieu, cette fois, un dernier souvenir à chérir à jamais.

Voilà ce que le guerrier projetait, jusqu'à ce que le goût entêtant et sucré de la Rêveuse, capiteux comme un millésime, l'enivre.

— Lyssa… gémit-il, ses lèvres toujours posées sur celles de la jeune femme, trahissant l'envie, le besoin qu'il avait d'elle.

Vaillamment, la jeune femme tenta d'entourer de ses bras graciles les larges épaules du guerrier. Comme elle n'y parvenait pas, elle l'enlaça à la taille. Il la buvait toujours avec délectation, léchant du bout de la langue la bouche entrouverte, frôlant de ses doigts calleux la chute de reins de sa compagne.

De plus en plus fébrile, il ferma les yeux et avala goulûment les petits cris plaintifs de Lyssa. Elle lui répondit comme elle pouvait, glissant ses mains sous sa chemise, caressant sa peau nue, se collant à lui avec l'énergie d'un désespoir au moins aussi grand que le sien.

Quand la langue de Lyssa vint titiller celle du guerrier, celui-ci mit brutalement un terme à leur baiser. Il était au bord de l'explosion. Il lui grignota la mâchoire, lui mordilla le cou, le lécha, caressa ses seins, les pétrit, en chatouilla les mamelons gonflés de désir. N'y tenant plus, il écarta sans ménagement les petits triangles de tissu. Malaxé avec art, un téton durcit sous ses doigts.

— Oui, oui… gémit-elle, comme pour inciter l'homme qui voulait la prendre à passer à l'action.

Savait-elle seulement à quel point il la désirait ? Savait-elle qu'il voulait revivre cette communion qu'il avait déjà ressentie avec elle ?

Il prit le sein dans sa bouche et en suça le téton, bonbon dur et lisse sous sa langue. Ses joues se creusant à chaque succion, il le téta avidement, déclenchant les contractions d'un sexe aussi avide que le sien.

Lyssa lui empoigna les fesses. Elle était brûlante, il le sentait malgré les vêtements qui les séparaient. Il ferma les yeux, le nez enfoui dans son cou pour ne respirer qu'elle, et ce parfum qui resterait à jamais imprimé dans sa mémoire.

Submergé par un flot de tristesse, il releva la tête. À quel point l'attirance qu'il éprouvait pour elle augmenterait-elle encore s'il la prenait à nouveau ? Les autres femmes avaient déjà perdu tout attrait à ses yeux.

Lyssa le regardait, les yeux papillonnant. Bouche entrouverte, poitrine offerte, elle incarnait l'abandon et le désir. Pendant un instant, il faillit céder à l'envie presque irrésistible de l'allonger sur le sable, d'écarter le bas de son bikini, de s'enfoncer enfin dans ses profondeurs veloutées...

— J'ai peur de ce qui pourrait se passer si nous refaisons l'amour, lui souffla-t-elle, pantelante. Je veux plus que du sexe, Aidan.

Il l'enlaça et posa la joue sur le sommet de son crâne.

— Malheureusement, je ne peux rien te donner de plus...

Il la relâcha à contrecœur, renonçant pour toujours à ce corps chaud et harmonieux.

Elle rajusta son bikini et le dévisagea de ses grands yeux sombres.

— Même si tu ne peux pas rester, je suis contente que tu sois venu.

Il effleura l'une de ses pommettes.

— Adieu, Lyssa.

— Adieu...

Il rebroussa chemin et sentit qu'elle l'observait, jusqu'à ce que le portail se referme sur lui. Une barrière infranchissable se dressait à nouveau entre eux.

Chapitre 4

— Tu as enfreint nos règles les plus sacrées, capitaine Cross.

Une mer de capuchons ondoya à l'unisson sur les gradins.

— Les missions que nous vous confions ne sont pas choisies au hasard. Qui crois-tu être pour arranger nos ordres à ta convenance ?

Bien droit, les mains nouées dans le dos, il resta impassible. Il attendait les coups qui n'allaient pas manquer de pleuvoir sur sa tête. En retournant dans le rêve de Lyssa, il connaissait les risques. Et il les avait acceptés pour quelques instants avec elle. Le jeu en valait la chandelle : il avait pu la serrer dans ses bras.

— Tu es un exemple pour les tiens, insista l'Ancien. Chaque transgression de ta part peut les inciter à désobéir à leur tour. Pour te punir, nous avons décidé de t'envoyer pour quinze jours à la Frontière !

Il tressaillit intérieurement. Après le paradis qu'il venait de vivre en compagnie de Lyssa, il allait à nouveau connaître l'enfer. D'un autre côté, ces deux semaines lui feraient du bien, probablement. Là-bas, il n'aurait pas le temps de penser à elle.

— Ta nouvelle assignation prend effet immédiatement, capitaine.

Il s'inclina devant eux puis tourna les talons. Comme il s'attendait à une punition de ce genre, il était venu en tenue de combat, son glaive fixé dans le dos. Ses bottes claquèrent sur le marbre avec un bruit menaçant quand il quitta le *haiden* et descendit la volée de marches donnant sur la cour. Autour de lui, les Gardiens qui n'étaient pas en mission l'observaient, certains en catimini, d'autres tout à fait ouvertement. Il avait enfreint une loi que personne n'avait transgressée depuis des siècles, et tous voulaient savoir quelle était la punition encourue pour une offense aussi grave.

Il bondit dans les airs et s'éloigna à la vitesse de l'éclair dans le Crépuscule brumeux. Au loin devant lui, une lueur rougeâtre illuminait les cimes d'une chaîne de montagnes. Selon son habitude, il profita du trajet de plusieurs heures pour faire le tri dans ses pensées et revoir ses priorités. Pour les Gardiens postés à la Frontière, il y en avait deux : ne jamais lâcher leur glaive et ignorer la fatigue tordant leurs muscles. Les quinze jours qui l'attendaient seraient rudes : peu de nourriture, peu de repos. Pour rejoindre les rangs de l'élite, il fallait tenir au moins un mois à la Frontière, et la grande majorité des candidats échouait.

Comme les autres Guerriers d'élite, Aidan y retournait une fois par siècle pour se souvenir de l'importance vitale de leur mission. Ils n'y restaient que quelques jours, assez longtemps pour en repartir gonflés à bloc, mais jamais assez pour perdre tout espoir.

Deux semaines… Ce serait effroyablement long.

Il se posa sur un sommet et contempla les horreurs qui se déroulaient dans la plaine. Le gigantesque portail du royaume du Dehors s'incurvait sous la pression des Cauchemars cherchant à envahir le Crépuscule. Ils poussaient si fort sur les gonds et le verrou qu'une mince fissure rouge était apparue entre les battants. Par cette infime ouverture, un flot d'ombres noires se déversait dans le Crépuscule, infectant l'atmosphère, provoquant l'éclosion au sol d'innombrables pustules crachant une lave immonde. Des milliers de Gardiens se relayaient au cœur de ce combat sans fin, leurs étincelants glaives aux reflets rubis fauchant des Cauchemars en plus grand nombre encore.

L'odeur fétide de la souffrance et du désespoir imprégnait l'atmosphère, mais Aidan refusa d'écouter les protestations de son estomac. Il dévala le flanc rocailleux de la montagne, se frayant un chemin à coups d'épée dans la marée d'ombres qui montait jusqu'à lui. Juste avant d'éclater en nuages de cendre pestilentiels, les Cauchemars hurlaient et leurs cris stridents évoquaient le vagissement d'enfants appelant à l'aide. Ce son effroyable, qui l'agressait de toutes parts, pouvait plonger un homme dans la folie.

Encouragés par son arrivée, les Gardiens qui se battaient dans la plaine répondirent aux coups de leurs adversaires avec une ardeur renouvelée. L'admiration qu'ils lui portaient aspirait sa force, sapait son énergie. Il n'avait pas le droit de leur montrer sa peur, sa fatigue, sa faim, et depuis longtemps, cette invulnérabilité de façade l'épuisait.

Il comprit soudain qu'il ne parviendrait jamais à oublier Lyssa dans cet enfer. Bien au contraire, son souvenir éclipsa tous les autres, éblouissant d'espérance et de bonheur. Très vite, ses pensées ne furent plus remplies que par la jeune femme. Elle lui était d'un si grand réconfort… Avec elle, il pouvait être lui-même. Lyssa devint la force du guerrier. Chaque coup de glaive, chaque rugissement, chaque respiration prenait sa source en elle.

Elle était l'espoir qu'il avait cru éteint, le but à atteindre, le rêve à accomplir. La Clé n'avait plus aucune importance.

Elle seule comptait.

Lyssa.

*
* *

Le portail s'ouvrit presque silencieusement sur des gonds bien huilés, laissant entrer un filet d'air. Comme tous les jours depuis deux semaines, Lyssa en eut la chair de poule. Son corps réclamait le retour de l'homme qui l'avait tant touchée… Un homme qui ne venait pas.

Adossée à un chêne dont l'écorce lui meurtrissait le dos, elle fixa son carnet à dessin. Elle devait absolument se détendre. Elle se trouvait dans une prairie verdoyante parsemée de fleurs jaunes qui ondoyaient doucement sous la caresse d'une brise délicieuse. Un petit ruisseau traversait la prairie. Elle préférait la plage, mais n'avait plus envie de s'imaginer là-bas. La plage, c'était Aidan, le désir, le manque ; des émotions qu'elle aurait aimé ressentir à nouveau, mais qu'elle repoussait de toutes ses forces. Aidan ne reviendrait pas. Pourquoi espérer l'impossible ?

Elle le sentait pourtant tout autour d'elle. La force et l'énergie qu'il lui avait transmises en s'intéressant à elle lui avaient permis de créer ce bel environnement. Sans lui, elle serait restée assise dans le noir, perdant petit à petit la raison.

Elle poussa un soupir. Un autre Gardien allait lui rendre visite cette nuit-là. Le moment était venu de tourner la page, en remerciant le ciel pour les instants partagés avec Aidan, même si au fond elle continuait à souhaiter davantage.

Ces Gardiens étaient des types étranges qui l'abordaient toujours avec une grande prudence. Ne pas pouvoir se fondre incognito dans ses rêves les mettait extrêmement mal à l'aise. À leur demande, elle effectuait toutes sortes d'exercices bizarres, sans jamais perdre de vue les recommandations d'Aidan : ne leur révéler que des informations sans importance. Elle ne se plaignait jamais et ne leur révélait rien des exercices qu'elle pratiquait quand elle se retrouvait seule. Eux, de leur côté, ne lui révélaient pas grand-chose sur leur compte. C'était un étrange arrangement tacite et la jeune femme se demandait combien de temps cela pourrait durer.

Elle pensait sans arrêt à Aidan, se demandait où il était et ce qu'il faisait. Se battait-il l'arme au poing ? Avait-il endossé le fantasme d'une autre ?

Cette dernière idée, comme une bise polaire, la glaça et lui donna la chair de poule. Elle releva alors la tête et le vit.

Aidan.

Elle cligna des yeux, incrédule, mais le beau guerrier ne disparut pas. Son cœur bondit de joie. Il entra dans son rêve de ce pas arrogant et désinvolte qu'elle aimait tant chez lui. Mais quelque chose avait changé… On aurait dit qu'un lourd manteau invisible pesait sur ses épaules. Son beau visage buriné était dur, inflexible. Le regard glacial, il se rendit directement au bord du ruisseau.

Il commença à se déshabiller en silence, ôtant ses vêtements couverts de cendre et brûlés par endroits, offrant d'abord à Lyssa la vue de son dos hâlé, puis de fesses si parfaites que la jeune femme faillit fondre en larmes, béate d'admiration. Tout en se creusant la cervelle pour trouver quelque chose à dire, elle augmenta la profondeur du ruisseau et la température de l'eau. Et pour aider Aidan à parfaire sa toilette, elle matérialisa un savon sur les galets de la berge.

Elle élargit ensuite la couverture sur laquelle elle était assise et la garnit d'un panier pique-nique, puis d'une bouteille de vin, sans jamais quitter le guerrier des yeux. Le sang qui avait commencé à bouillir dans les veines de la jeune femme ralentit soudain sa course, comme englué de désir.

Aidan se savonnait la poitrine, ses bras musclés trahissant sa force. Ses grandes mains glissaient sur ses pectoraux et ses abdominaux saillants. Cet homme était un véritable fantasme. Lyssa faillit perdre le contrôle de ses nerfs rien qu'en le regardant, mais ce qui l'affectait, surtout, c'était la désolation qu'elle lisait dans les yeux bleus du guerrier. Qu'avait-il vu ? Où était-il allé ? D'après son comportement et l'état de ses vêtements, il venait de vivre l'enfer. Que lui avait-on fait pour qu'il revienne si… vide ?

Le guerrier se laissa glisser sous la surface pour se rincer la tête. Quand il ressortit de l'eau, les gouttes qui coulaient sur sa peau étincelèrent au soleil, le transformant en une sorte d'antique dieu païen. Il remonta sur la berge sans prendre la peine de ramasser ses vêtements, sa nudité ne l'embarrassant pas le moins du monde. Lyssa dévora du regard chaque centimètre carré de sa peau bronzée, s'attardant sur sa verge, impressionnante même au repos. Il s'agenouilla près d'elle, l'attira contre lui et s'allongea sur le dos.

Il l'étreignait comme si elle lui appartenait, une prise de conscience qui la fit frissonner de plaisir. Elle s'abandonna aux délices des grandes mains lui pétrissant le dos et du souffle brûlant dans ses cheveux. Grisée par l'odeur de sa peau humide, elle lui caressa lentement le torse, adoptant une cadence apaisante. Pour la première fois depuis qu'il l'avait quittée, elle se sentait en paix.

— Je n'aurais pas dû revenir, murmura-t-il enfin. C'était égoïste.

Son petit accent émoustilla Lyssa dont les tétons durcirent.

— Si tu veux que je te donne quelque chose, je le ferai.

— Je vais te faire du mal, Lyssa. Mais je n'ai pas pu rester loin de toi.

Elle comprit à son expression qu'il était au supplice.

— Pourquoi ?

Pourquoi pensait-il qu'il allait la faire souffrir ? Pourquoi était-il revenu ?

— J'ai besoin de toi, chuchota-t-il d'une voix rauque.

— Je suis là. Raconte-moi ce qui s'est passé.

Elle passa ses doigts dans les cheveux humides du guerrier, puis joua avec son pendentif. Une main posée sur la nuque de la jeune femme, il l'attira à lui. Leurs lèvres se frôlaient quand il lui murmura :

— Je ne supporte pas ton absence.

Il l'embrassa avec fougue, glissant sa langue contre celle de Lyssa.

— Aidan… gémit-elle, en proie à une envie de lui presque insupportable.

— Tu l'aimes ?

Un peu surprise, elle répondit :

— Chad ? Non, je ne l'aime pas. Nous sommes amis, c'est tout. Mais lui, il aimerait bien que notre relation évolue, et j'y réfléchis, je l'avoue.

— Alors laisse-moi te prendre une dernière fois avant qu'il ne t'arrache à moi…

Il s'était adressé à elle d'un ton suppliant, sans chercher à lui cacher son état d'esprit. Il la désirait tant qu'il avait enfreint les règles lui interdisant de la revoir, et qu'il semblait prêt à se livrer à elle corps et âme. En prenant conscience de ce que cela impliquait, elle sentit quelque chose éclore en elle.

Les autres Gardiens lui avaient raconté les exploits de leur capitaine. Elle le savait redoutable, d'une force incroyable. Un homme exemplaire, un modèle, une quasi-légende pour son peuple. Les gens racontaient que le capitaine Aidan Cross n'avait aucun point faible, aucun scrupule et une seule obsession : la destruction de ses ennemis.

Mais ils se trompaient tous.

À sa façon un peu sévère, Aidan Cross pouvait se montrer sensible et doux.

La maison perchée sur une colline isolée en disait long sur la personnalité de son occupant. Ayant rompu tout lien avec sa famille, il vivait seul, loin de tous, appréciant cette solitude. Le bruit courait qu'il avait beaucoup changé depuis la fin de sa formation, quand il était arrivé en tête de sa promotion avec des résultats hors pair et un optimisme sans bornes.

Lui qui ne se reposait sur personne, voilà qu'il lui tendait la main.

— Qu'est-ce que je peux faire ? lui demanda-t-elle, désemparée.

Elle n'avait pas affaire à un problème médical qu'on pouvait résoudre en consultant des livres. Il s'agissait d'une blessure de l'âme, et elle ignorait comment la soigner.

— Touche-moi, murmura-t-il en lui prenant la main.

Il la posa sur son cœur et regarda Lyssa dans les yeux.

— Séduis-moi. Comme tu l'as fait la première fois, sur la plage…

Elle le fixa un instant en retenant son souffle. La gentillesse naturelle de son féroce guerrier, son humanité, sa générosité étaient sans doute la cause de ses tourments. Sa sensibilité, son empathie semblaient à l'opposé de la tâche qu'il avait juré d'accomplir.

Elle n'écouterait pas ce que lui chuchotait son instinct de conservation. Aidan avait besoin d'elle, et elle ferait tout ce qu'elle pourrait pour l'aider à recouvrer son équilibre. Elle l'enfourcha, posant ses mains sur le torse viril. Elle allait l'apaiser, le guérir. Penchée au-dessus de lui, elle s'humecta les lèvres.

— Comme ça ? chuchota-t-elle.

— Oui…

Ensuite, du bout des doigts, elle lui chatouilla les tétons.

— Et ça, ça te plaît ?

Il frissonna violemment. Le tremblement remonta dans le bras de Lyssa et se répandit dans tout son corps, lui échauffant le sang.

— Oh oui…

Il avait fermé les yeux.

— Quelle est ta couleur préférée ? lui murmura-t-elle à l'oreille.

— Celle de tes prunelles, répliqua-t-il du tac au tac.

— Ce brun quelconque ? Je ne te crois pas…

— Tu as des yeux magnifiques, chuchota-t-il en lui flattant le dos. Quand j'y plonge les miens, j'oublie tout le reste.

Soudain émue aux larmes, elle comprit que la tendresse d'Aidan était le catalyseur dont ses rêves avaient été privés jusqu'alors. Cette paix lui permettant un repos véritable, elle ne la ressentait qu'en sa présence. Grâce à lui, elle arrivait à recharger ses batteries.

Elle fit disparaître ses vêtements, ne conservant sur elle que son string et son soutien-gorge en dentelle chocolat. Quand elle était éveillée, elle ne portait jamais de dessous aussi minuscules, trop peu commodes à son goût. Mais pour Aidan, puisqu'elle dormait…

Il était l'homme de ses rêves, dans tous les sens du terme.

Elle remua un peu les hanches pour qu'il sente bien qu'elle était nue contre son membre dressé.

— Et ça ? murmura-t-elle.

Quand le guerrier ouvrit ses yeux bordés de cils épais, elle faillit se perdre dans ce bleu insondable et incroyablement intense. Son cœur manqua un battement.

— Je te préviens, cette fois, je ne m'en irai pas, marmonna-t-il.

— T'as pas intérêt.

Elle prit ses seins au creux de ses mains, les malaxa, et en pinça les mamelons durcis.

— Allumeuse, grogna-t-il, une lueur d'envie dans ses yeux mi-clos.

— Et c'est monsieur « Je-la-chauffe-et-je-m'en-vais » qui dit ça ?

Un petit sourire voleta sur les lèvres bien dessinées d'Aidan. Muette d'admiration, Lyssa les frôla du bout du doigt, la tête pleine d'images torrides. Elle imaginait tout ce que cette bouche pourrait lui faire…

Jusqu'à ce qu'elle se rappelle qu'il pouvait lire dans ses pensées.

— Je te ferai tout ça, murmura-t-il en pétrissant les fesses nues de la jeune femme. Et bien plus encore.

— C'est pas juste, je ne sais pas à quoi tu penses, moi !

— Ce sera bien plus agréable si je te montre à quoi je pense, répliqua-t-il d'un ton concupiscent.

Elle se trémoussa nerveusement.

— Combien de temps avons-nous ?

— Pas assez…

Aidan roula sur le côté, s'appuya sur un coude et caressa le flanc de Lyssa de son autre main.

Elle le repoussa en riant.

— Alors comme ça, tu es chatouilleuse ?

Un grand sourire illumina les traits du guerrier, complètement transfigurés. Émerveillée, elle effleura le visage métamorphosé. Rien n'aurait pu l'en empêcher.

— Bon Dieu, tu es magnifique.

Le grand sourire disparut. Elle ne le voyait pas tel qu'il était en réalité, se rappela-t-elle brutalement. Autrement dit, un alien, un extraterrestre…

Un frisson glacé la traversa. Remarquant son malaise, Aidan l'attira bien au chaud contre lui, et elle oublia aussitôt les raisons de son inquiétude. Ils venaient de deux dimensions différentes ? Et alors ?

— Je m'en fous, Aidan.

Profitant de sa bouche entrouverte, le guerrier l'embrassa avec une voracité qui la fit gémir et mouiller.

Quand il lui permit de reprendre son souffle, elle haleta :

— J'aurais envie de toi même si tu ressemblais à un troll avec des antennes sur la tête.

Il fronça les sourcils, perplexe.

— Pourquoi ?

— La façon dont tu me tiens, ce que je ressens avec toi…

Elle glissa une jambe sur la hanche de son amant, le poussa sur le dos et l'enfourcha résolument.

— Mais tu n'as pas d'antennes, hein ?

Lorsqu'elle le vit sourire d'une oreille à l'autre, son cœur s'arrêta de battre.

— Non, pas d'antennes. On ressemble beaucoup aux humains.

Elle lui lécha le bout du nez, puis les lèvres, puis les mamelons, dont les tétons se dressèrent sous sa langue.

— J'avais déjà envie de toi dans le noir, chuchota-t-elle. Au moins autant que maintenant.

Sa langue explora un sentier de poils soyeux jusqu'aux muscles saillants de l'abdomen. Aidan se cambra sous ses lèvres, et sa verge en érection s'enfonça entre les seins lourds de Lyssa, qui en savoura la caresse.

— Tu veux que je descende un peu plus ? murmura-t-elle.

Il ne demandait que ça, elle en était persuadée.

— Fais-moi l'amour comme bon te semble, Lyssa. Fais-moi l'amour, c'est tout ce que je te demande.

Fais-moi l'amour…

Le choix de ces mots, le ton avec lequel il les avait prononcés… Elle leva la tête et croisa son regard. En découvrant l'austère vulnérabilité du beau visage de son amant, elle sentit des larmes brûlantes perler sous ses paupières et sa vision se brouilla. Leur relation venait de franchir un palier, devenant plus intime, de plus en plus obsédante.

S'il la quittait, elle en crèverait. Elle ne pourrait pas le supporter…

Tant pis. Pour cet homme, elle était prête à tout. Même à se contenter du peu qu'il pouvait lui offrir.

— J'en suis arrivé à la même conclusion, murmura-t-il. Je ressens la même chose.

Comme elle aimait cette voix grave et profonde…

Aidan contempla avec admiration la beauté blonde allongée sur lui. Pour la première fois depuis des siècles, il ressentait une sorte de plénitude. Chaque regard de Lyssa, chaque caresse, chaque mot qu'elle prononçait lui confirmait la profondeur de ses sentiments. Il en voulait davantage. Il en avait tellement besoin…

— Je t'en supplie, prends-moi, chuchota-t-elle, aussi pressée que lui de compléter enfin leur union.

Il inversa leur position, l'embrassa fougueusement et arracha le minuscule brin de dentelle retenant le string sur ses hanches. Une main s'insinuant entre les jambes de la jeune femme lui apprit qu'elle était mouillée, brûlante, et son pénis palpita comme s'il était déjà en elle. Quand ce serait le cas, rien ne pourrait plus les séparer.

Sans rompre leur baiser, il l'explora avec respect, cajola son clitoris, le sentit gonfler sous ses doigts humides. Lyssa écarta les jambes, gémissant, ondulant au rythme de ses caresses.

Il se glissa entre ses cuisses en prenant appui sur un bras et empoigna son membre gonflé. Il en promena le gland dans les humeurs liquides nées du désir de Lyssa, l'excitant, la stimulant, puis son baiser se fit plus vorace. Il avait décidé de mimer avec sa langue ce qu'il allait lui faire plus bas. Ce qui lui était devenu plus vital encore que l'air qu'il respirait.

Il n'était pas seul à éprouver cette faim irrépressible. Lyssa prenait autant qu'elle donnait.

Les images obscènes qu'il voyait dans l'esprit de la jeune femme le hantaient. Sa compagne avait des envies si crues qu'il se couvrit de sueur. Il avait découvert cette facette de sa sexualité la première fois qu'ils avaient fait l'amour : elle imaginait leurs ébats sans la moindre pudeur. Comme pour le supplier de passer à l'action, les testicules du guerrier se contractèrent presque douloureusement.

Lyssa lui pétrissait les hanches. Il attrapa l'un de ses poignets et la força à prendre son pénis.

— Tu sens comme je bande pour toi ? grogna-t-il en lui mordillant le lobe de l'oreille. Je vais te baiser pendant des jours, Lyssa. Je vais te baiser à fond, même si tu me supplies d'arrêter…

La respiration de la jeune femme devint haletante

et sa peau si brûlante qu'il en ressentit la morsure. Lyssa était un ange, elle était son oasis, mais pour le sexe, elle se comportait exactement comme lui : aucune retenue, pas la moindre barrière. Tous deux partageaient la même sexualité débridée.

— Tu es si menue... Je ne vais pas pouvoir attendre plus longtemps. C'était si bon, cette chatte étroite empalée sur ma queue...

Elle visualisa la scène, le mordit au cou sans ménagement et se cambra pour accueillir en elle le gland gonflé de sang.

— Alors vas-y, empale-moi, barbare, lui souffla-t-elle d'un ton de défi.

Lorsqu'il sentit le sexe mouillé se refermer comme un poing sur sa virilité, un violent frisson le secoua des pieds à la tête. Le contrôle qu'il avait conservé à grand-peine lui échappa, remplacé par une fièvre dévorante. Il la pénétra lentement pour distendre en douceur le vagin velouté.

Lyssa laissa retomber sa tête en arrière.

— Oui, oui, je la sens... c'est si bon...

Incapable de trouver des mots pour lui exprimer ce qu'il éprouvait, il repensa à toutes les femmes qu'il avait connues au fil des siècles. Aucune ne l'avait captivé comme Lyssa. Sa mission consistant à leur faire vivre leurs fantasmes pendant leur sommeil, il n'avait jamais été lui-même pour ces femmes, seulement un fantasme, un substitut pour quelqu'un d'autre. Quant aux Gardiennes avec qui il couchait de temps à autre, ce n'était pas lui qu'elles voulaient dans leur lit, mais le capitaine Cross. La légende, pas l'homme.

Il n'avait dit à personne qu'il haïssait de plus en plus ses missions. Personne ne savait à quel point sa vie lui semblait vide. Il ne ressentait jamais la satis-faction du travail bien fait, parce qu'il n'en arrivait jamais à bout. La tâche était sans fin. Mais Lyssa lui avait dit que même dans le noir, elle avait eu envie de lui.

Et il la croyait.

La seule qui le connaissait vraiment, c'était elle. La seule qui désirait le vrai Aidan Cross, qui lui prodi-guait des caresses sincères, qui soulevait ses hanches pour l'accueillir plus confortablement, qui lui chuchotait des encouragements impudiques et confiants...

— Oh oui, donne-moi tout...

Tous ses muscles tendus pour contenir le plaisir qui menaçait de le submerger, il s'enfonça encore plus loin en elle.

L'angoisse des deux semaines précédentes s'éva-nouit d'un coup. Les nœuds dans ses épaules et dans son dos disparurent enfin, défaits par leur étreinte sen-suelle. Seul le présent comptait. Et le sexe accueillant de cette femme qu'il admirait et désirait. Une femme qui le faisait sourire, qui le touchait avec vénération...

Sa gratitude et sa tendresse étaient si grandes que sa gorge se serra.

Les bras d'Aidan tremblaient. Lyssa leva les yeux vers lui. En voyant son visage, elle faillit fondre en larmes. Elle le sentait vibrer en elle, percevait dans les va-et-vient de sa verge comme un écho des pul-sations de son cœur.

— Tu m'as manqué, chuchota-t-elle.

Elle tenait à lui faire comprendre à quel point il comptait pour elle.

La mâchoire du guerrier se contracta et il hocha la tête. Elle savait qu'il ressentait la même chose. Pas simplement parce qu'il était revenu. Elle ressentait ses besoins et ses envies…

— Laisse-moi être au-dessus, murmura-t-elle.

Elle l'agrippa par les épaules pendant qu'ils changeaient de position. Elle l'observa un moment, prenant le temps de le sentir sous elle et en elle. Elle comprit que c'était Aidan qui l'empêchait d'aller plus loin avec Chad. Le beau pompier ne parviendrait jamais à lui faire ressentir ce qu'elle éprouvait à cet instant. Chad n'était pas celui qui l'avait trouvée dans le noir, Chad ne l'avait pas bercée dans ses bras puissants jusqu'à ce qu'elle s'endorme, Chad n'avait pas cette force tranquille qui la rassurait tant. Aidan était son refuge.

— Tu avais raison, chuchota-t-elle en s'agenouillant.

Délogée de son vagin, la verge d'Aidan la caressa langoureusement.

— À quel sujet ?

Le grand guerrier frissonna quand Lyssa se rassit sur lui.

— Nous ne baisons pas, nous faisons l'amour.

— Lyssa…

Leurs doigts s'entremêlèrent. Soutenue par Aidan, Lyssa se mit à remuer frénétiquement le bassin en gémissant de plaisir.

— C'est ça… Fais de moi ce que tu veux… ronronna-t-il sans la quitter des yeux.

Lyssa se redressa un peu et se laissa retomber de tout son poids pour engloutir la queue imposante jusqu'à sa base. Des gouttes de sueur perlèrent sur le front d'Aidan quand elle répéta cette opération. Comme elle était toute menue, les hanches de son amant l'écartelaient, et à chaque pénétration, la vulve dilatée embrassait à sa racine le pénis en érection. Elle poussait maintenant des geignements plaintifs en frottant contre la verge la petite zone de son vagin qui réclamait son dû.

— Je… J'y arrive pas…

Aidan prit la direction des opérations ; il avait compris ce qu'elle voulait. Il lâcha ses mains, lui empoigna les hanches et lui asséna de vigoureux coups de bassin vers le haut. Ses mouvements et ses poussées étudiées faillirent avoir raison d'elle. Impuissante, à la merci d'un partenaire plus expérimenté, elle arrivait à peine à respirer, à penser.

Sous les assauts de son amant, elle bascula, se retrouva à quatre pattes et s'abandonna au flot de sensations qui l'emportait là où il voulait la mener. Les mots lubriques qu'il chuchota à son oreille d'une voix rauque et sensuelle déclenchèrent son orgasme. Son vagin frémissant se contracta spasmodiquement autour du sexe dressé.

— Oh ! mon Dieu !

Le cri qui venait de franchir ses lèvres ne lui appartenait pas. Il était né très loin en elle, à la source même de son plaisir, et avait jailli malgré elle.

— Ma tendre Lyssa… grogna Aidan, la bouche toujours collée à son oreille.

Étourdie de plaisir, la croupe maintenue levée par son amant si fort, elle lui abandonna son corps pour qu'il en use comme bon lui semblait.

Le visage enfoui entre ses seins, il la besogna méthodiquement en se délectant de son odeur. Il finit par jouir à son tour, convulsivement, en lui chuchotant des mots incompréhensibles dans une langue inconnue.

Elle n'en comprit qu'un seul : son prénom, prononcé d'un ton possessif. Pendant qu'il se vidait de sa semence, elle le serra dans ses bras, le berça, lui susurra des mots doux. Il lui avait tout donné, tout ce qu'elle voulait garder à jamais.

Tout ce qu'elle allait perdre lorsque le jour se lèverait.

Le souffle court, Aidan serrait Lyssa en sueur dans ses bras. Le cœur de la jeune femme battait à tout rompre contre sa poitrine. Leur peau était brûlante, mais une douce brise estivale leur apportait un peu de fraîcheur.

À quand remontait son dernier rapport sexuel vraiment satisfaisant ? Il n'arrivait pas à s'en souvenir. C'était la première fois que cela lui faisait un tel effet, en tout cas.

— Aidan ? murmura Lyssa de sa voix suave.

Elle semblait émerveillée et repue.

— Hmmm ?

Elle poussa un soupir, puis fit mine de s'éloigner de lui ; il refusa de la laisser partir et roula avec elle sur la couverture, son membre toujours logé en elle. Allongés face à face, ils se regardaient. Il écarta les mèches humides qui cachaient le beau visage de sa compagne, puis déposa un baiser sur son front. Un baiser vibrant de gratitude et de joie.

Le matin même, la mort lui semblait encore un sort presque enviable. Épuisé, découragé, assailli par le flot sans fin des ombres de la Frontière, il avait même songé un instant à abandonner le combat. Qu'il se batte ou non, qu'est-ce que ça changeait ?

Maintenant, il connaissait la réponse. Il se battait pour la survie de Lyssa. C'était une raison suffisante.

Un bruissement de papier attira soudain son attention. Le carnet à dessin... Il se penchait au-dessus de la jeune femme pour le glisser sous la couverture, quand un léger coup de vent en tourna quelques pages. Son cœur s'arrêta de battre, et une peur brutale lui comprima la poitrine. Tout ce qui l'entourait disparut, même Lyssa. Il ne voyait plus que les dessins de la jeune femme. Des dessins absolument terrifiants.

Les Cauchemars, la Frontière, la mort, la guerre sans fin... Pourtant, aucune de ces horreurs ne l'avait préparé à la vision glaçante de son propre portrait lui retournant son regard.

— Lyssa...

Sa voix était si rauque qu'il dut se racler la gorge.

— Tu les as montrés à quelqu'un ?

— Hein ?

Elle fourra son nez dans le cou de son amant, lui frôla la peau du bout des lèvres. Des boucles d'or tombèrent sur le bras qui l'étreignait, des boucles imprégnées d'une odeur de fleurs et de sexe, un mélange capiteux, qui le remuait profondément.

— Ces dessins, tu les as montrés aux autres Gardiens ?

— Non, répondit-elle en fronçant les sourcils. Pourquoi tu me demandes ça ?

— Nous devons les détruire.

Ses mains tremblaient. *Que dois-je faire ?*

— Hein ? Pourquoi ?

Un tendre sourire aux lèvres, elle se pencha sur son œuvre.

— Je t'avais dit qu'il n'y avait pas assez de lumière ajouta-t-elle. Impossible de distinguer la couleur de tes yeux à la lueur des bougies. Tes iris sont d'un bleu si foncé que j'ai cru qu'ils étaient noirs. Et tes cheveux blancs sont à peine visibles… mais je les adore. En fait, ils m'excitent…

Le guerrier inspira brusquement. Donc, depuis le début, c'était le vrai Aidan qui plaisait à Lyssa, y compris dans son apparence. Une immense satisfaction se répandit dans ses veines, puis il se rappela que cette femme, et elle seule, le voyait tel qu'il était. Et il frissonna, horrifié.

Elle cilla.

— Tu ne ressembles pas du tout à mes dessins, c'cst ça ? Zut, désolée… Je vais les déchirer en mille morceaux.

Tout ce qu'il avait appris, toutes les heures passées à s'entraîner, les efforts de ses amis et des Anciens, tout ça n'avait jamais eu qu'un seul but : tuer la Clé.

Lyssa présentait presque tous les signes de la prophétie : elle contrôlait ses rêves, appelait son amant par son nom et le voyait sous sa véritable apparence. Mais surtout, elle connaissait l'existence du Crépuscule. La caractéristique la plus accablante de toutes. Les Rêveurs qui savaient qu'ils rêvaient et qui pouvaient influer sur leurs rêves ne couraient déjà pas les rues ; mais c'était la première fois, à la connaissance d'Aidan, que l'un d'eux percevait l'existence de l'autre monde et comprenait qu'il interagissait avec un être tout aussi réel que lui. Si les Anciens découvraient les capacités de Lyssa, ils la tueraient sur-le-champ. Qu'allait-il faire de sa découverte ?

Il se pencherait plus tard sur ce problème. Pour l'instant, il devait trouver un moyen de protéger sa compagne. Elle redevenait vulnérable chaque fois qu'elle s'endormait. Le temps pressait. S'ils n'étaient pas encore au courant, les Anciens ne tarderaient pas à découvrir de quoi elle était capable.

— Quand les autres Gardiens viennent te voir, est-ce qu'ils te demandent de les décrire ou de les dessiner ? Ce genre de choses ?

— Ben oui… Ils sont bizarres, ces mecs, répondit-elle en fronçant le nez. Je leur réponds que je ne suis pas une bête de foire.

Aidan la serra contre lui. Dans le Crépuscule, il ne pouvait rien faire pour elle. Dès l'instant où le sommeil la portait jusqu'ici, ses ennemis pouvaient l'atteindre. Il devait la protéger en aval. Avant qu'elle ne s'endorme.

Mais comment, bordel ?

Si d'autres Gardiens partageaient ses doutes, il devait obtenir leur aide. Plusieurs d'entre eux inter-pellant les Anciens d'une seule voix parviendraient peut-être à se faire entendre. Mais si d'autres pensaient comme lui, ils n'en laissaient rien voir. Pour ce qu'il en savait, il était peut-être le seul à s'interroger sur la sagesse des Anciens.

Et si Lyssa s'enfermait à nouveau ?

Il pouvait tenter de rallier les siens à sa cause, mais ça prendrait du temps. Or, quand il l'avait rencontrée, elle était déjà au bord de la folie. À ce souvenir, une pensée plus sinistre encore lui vint à l'esprit.

Et si ce n'était pas les Cauchemars qui la terrori-saient ? Et si c'était lui qu'elle avait cherché à fuir, lui et ses congénères ? À l'époque où elle avait érigé ses défenses, elle n'était encore qu'une enfant. Une enfant capable de voir dans le Crépuscule, et à qui les Gardiens devaient sacrément faire peur.

Que faire, bon sang ? Il ne pouvait quand même

pas se charger tout seul des Cauchemars ET des Gardiens ! Pour l'instant, les Anciens refusaient de l'écouter, il ne lui restait donc qu'une seule solution : quitter le Crépuscule. Ainsi, il pourrait protéger Lyssa de l'extérieur.

Mais comment passer de son monde à celui de la Rêveuse ? Il existait forcément un moyen. Les Anciens avaient créé la faille qui les avait conduits dans ce passage. Ils pouvaient sûrement le refaire.

Il en aurait bientôt le cœur net. Sa décision était donc prise, il s'y tiendrait, quelles qu'en soient les conséquences. Même s'il courait de gros risques, que cette mesure ne pouvait être que temporaire et que ce n'était qu'une tactique désespérée censée protéger Lyssa en attendant qu'il trouve un moyen de convaincre les Anciens qu'ils commettaient une terrible erreur.

— Tu penses si fort que j'entends ton cerveau qui carbure, lui fit-elle remarquer avec une pointe d'ironie. Ce sont mes dessins qui te bouleversent à ce point ? Je suis désolée, tu sais... Je...

— Lyssa, non, la coupa-t-il.

Il déposa un baiser fiévreux sur son front.

— Ne le sois pas. Tes dessins sont merveilleux. Je suis très flatté.

— Alors, qu'est-ce qui ne va pas ?

— Rien ne va, sauf toi.

La voyant froncer les sourcils, il lui retourna un regard grave.

— Dès que je serai parti, verrouille le portail et ne laisse plus entrer personne. Même pas moi.

— Hein ?

Il frissonna en pensant à ces Gardiens qui la traquaient sans pitié.

— Ils vont revenir, insista-t-il tout bas. Ils vont essayer de te piéger, de se faire passer pour moi.

— Arrête, tu me fais peur…

Elle l'étreignit de toutes ses forces, exprimant sans mots sa certitude d'être protégée par lui.

Et il était prêt à mourir pour elle. Il n'avait jamais cru à la légende de la Clé, pourtant elle était le fondement même de l'existence des Gardiens. Tous les jours, ils risquaient leur vie pour retrouver la Clé. Elle devait être détruite, un point c'est tout. Si Aidan prenait le parti de Lyssa, ils le traqueraient lui aussi.

— Promets-moi que tu ne laisseras entrer personne.

— Très bien, c'est promis.

Les yeux brillants de larmes, elle se mordilla la lèvre.

— Je ne te reverrai plus, c'est ça ? chuchota-t-elle.

— Mais si, ma belle.

Il prit le visage de la jeune femme entre ses mains, l'embrassa avec toute la fougue qu'elle lui inspirait et ajouta :

— Mais tu ne sauras pas qui je suis.

Chapitre 5

Depuis une éternité, Aidan ressentait un immense soulagement quand il voyait le ciel s'éclaircir. Cette aube artificielle signifiait qu'il avait terminé sa journée, que son travail était fini. Il pouvait retourner chez lui au sommet de la colline, et oublier pendant quelques heures les autres journées sans fin qui l'attendaient, en tout point semblables aux précédentes.

Mais ce jour-là, le temps semblait s'être accéléré, semant la pagaille dans ses pulsations cardiaques, et il faisait les cent pas sous la galerie de sa maison comme un animal en cage.

Il avait l'impression d'entendre le tic-tac des horloges qui hantaient parfois les souvenirs des Rêveurs. Dans quelques heures à peine, Lyssa s'endormirait à nouveau et un autre Gardien viendrait s'occuper de son cas. Dès que les Anciens apprendraient qu'elle ne l'avait pas laissé entrer, ils lui enverraient toutes leurs troupes.

Il devait trouver au plus vite un moyen de passer de son monde à celui de Lyssa.

Il allait courir de gros risques, mais il s'en moquait. Il devait passer à l'action, il n'avait pas le choix. Lyssa mourrait s'il ne la rejoignait pas à temps.

Mais comment y parvenir ? Autrefois, curieux de nature, il avait passé plusieurs mois dans la salle du Savoir, espérant trouver dans les textes des allusions concernant la création de la faille. Sans grand résultat.

Et ce n'était plus des mois qu'il avait devant lui.

— Tu verrais ta tête… l'apostropha quelqu'un dans son dos.

Il jeta un coup d'œil à l'intrus : c'était Connor, qui grimpait les marches donnant sur la galerie.

— J'ai découvert une femme qui pourrait être la Clé.

Sur la terrasse, Connor secoua sa robe pour en faire tomber les brins d'herbe humides de rosée.

— Je croyais que la Clé n'existait pas…

— Elle n'existe pas. Et même si c'était le cas, ce n'est pas Lyssa.

— Mais ?

— Elle me voit sous ma véritable apparence, marmonna Aidan.

Connor plissa les yeux.

— Tu en es sûr ?

— Elle a dessiné mon portrait.

Dans l'air calme du matin, le géant exprima dans un sifflement les sentiments qui l'habitaient : surprise, inquiétude, et une bonne dose de réprobation.

— J'espère que tu ne vas pas te mêler de ça. Laisse les Anciens s'en charger. Tu devrais confier cette mission à quelqu'un d'autre.

Aidan s'arrêta brutalement, et ses robes retombèrent sur ses chevilles.

— Je ne la laisserai pas mourir.

— Arrête de penser avec ta bite, Cross, répliqua Connor à mi-voix.

— Mais tu sais très bien qu'elle n'est pas la Clé. Elle n'ouvrirait pas la Frontière, même si elle le pouvait. Elle ne saurait même pas comment faire pour y aller. Pourquoi est-ce qu'elle devrait mourir pour conforter un mythe ?

— Es-tu absolument certain que ce n'est qu'un mythe ? rétorqua Connor en se caressant le menton. Parce que jusqu'à présent, tu étais convaincu que nous ne trouverions jamais personne répondant à tous les critères de la prophétie. Tu disais que c'étaient des conneries tout ça. Mais cette femme, tu l'as trouvée, Aidan. Et si elle existe, pourquoi pas la prophétie ? Tu tiens vraiment à risquer ta vie et celle de tous les gens que tu connais juste pour un beau petit cul ?

Aidan serra les poings sans quitter son ami du regard. Tout d'un coup, ses convictions lui parurent peser des tonnes sur ses épaules. Si Connor lui refusait son aide, il serait seul pour de bon.

— Lyssa n'est pas qu'un beau petit cul. Ne redis jamais ça.

Connor tressaillit.

— C'est dingue... Les femmes ne t'ont jamais intéressé, et là, tout d'un coup, tu veux tout quitter pour l'une d'elles ? Mais, mon pote, elles sont toutes géniales ! Et si tu as envie d'un plan régulier, prends une Gardienne, toutes les célibataires ne demandent que ça ! La plupart des casées aussi, d'ailleurs.

— J'en ai marre de la baise.

Connor le dévisagea avec stupéfaction.

— Qui êtes-vous ? Qu'avez-vous fait de mon meilleur ami ?

Aidan éclata de rire, un rire amer.

— Tu me connais, Bruce. Tu crois vraiment que

je mettrais des gens en danger si je n'avais pas une bonne raison de le faire ?

— Les hommes ne sont plus les mêmes quand un petit cul commence à les obséder. Tu le sais. Tu l'as déjà vu chez d'autres.

Aidan alla s'accouder au bout de la galerie pour contempler le ciel de plus en plus lumineux. Il ne s'était pas encore lavé, et l'odeur du sexe s'accrochait à lui. Une odeur qui réveillait son côté primitif, tout en lui confirmant la nature unique de son attirance pour Lyssa. Les moments qu'ils avaient passés ensemble, il ne s'en débarrasserait pas avec l'eau du bain.

— Regarde autour de toi, Connor, dit-il en balayant du regard les collines qui se succédaient à perte de vue. Tout ça n'existe pas. Ce n'est qu'une illusion créée pour nous garder sains d'esprit dans ce passage.

— Parce que tu t'imagines que ce que tu partages avec cette Rêveuse est réel ? ricana Connor. Tu te fais des films, Cross ! Tout ça, c'est dans ta tête. À aucun moment tu ne l'as touchée, embrassée ou baisée pour de bon. Vous vivez dans deux mondes différents. Au moins, tu sais que les habitants du nôtre sont réels.

Comment expliquer ce qu'il ressentait à Connor ? Comment lui faire comprendre que les caresses de Lyssa lui semblaient bien plus vraies que celles de n'importe quelle Gardienne ?

Il se retourna vers son ami.

— Elle est vétérinaire. Elle sait s'y prendre avec les animaux et les âmes meurtries. Elle aime les pâtes, surtout avec une sauce à la crème et aux tomates séchées. Elle conduit trop vite, ce qui lui vaut des tas de contraventions, mais elle s'en moque. Son credo, c'est « on ne vit qu'une fois ». Elle aime la plage et les margaritas, et elle est incroyablement sexy en bikini. Elle voit un type qui s'appelle Chad. Elle l'aime bien, mais le seul homme qu'elle désire vraiment, c'est moi.

Sa dernière phrase le fit sourire.

Connor s'assit sur la première marche de la galerie et se prit la tête entre les mains.

— Pourquoi tu me racontes ça ?

— Parce que ce n'est pas seulement une Rêveuse. C'est aussi une femme bien réelle. Et quand je suis avec elle, je sens que j'existe, moi aussi.

Le géant poussa un soupir excédé :

— Et comment tu comptes t'y prendre, alors ? C'est pas comme si tu pouvais l'arracher à la barbe des Anciens et la cacher.

Aidan s'adossa à la balustrade et croisa les bras.

— Je dois l'empêcher d'accéder au Crépuscule.

— Mais comment tu comptes… ?

Sourcils froncés, Connor se releva d'un bond.

— Pas question ! T'es dingue ou quoi ? Tu ne sais même pas comment les Anciens ont créé la première faille !

— Ils le savent, eux. Et puis je n'ai pas le choix. Je n'ai pas assez de temps pour trouver un moyen de la protéger d'ici, mais à l'Extérieur, je pourrai…

— Tu ne pourras rien du tout ! Les réponses sont ici, pas là-bas !

— On est bien d'accord, répliqua calmement Aidan.

Connor écarquilla les yeux.

— Tu veux m'entraîner là-dedans ?

— Je ne te demande rien, sinon ton silence. Mais si jamais tu ressens une poussée d'altruisme et qu'il te prend l'envie de m'aider, je ne t'en empêcherai pas.

— À d'autres, mon pote, répliqua Connor en lui

jetant un coup d'œil acerbe. Je suis ton bras droit depuis toujours, et je n'ai pas envie que ça change. Je ne tiens pas à devenir le chef de tout ce putain de bordel. Et puis c'est tellement toi, tout ça…

Aidan lui adressa un sourire reconnaissant.

Visiblement contrarié, Connor descendit les trois petites marches et se mit à arpenter la pelouse. Malgré sa taille et son poids imposant, il se déplaçait avec la souplesse du combattant, l'herbe qu'il écrasait traçant comme un sentier derrière lui.

— Qu'est-ce que tu attends de moi ?

— Quand je serai parti, arrange-toi pour entrer dans le temple des Anciens et connecte-toi à leur base de données. Essaye de trouver un moyen de me faire revenir. J'ai une idée, je vais y réfléchir pendant mon absence, mais tu as raison : la plupart des réponses qui me manquent, nous les trouverons au Temple.

— Comment vas-tu faire pour passer dans le monde de ta Rêveuse ?

— Mon plan est plutôt bancal, mais je n'en ai pas d'autre pour l'instant.

— Alors ? Tu vas me le dire, oui ou non ?

— Je vais capturer un Ancien et le retenir en otage jusqu'à ce qu'il m'explique ce que je dois faire.

Sidéré, Connor s'arrêta net.

— C'est ça, ton plan ? Mec, elle t'a vraiment retourné le cerveau !

— Tu as une meilleure idée, Einstein ?

— Non, répliqua Connor en donnant un coup de pied dans l'herbe. Mais ton plan est débile. Si ça se trouve, les Anciens sont déjà au courant.

— Peut-être, conclut Aidan en haussant les épaules, on le saura bien assez tôt.

Vêtu d'un pantalon et d'une tunique amples conçus pour le combat, Aidan se glissa à pas de loup dans le temple des Anciens. Il passait d'une ombre à l'autre, évitant les caméras qui enregistraient les allées et venues des visiteurs.

Son cœur battait lentement, sans à-coups, et il respirait à un rythme régulier. Presque tous les Anciens avaient quitté les lieux, ne laissant derrière eux qu'un unique veilleur dont le tour était venu d'y rester pour méditer en silence. Connor détourna facilement l'attention du garde posté devant la porte : quelques petits bruits suspects l'attirèrent dans sa direction. Aidan en profita pour s'introduire subrepticement dans le *haiden* où régnaient fraîcheur et pénombre.

Dans le silence de mort de l'édifice, le temps s'écoulait inéluctablement.

Le guerrier emprunta le long couloir menant au *honden*, une aile du temple interdite aux Gardiens. Le sol devint trouble sous ses pas, puis translucide, laissant deviner un kaléidoscope de couleurs. Parce qu'il s'intéressait à tout et aimait comprendre ce qui l'entourait, le guerrier fut tenté de s'attarder pour observer le phénomène. Mais l'urgence le poussa à continuer sa route.

Il s'arrêta sur le seuil d'une entrée voûtée. Aussitôt, ses cheveux se dressèrent sur sa tête. Il émanait de ce lieu une intense aura de danger. L'avertissement était clair, et Aidan se fiait toujours à son instinct. Le coup de glaive qu'on lui décocha quand il entra d'un bond dans la salle ronde ne le surprit donc pas. Il le para avec adresse.

Il eut à peine le temps de noter la présence d'innombrables volumes reliés courant le long de la paroi et la grande console au centre de la pièce que l'homme en robe grise se jetait une nouvelle fois sur lui.

Des profondeurs de la capuche s'éleva une voix sépulcrale.

— Tu n'as pas le droit d'être ici, capitaine !

Quand l'Ancien plongea vers son adversaire, ses grandes manches glissèrent en arrière, découvrant des bras livides mais musclés.

Il se battait avec une férocité surprenante. Cette ardeur au combat n'eut pourtant aucun effet sur Aidan. Concentré, déterminé, le guerrier ripostait froidement. Il ignorait tout des motivations de l'Ancien, mais son moteur à lui, c'était le désespoir et le refus de l'échec, il ne pouvait pas perdre.

Fentes, parades, voltes agiles, danse macabre des lames étincelantes qui déviaient de justesse… aucun des deux adversaires ne parvenait à prendre l'avantage.

Aidan s'en inquiétait car même si son corps était trop affûté pour ressentir la moindre fatigue, il ne pouvait porter de coup fatal à l'Ancien car il avait besoin de lui. L'autre, par contre, n'avait aucune raison de lui retourner la faveur.

Puis cet Ancien si habile commença à se fatiguer. Il ne pouvait pas tenir la distance face à un adversaire qui maniait l'épée plusieurs heures d'affilé trois cent soixante-cinq jours par an. Il trébucha sur l'ourlet de sa robe et battit des bras pour conserver son équilibre. Son arme lui échappa, tomba et glissa loin de lui sur le sol de pierre. L'Ancien se rattrapa à la console centrale qui s'illumina à son contact.

En découvrant le visage qui se cachait jusqu'alors sous le capuchon gris, Aidan se figea.

— Maître Sheron... souffla le guerrier en baissant son arme.

Mais lorsqu'il vit l'Ancien se servir du pavé tactile de la console, il la releva et la plaqua contre la carotide palpitante de son ennemi.

— Ne faites pas ça, Maître.

— Si, il le faut.

— Arrêtez.

Toujours sous le coup de la surprise, Aidan étudiait son ancien professeur.

Peau blafarde, cheveux d'un blanc immaculé, pupilles foncées si dilatées qu'elles mangeaient le blanc de ses yeux... On aurait dit le cadavre de l'homme plein de vie qu'Aidan avait connu autrefois.

— Si tu m'empêches de réparer ce que j'ai fait, insista son ancien mentor, nous allons tous mourir, y compris ta précieuse Rêveuse.

Aidan se raidit. Une vibration grave montait du sol. Elle se diffusa dans tous ses os à travers la plante de ses pieds.

— Mais qu'est-ce que... ?

— Si tu me laisses terminer – Sheron leva le menton d'un air de défi –, je te dirai tout ce que tu veux savoir.

Pressé par le temps, Aidan recula. Immédiatement, l'Ancien reporta son attention sur la console et y entra précipitamment ses instructions. Les voyants cessèrent de clignoter, puis bleuirent et s'éteignirent.

Visiblement soulagé, Sheron posa les mains au bord de la console et s'affaissa un peu.

— Tu n'as pas beaucoup de temps, Aidan.

— Que voulez-vous dire ?

— Tu dois te rendre au lac avant qu'on ne remarque ton absence.

— Expliquez-vous, répliqua sèchement Aidan.

— Je sais que tu veux passer de l'autre côté.

Sheron remonta le capuchon sur son crâne, et son visage disparut derrière un rideau d'ombre.

— Nous observons ton insatisfaction croissante depuis des dizaines d'années ; et le bruit court que tu t'es entiché d'une Rêveuse il y a quelques semaines. Tes actions présentes prouvent qu'être avec elle est maintenant plus important pour toi que ton devoir de Gardien.

Le bras levé, Aidan rangea son arme dans le fourreau fixé en travers de son dos. Sheron se doutait-il de la vraie raison de son départ ? Le capuchon l'empêchait de déchiffrer l'expression de son mentor. Et la voix atone ne laissait rien deviner de son état d'esprit.

— Que devrais-je faire ?

— Un examen de conscience. Tu es notre meilleur guerrier. Ton départ modifierait considérablement les rapports de force entre Gardiens et Cauchemars. Le moral de nos troupes en pâtirait. Ce serait un choix égoïste, tu ne penses pas ?

— Allez vous faire foutre, répliqua Aidan en croisant les bras. Je vous ai donné plus qu'assez. Pour une fois que je veux quelque chose pour moi, je refuse de me sentir coupable. Vous n'hésiteriez pas une seconde à m'exploiter jusqu'à l'épuisement, et c'est moi, l'égoïste ?

La respiration de Sheron s'accéléra. Son ancien élève avait touché une corde sensible.

— Tu vas devoir traverser la Frontière. De l'autre côté des montagnes, il y a un lac.

— Oui, j'y suis déjà allé.

Aidan perçut le sourire de son mentor.

— Pourquoi ça ne me surprend pas ? Tu as toujours été trop curieux.

— Continuez. Je n'ai pas le temps de parler du passé.

— Quand tu arriveras au lac, plonge sous la surface. Tu verras de la lumière émaner d'une caverne. Là, il y a une grotte occupée par deux apprentis.

— Qu'y font-ils ?

Sheron leva ses mains l'une en face de l'autre :

— Entre la veille et le rêve, il existe un espace où les humains sont parfois envoyés de force. Ils y errent, plus proches de l'éveil que du sommeil, sans pour autant être vraiment conscients. Nous pensions jadis que la Clé viendrait à nous de cette façon. À présent, nous nous contentons de les repousser quand ils s'enfoncent trop loin dans notre passage. Les Cauchemars sont des prédateurs. Ils utiliseraient ce lien ténu si nous leur en laissions l'occasion.

D'abord dubitatif, Aidan écarquilla les yeux.

— L'hypnose !

— C'est le nom que les Rêveurs donnent à cet état, en effet.

— Et c'est de cette façon que nous sommes entrés ici ?

— Pas du tout.

Quelque chose dans le ton de l'Ancien lui mit la puce à l'oreille.

— Il existe d'autres moyens de passer de l'autre côté, c'est ça ?

— Pour un Gardien isolé, il n'y en a qu'un seul, lui répondit évasivement Sheron.

— Qu'est-ce qui me dit que vous me dites la vérité ?

— Qu'est-ce qui me dit que tu ne vas pas me tuer, quand tu sauras ce que tu voulais savoir ?

Il était déjà arrivé que le guerrier doive se fier à des informations peu fiables, mais il n'avait jamais aimé ça. Et dans le cas présent, il ne pouvait pas se le permettre. Si on l'envoyait sur une mauvaise piste…

Il prit l'Ancien par le coude :

— Vous venez avec moi.

— Tu ne peux pas…

— Si, je peux.

Il entraîna son vieux mentor dans le couloir, puis tous deux s'engouffrèrent dans la bibliothèque réservée aux Anciens.

— Mais qu'est-ce que tu fais ? protesta Sheron.

Son ancien élève se dirigea droit vers les archives qu'on ne pouvait pas consulter dans la salle du Savoir car elles n'avaient pas été numérisées.

— J'emporte quelques réponses avec moi, répliqua-t-il.

Il effleura le dos des volumes jusqu'à l'endroit vacant où aurait dû se trouver le récit couvrant les deux années précédant et suivant la découverte du passage.

— Où est-il ?

— Nous l'avons perdu.

— Conneries.

— Non. Personnellement, j'ignore où il se trouve, répondit sèchement Sheron.

Aidan empoigna la garde de son épée par-dessus son épaule et la dégaina calmement.

— J'ai encore besoin de vous, mais rien ne m'oblige à vous conserver en un seul morceau.

— Tu rejettes des siècles d'existence parmi des Gardiens qui t'admirent et te respectent pour une Rêveuse avec qui tu n'as passé que quelques heures ?

— C'est de votre faute. Ce sont tous vos sournois petits secrets qui ont fini par me dégoûter, répliqua Aidan en appuyant le bout de sa lame contre la poitrine de Sheron. Ça suffit, Maître. Dites-moi où les Anciens ont caché le volume que je recherche.

— Jamais. Tu as décidé d'abandonner ton peuple, mais je ne suis pas obligé de t'imiter.

— Comme vous voudrez.

Aidan l'attrapa par le col et le traîna dans la salle de contrôle.

— Que comptes-tu faire ?

— Donner quelques bons coups à cette console, histoire de faire briller quelques lumières et de déclencher quelques alarmes, avant de nous diriger vers le lac.

Les yeux écarquillés, Sheron se débattit de toutes ses forces.

— Ne fais pas ça ! Tu vas tous nous détruire !

— Qu'est-ce que ça peut me faire ? J'ai abandonné mon peuple, non ? Vous pouvez bien disparaître dans l'explosion d'une supernova, en quoi ça me concerne ? Je serai sur Terre avec ma Rêveuse, moi…

— Sois maudit !

Aidan haussa les sourcils.

— Alors ? Qu'est-ce que vous décidez ?

Sheron prit une grande inspiration, puis désigna la bibliothèque d'un geste impatient. De retour dans la vaste salle, il se dirigea vers un meuble contenant d'antiques textes médicaux. Il en retira quelques-uns, révélant l'existence d'une petite porte secrète. Le livre que recherchait Aidan se trouvait dans cette cache.

Sheron le tendit à son élève, qui le glissa dans un étui sanglé à sa cuisse.

— Parfait. Allons-y.

Ils quittèrent ensemble le *haiden*. Aidan modula un léger sifflement, auquel en répondit un semblable. Connor était en position, prêt à les suivre discrètement.

— Tu as un complice, constata platement Sheron.

— Non, j'agis seul, je vous assure.

Dès qu'ils furent de retour dans la cour, Aidan s'éleva d'un bond vers le Crépuscule supérieur, entraînant avec lui Sheron qui se débattait toujours. Tous deux filèrent dans la brume, le guerrier faisant appel à toute sa puissance pour atteindre sa destination le plus rapidement possible.

Le ciel commençait à s'assombrir quand ils arrivèrent au-dessus du lac. Aidan plongea dans une eau glaciale qu'il n'aurait pas pu réchauffer, même s'il l'avait voulu. Sheron ayant cessé de se débattre, ils la fendirent comme un coup d'épée. Ils mirent un certain temps à localiser la grotte, dans laquelle ils finirent par émerger à bout de souffle.

Ils venaient de refaire surface dans ce qui ressemblait fort à une caverne aux parois noires couvertes de mousse. Une inspection plus poussée confirma au guerrier qu'il n'était victime d'aucune illusion. Il grimpa à quatre pattes sur une saillie peu profonde,

bientôt imité par Sheron, qu'il tenait toujours fermement. Derrière un pupitre en arc de cercle était posté
un apprenti qui les regardait d'un air ahuri. Un autre
élève assis derrière un bureau se leva d'un bond dès
qu'il les aperçut. Différentes scènes tirées des esprits
béants de milliers de gens hypnotisés défilaient comme
des films au-dessus de leur tête.

Aidan se précipita vers les deux hommes, maintenant son otage dégoulinant devant lui. Il poussa
violemment Sheron vers l'homme debout derrière le
bureau, ce qui lui dégagea le chemin et libéra son
bras par la même occasion. Il s'en servit pour balancer
devant lui un coup de poing d'une force redoutable.

Un craquement horrible retentit... Son poing venait
de rencontrer la mâchoire du premier apprenti alors que
le second se jetait sur lui en hurlant. Aidan se baissa
puis se releva brutalement pour le heurter de plein
fouet, l'envoyant valdinguer contre la paroi rocheuse.
Comme son collègue, il s'effondra sans connaissance.

Avec un regard glacial à Sheron, Aidan rajusta sa
tunique d'un mouvement d'épaules.

— Allez, au boulot ! lui lança-t-il.

Impassible, l'Ancien alla s'asseoir sur une chaise
pivotante fixée au sol juste derrière le pupitre.

— Nous devons te trouver un médium plongé au
plus profond de son hypnose. Tu t'accrocheras à son
subconscient et le laisseras te guider jusqu'à son plan
d'existence. Au terme de ton voyage, la perturbation
créée par ta venue devrait causer une sorte de... de
hoquet temporel. Une courte pause, qui te permettra
de t'éclipser discrètement. Enfin, en principe.

— Comment ça, « en principe » ? Vous n'avez rien
de mieux à me proposer ?

— Je n'ai jamais tenté l'expérience, lui fit remarquer Sheron.

Lugubre, Aidan hocha la tête.

— Trouvez-moi un médium proche de ma Rêveuse.

S'il débarquait à l'autre bout du monde, il lui faudrait des jours avant de la retrouver. Or, il devait absolument la rejoindre avant qu'elle ne s'endorme. À la pensée des Gardiens malintentionnés qui risquaient de frapper à son portail, il sentit la colère l'envahir, ainsi qu'un sentiment dont il ne se serait jamais cru capable : la jalousie.

— Où est passée ta patience légendaire, capitaine ?

— Usée jusqu'à la corde.

Sheron secoua la tête d'un air désapprobateur.

— Tu as de la chance. Ta Rêveuse vit dans une zone qui grouille d'excentriques. Il y a une grande concentration de médiums en Californie. Et j'espère que tu en es conscient, il n'existe aucun moyen de revenir…

— Assez de bla-bla. Dépêchez-vous.

Les mains dans le dos, Aidan se mit à arpenter la grotte. Sur le bureau couvert de papiers et de livres ouverts, un reflet bizarre attira son attention. Coincé sous un autre livre, un maigre volume à la reliure constellée de pierres précieuses semblait lui faire signe. Aidan jeta un coup d'œil à Sheron, mais celui-ci, concentré sur sa tâche, ne faisait pas attention à lui.

Aidan prit le petit livre et le feuilleta en silence. Il contenait un texte manuscrit rédigé en ancien langage. Un peu rouillé, le Gardien parvint tout de même à en déchiffrer quelques mots qui attisèrent sa curiosité. Il devait emporter ce livre. Un passage en particulier le fascina, une allusion à une « interruption de l'espace abrégé ». Il glissa un marque-page de fortune dans le livre, puis le fourra dans la ceinture de son pantalon, et rabattit sa tunique par-dessus.

— Voilà, murmura Sheron. Je t'ai trouvé un sillon.

Les mains sur les genoux, il pivota sur sa chaise. Son capuchon était retombé. Avec ses cheveux blancs encore humides dressés sur sa tête, il avait l'air d'un dément. Les traits de son visage blafard avaient pourtant fort peu changé depuis l'époque où il était encore professeur. L'époque du jeune Aidan idéaliste et plein d'espoir pour le futur. Ce garçon-là aurait été sidéré d'apprendre ce qu'il ferait dans le futur.

— Je t'en supplie, renonce à ton projet ! Tu n'es pas le premier Gardien à qui cela arrive, tu sais. D'autres avant toi se sont parfois attachés à leur Rêveuse. Mais le temps guérit tout…

Aidan s'arrêta, laissant à ses émotions et à sa raison une ultime occasion de protester.

Il avait pris la bonne décision, il en était intimement convaincu. Et avec un peu de chance, il avait mis la main sur les réponses qu'il cherchait depuis si longtemps. S'il découvrait que les Anciens disaient la vérité, il reprendrait le combat avec une détermination accrue ; mais s'ils mentaient, il en informerait les autres Gardiens. Dans les deux cas, il aiderait son peuple. Il voulait sincèrement croire les Anciens, mais n'arrivait pas à comprendre pourquoi ceux-ci lui cachaient des informations s'ils n'avaient rien à se reprocher.

Et puis il y avait Lyssa, la douce et merveilleuse Lyssa, qui ne méritait pas de se retrouver mêlée à cette guerre. Une femme souffrante, mal dans sa peau depuis sa naissance, malade de ses rêves.

Et pourtant, seul un monde qu'il ne connaissait

qu'en rêve et une femme qui ne se souvenait pas de lui l'attendaient dans l'autre dimension.

Mais dès qu'il l'aurait retrouvée, il pourrait explorer le lien fragile qu'ils avaient construit ensemble. Et la toucher pour de bon, lui faire l'amour dans le monde réel, peau contre peau… Des pensées comme une oasis dans une vie interminable et aussi stérile que le désert.

— Rien ne te force à agir d'une façon aussi radicale, insista Sheron d'un ton encore plus pressant.

— Si, justement, répliqua Aidan avec un sourire amer.

Sous les yeux de son ancien mentor, le capitaine Cross s'approcha des sillons, colonnes de lumière reliant le sol au plafond de la grotte. Sans une hésitation, il entra dans celui que lui avait désigné Sheron. Il disparut aussitôt dans l'état semi-onirique du médium. Il fonçait maintenant vers l'autre dimension avec une agilité née de millénaires de pratique.

Dès que l'Ancien se retrouva seul, il appuya sur quelques touches et déclara :

— Cross est parti.

— Tu as bien manœuvré, Sheron, lui répondit comme en écho la voix collective des siens. Notre plan se déroule exactement comme prévu.

Sheron leur dédia un petit signe de tête reconnaissant, puis alla aider les deux élèves à terre. Quand il se baissa vers eux, ses yeux se posèrent sur le bureau tout proche.

— Il a pris le livre.

Une sensation de satisfaction envahit tout l'espace.

— Excellent.

Mais il omit de leur signaler le vol de l'autre volume.

Chapitre 6

Perclus de douleurs, Aidan se redressa en gémissant sur le tapis rugueux où il venait d'apparaître. Il avait mal partout, des orteils à la racine de ses cheveux. Il explora du regard la pièce où il se trouvait. Deux individus étaient assis à quelques pas de lui. Piégés dans une infime fraction du temps, ils semblaient comme pétrifiés.

Le plus corpulent des deux tenait un bloc-notes, une cheville posée sur son genou. L'autre semblait dormir sur une chaise longue, les yeux fermés : c'était l'homme dont le flot de conscience avait permis à Aidan d'accéder dans cette dimension.

Le guerrier ne s'était jamais senti aussi mal de sa vie. Grimaçant de douleur, il se leva, tituba et se rattrapa au bureau en respirant à fond. La petite pièce tournoyait autour de lui.

Une sorte de clic au ralenti résonna soudain dans l'air. Sur l'horloge fixée au mur, une seconde venait de s'écouler. Le temps allait bientôt retrouver sa vitesse d'écoulement normale. Il devait quitter cet endroit au plus vite. Un type avec une épée, ça ne passerait pas inaperçu, dans le coin.

Oubliant sa souffrance, il se dirigea vers une porte coincée entre deux autres plus grandes. Celle d'un placard, en avait-il conclu. À l'intérieur, il découvrit divers vêtements sous des housses de nettoyage à sec.

Il jeta un coup d'œil par-dessus son épaule. À vue de nez, l'hypnotiseur semblait à peu près aussi grand et aussi épais que lui. Dans le cas de l'homme, c'était la graisse qui prédominait, mais ses vêtements extralarges feraient sûrement l'affaire. Le guerrier prit une chemise bleu pâle, un pantalon bleu foncé, puis quitta les lieux en toute hâte.

À la réception, une jeune femme figée en plein mouvement mettait du courrier sous enveloppe. Aidan déchiffra l'adresse de l'expéditeur par-dessus son épaule – San Diego, Californie – et sourit. Sheron avait fait un travail remarquable en un temps extrêmement court.

Le guerrier se pencha et attrapa sous le comptoir le sac à main de la réceptionniste. Il y préleva une centaine de dollars en petites coupures ainsi que des clés de voiture, puis gribouilla un laconique « merci » sur un bout de papier et le glissa dans le porte-monnaie de la dame. Le sac retourna à sa place.

Des toilettes se trouvaient dans le couloir menant aux ascenseurs. Aidan y entra et se changea. Il dut percer de quelques trous supplémentaires sa ceinture pour ne pas perdre le pantalon qui flottait sur ses hanches, mais cela ne lui prit que quelques secondes. Puis il repartit, ne laissant aucune pièce de son équipement derrière lui, refusant d'explorer ce nouveau monde déroutant sans lui.

La longue descente dans l'escalier faillit avoir raison de ses forces. Il se sentait si faible qu'il dut s'y reprendre à plusieurs fois. Le souffle court, se tenant à la rampe il espéra que son corps rebelle allait se remettre à fonctionner normalement. Pour Aidan, le temps filait toujours, malgré ce que racontaient les horloges. Il devait absolument rejoindre Lyssa avant la tombée de la nuit.

Quand il arriva enfin au rez-de-chaussée de l'immeuble, les secondes avaient repris leur écoulement normal. Les ascenseurs montaient et descendaient, et des humains à l'air affairé traversaient le hall d'un pas pressé. Il n'avait plus qu'à prier pour que son fourreau n'attire pas trop l'attention. Heureusement, à l'exception de quelques femmes béates d'admiration qui se retournèrent sur son passage, personne ne semblait s'intéresser à son cas. Il agrippait son arme de toutes ses forces, le contact de sa garde lui ayant toujours procuré un grand réconfort. Mais cela ne fonctionnait pas cette fois. Il n'avait pas peur, mais se sentait si seul, dans ce monde…

Lyssa.

D'innombrables odeurs l'assaillaient, certaines plaisantes, d'autres beaucoup moins. Dans les rêves, il pouvait dompter ce flot de données sensorielles, quand il y en avait trop. Rien de tel dans le monde réel. Ici, le boucan était assourdissant, cacophonie de voix et de machines qui accentuait sa nausée. Il franchit en chancelant la porte vitrée du bâtiment. Il avait désespérément besoin d'air.

La télécommande d'ouverture à distance suspendue au porte-clés lui permit de localiser assez vite la vieille Toyota Corolla blanche de la réceptionniste. À l'intérieur, une odeur rance de fumée stagnait. Lorsqu'il découvrit que cette odeur pestilentielle provenait du cendrier, il le balança par la fenêtre. En rêve, il partageait parfois une cigarette post-coïtale avec sa partenaire du moment, mais il comprenait aujourd'hui à quel point cette habitude était répugnante.

Dans l'ensemble, ce premier contact avec ce nouveau monde ne lui fit pas une très bonne impression. Son envie de revoir Lyssa n'en devint que plus dévorante.

Une carte déchirée, d'interminables rues à sens unique et des conducteurs déboîtant à l'improviste l'empêchèrent de rejoindre l'autoroute aussi vite qu'il l'aurait souhaité. Extrêmement contrarié, il dut faire appel aux bribes de souvenirs piochées au fil des ans dans la tête des Rêveuses.

Il fonçait maintenant vers la femme de ses rêves.

*
* *

— C'est une super bonne idée, Chad, je t'assure, murmura Lyssa au téléphone. Mais ce soir, ça ne me dit rien. Je suis lessivée.

Tout en griffonnant d'un air absent sur son bloc-notes en forme de petit chien, elle jeta un coup d'œil à l'horloge de la cuisine : dix-huit heures tapantes.

— D'accord, pas de film ce soir, répliqua Chad au bout du fil. Et un bon petit plat fait maison, ça te dit ?

Lyssa remua ses épaules nouées puis lâcha le crayon pour se gratter la nuque.

— J'adorerais ça, un dîner, mais la journée a été super longue, et…

La sonnerie de l'entrée la coupa en pleine tirade.

— Tu travailles trop, mon cœur, la réprimanda-t-il

138

gentiment. Il faut que tu apprennes à dire : « Revenez demain ! Mon petit copain a envie de me voir. »

Elle ne put s'empêcher de sourire. Il était si patient avec elle… Il ne cherchait jamais à obtenir des choses qu'elle n'était pas prête à lui donner. À une ou deux occasions, elle avait failli l'inviter à passer la nuit avec elle, mais une sorte de malaise l'empêchait de passer à l'acte.

Avait-elle peur de l'intimité ? Était-ce la certitude de ne pas vivre bien longtemps qui la rendait prudente et réservée à ce point ?

— On sonne à ma porte, expliqua-t-elle à Chad en descendant de son tabouret.

Debout devant le comptoir de sa cuisine, elle s'étira des pieds à la tête. Il était temps de laisser Chad opérer ce rapprochement dont il rêvait. Quel qu'en soit le résultat.

— Demain, c'est vendredi. Tu veux qu'on remette à samedi soir ?

À l'autre bout du fil, Chad poussa un soupir résigné.

— Très bien. Samedi, sans faute.

— Je te le promets, Chad. À samedi.

Elle raccrocha et traversa son petit salon pour aller ouvrir la porte d'entrée. Chamallow lui emboîta le pas en poussant un feulement hostile.

— Arrière, chat de garde ! le gronda sa maîtresse.

Elle savait que l'animal ne l'écouterait pas et qu'il cracherait sur l'intrus avec sa désapprobation habituelle.

La sonnerie de l'entrée bourdonna à nouveau.

— J'arrive ! s'écria Lyssa en terminant au pas de course sa traversée du salon.

Elle tourna la poignée et ouvrit la porte.

139

— C'est pour quoi ? Je dois signer quelque ch... ?

Elle n'acheva pas sa phrase. La tête penchée en arrière, elle contemplait un regard bleu saphir d'une intensité incroyable. Le type immense qui se tenait sur son seuil était d'une beauté à couper le souffle.

Elle en resta bouche bée.

Il était si grand, si large d'épaules, si impressionnant qu'il semblait occuper le moindre centimètre du cadre de la porte. Et il sentait bon, une odeur exotique qui la captiva autant que le sourire provocant de ses lèvres sensuelles.

Le chat cessa brusquement de grogner.

— Oh putain... marmonna Lyssa en se retenant à la poignée.

Elle se força à respirer. Inspiration, expiration...

L'homme la détailla de la tête aux pieds, le regard brûlant comme une caresse. Flageolante, elle faillit perdre l'équilibre, mais il la retint par le coude.

— Lyssa...

Elle cilla, bouleversée. En entendant cette voix au timbre grave et à l'accent si doux, elle sentit une grande chaleur l'envahir. Elle la connaissait, cette voix, quelqu'un avait déjà prononcé son nom avec cet accent-là. Et elle ressentait avec une acuité presque douloureuse le contact de la main sur son coude.

L'homme était incroyablement séduisant. Des cheveux noirs grisonnants sur les tempes, des sourcils en accent circonflexe, des yeux qui la dévoraient, une mâchoire carrée, des lèvres superbement dessinées... Col ouvert, sa chemise bleu pâle laissait deviner le duvet de sa poitrine bronzée et le pendentif qu'il portait au cou au bout d'une chaîne en argent : une pierre évoquant l'opale. Comme il avait relevé ses manches, elle put contempler ses bras puissants ; des bras qui l'attirèrent vers un regard hypnotique débordant de promesses érotiques.

Je l'ai déjà embrassé...

Impossible ! Elle ne connaissait pas cet homme. Elle n'aurait jamais pu l'oublier. Il avait un physique presque surnaturel. Trop dur, trop buriné, trop viril pour correspondre aux canons de la beauté masculine, mais il s'en fallait de peu.

Elle déglutit, bien décidée à rompre le silence. Dès qu'elle fit mine de parler, il l'embrassa fougueusement, et les jambes de la jeune femme se dérobèrent sous elle. Il la retint de justesse, puis l'étreignit de toutes ses forces. Les pieds de Lyssa perdirent contact avec le carrelage de l'entrée.

Une sorte de gémissement affamé enfla dans la poitrine de l'inconnu. La vibration se communiqua aux seins presque douloureux de Lyssa. Prise de vertige, elle fut tentée de le repousser, mais l'odeur enivrante de sa peau l'en dissuada. *Je le connais.* Elle glissa les doigts dans les poils soyeux de sa nuque.

Transportée par ces lèvres posées sur les siennes, elle frissonna. Il embrassait divinement bien. Puis son baiser se fit moins pressant et il lui caressa doucement le dos. Sa langue habile, l'invitation pressante de ses hanches plaquant un sexe en érection contre elle...

— Aidan... gémit-elle dans la bouche de l'homme.

Le mot venait de surgir de nulle part, chargé de désir et d'exigence fiévreuse.

— Je suis là, ma belle.

Comme s'ils s'étaient déjà rencontrés. Comme s'il était venu pour la revoir. Et ce ton chargé d'amour... Déjà entendu, lui aussi. Dans la bouche de cet homme.

Pantelante, les yeux fermés, elle posa sa joue sur l'épaule de l'inconnu. Quand son souffle caressa la gorge exposée, il frémit et la serra encore plus fort contre lui.

— Je… Je ne me souviens pas de toi, chuchota-t-elle.

Elle était pourtant intimement convaincue qu'ils se connaissaient… Et même qu'ils avaient déjà fait l'amour ensemble.

Il enfouit son nez dans les cheveux de Lyssa et inspira son odeur.

— Vraiment ?

— Oui…

Elle se sentait complètement paumée. La dernière fois qu'elle avait ressenti ça, c'était après avoir descendu toute une bouteille de rhum avec sa meilleure amie.

— Je vais faire les présentations, chuchota-t-il d'une voix qui l'émoustilla comme une caresse rugueuse. Toi, tu es Lyssa Bates, et moi, Aidan Cross.

— Tu t'appelles vraiment Aidan ? Je crois que je suis en train de devenir dingue…

Le rire de l'inconnu lui remua les tripes. Et puis soudain, il entra chez elle comme si c'était la chose la plus normale au monde et referma la porte du pied.

Bizarrement, elle ne ressentait aucune peur. Bien au contraire, son étreinte la rassurait. Elle se pencha un peu en arrière pour le dévisager ; il lui retourna un regard chaleureux, amusé, intensément sensuel. Un regard débordant de tendresse et d'admiration… Le regard d'un amant. Il empoigna ses cheveux blonds, lui inclina la tête, mordilla sa gorge offerte. La puissance érotique qu'il exsudait par tous les pores de sa peau la submergea comme une vague.

Cet homme se permettait des choses qui auraient dû la scandaliser. Or, elle trouvait ses gestes profondément réconfortants, et le contact de ses lèvres sur sa peau lui semblait aussi naturel que le fait de respirer. Il était incroyablement sûr de lui, comme s'il avait parfaitement le droit de la toucher quand il en avait envie.

— Je suis cinglée, ça y est, chuchota-t-elle avec un soupir dépité.

— Hmmm ?

Il lui suçota le lobe de l'oreille.

— Ou alors, je dors et je suis en train de rêver... Rêver que je couche avec des types sexy, ça, ce serait le pied !

Aidan se figea.

— Que tu couches avec moi, tu veux dire.

— Je lis trop de romans d'amour, on dirait, marmonna-t-elle.

Son estomac choisit cet instant pour se mettre à gargouiller. Et bruyamment. Elle crut d'abord que c'était le chat, sauf que Chamallow se frottait aux mollets d'Aidan Cross en ronronnant comme un chaton. Ce qu'il n'avait jamais fait, même quand il était tout petit. Il était né de mauvais poil, ce foutu chat.

Donc, son animal aussi perdait la boule. Bizarrement, cette pensée la réconforta.

— Tu as encore oublié de manger, aujourd'hui ? la réprimanda Aidan en fronçant les sourcils.

— Hum... les personnages de rêve ne devraient pas gronder les gens.

Il voulut la repousser, mais elle s'agrippa à ses avant-bras musclés pour garder l'équilibre.

— Ma mère le fait déjà assez, ajouta-t-elle.

— Je te gronderai jusqu'à ce que tu prennes des repas réguliers. Tu dois prendre des forces, tu vas en avoir besoin.

Il recula en chancelant.

— Ouah, ça tangue…

— Ça va ? s'inquiéta-t-elle en l'aidant à rester debout, ce qui n'était pas évident, vu son gabarit.

— C'est le décalage horaire. Enfin, je crois.

La jeune femme poussa un profond soupir. Les fantasmes n'étaient pas censés souffrir du décalage horaire. Donc, soit elle ne dormait pas et elle avait laissé un inconnu l'embrasser à pleine bouche ; soit c'était vraiment le rêve le plus bizarre de sa vie. Sauf qu'elle commençait tout juste à se rappeler ses rêves quand elle se réveillait, alors si elle en avait fait de plus dingues, elle les avait complètement oubliés. Ce qui était plutôt triste…

Elle poussa Aidan vers le divan. La situation était peut-être absurde, mais ça ne l'empêchait pas d'essayer de comprendre.

— Tu viens d'où ?

Lorsqu'elle le vit sourire, son cœur manqua un battement.

— De San Diego.

— OK, tu as pris l'avion depuis San Diego.

— Pas du tout. Je suis venu en voiture.

Il s'enfonça dans les coussins du canapé et poussa un soupir d'aise.

— Y a moins d'une heure de route, tu sais. Quand il n'y a pas trop de voitures en tout cas.

— Les bouchons. Je connais. Mais d'où sort ton décalage horaire alors ?

— Du vol jusqu'à San Diego.

— Logique.

Lyssa recula d'un pas et croisa les bras.

— Et avant San Diego, tu venais d'où ? D'Irlande ? Je reconnais que je ne suis pas très douée pour reconnaître l'accent des gens, mais le tien est très sensuel.

Submergée par une brutale impression de déjà-vu, elle le fixa, stupéfaite. Elle avait déjà prononcé ces mots. Le sourire d'Aidan s'élargit, décuplant sa beauté.

Pourquoi ai-je l'impression de le connaître depuis toujours ? Comme si nous avions déjà eu cette conversation...

C'était surréaliste. Elle venait de laisser un inconnu l'embrasser fougueusement, mais n'arrivait pas à se convaincre de l'incongruité de la chose.

— Tu es vraiment sexy quand tu ronchonnes, intervint Aidan.

— Ah ouais ? Ben toi aussi t'es sexy quand tu souris comme un crétin. Et puis je ne ronchonne pas. Maintenant, dis-moi d'où tu viens.

— De tes rêves.

— OK. Maintenant je suis sûre que je dors. Dans la vraie vie, les mecs canon ne sortent jamais des répliques aussi ringardes.

En réalité, elle avait trouvé cette réponse très tendre, et un peu fiévreuse, aussi. Il avait l'air sincèrement heureux de la voir.

Il lui prit la main et l'attira contre lui. Elle voulut protester, juste pour le principe, puis pensa : *Oh, et puis merde.*

Il était torride, il était doux, et elle complètement folle.

— On est sortis ensemble à la maternelle, un truc du genre ? insista-t-elle, le front plissé, en étudiant ses traits.

— Un truc du genre, répliqua-t-il évasivement. Tu es vétérinaire, Lyssa, la médecine t'a appris à analyser divers symptômes puis à les réunir en un seul diagnostic.

Elle lança un regard surpris à l'homme de ses rêves.

— On peut dire ça, oui.

— Mais parfois, tu dois te fier à ton instinct. Comme en ce moment, par exemple. Tu ne te souviens pas de moi, mais tu sais que tu me connais.

— Certainement pas. Par contre, je sais que je suis folle à lier.

Aidan ferma les yeux, résigné. Libérée de l'emprise de ce regard intense, Lyssa remarqua des détails auxquels elle n'avait pas fait attention jusque-là. Les joues et les lèvres de l'homme étaient très rouges. Elle posa le poignet sur son front et le découvrit brûlant.

— Tu as de la fièvre.

— Ce n'est pas contagieux, lui assura-t-il.

Elle voulut se redresser, mais il la retint et ajouta :

— Je suis juste en train de m'adapter.

— À quoi ? Lâche-moi, s'il te plaît ! gloussa-t-elle en se libérant. Il faut que tu te reposes. Nous nous souviendrons l'un de l'autre plus tard.

— Bonne idée, j'ai bien besoin de repos. Je n'ai pas dormi depuis deux jours.

Les yeux écarquillés, elle fixa le visage levé vers elle.

— Le vol a été long, on dirait. Tu veux que je te trouve un hôtel ?

— Non, je veux rester avec toi.

Il se laissa aller dans le divan et grimaça :

— Bon sang, j'ai mal partout…

— Merde. Et je fais quoi maintenant, j'appelle les flics ?

Pour leur dire quoi ? Allô ? La police ? Le type le plus sexy de la Terre (et qui accessoirement embrasse merveilleusement et sent divinement bon) est en train de tomber dans les pommes sur mon…

Elle s'immobilisa, stupéfaite. Chamallow venait de grimper sur les genoux d'Aidan ! Il s'y lova confortablement, sa petite tête grise et noire posée sur l'abdomen musclé de cet homme idéal. Malade comme un chien, Aidan prit quand même la peine de grattouiller le minou derrière les oreilles. Cette petite attention la fit fondre intérieurement.

— Oublie les flics, souffla-t-il d'un ton alangui. Tu me connais. Toi… Moi… Toi et moi…

Il poussa un bâillement adorable.

— Je suis désolé… Je ne voulais pas m'endormir, mais c'est plus fort que moi. Je ne me suis jamais senti aussi faible de toute ma vie. Et ton divan est très confortable.

— Oui, bon… c'est pas grave, répliqua-t-elle sans conviction. Mais avant de dormir, tu devrais prendre quelque chose contre cette fièvre.

Sans réfléchir, Lyssa partit à la cuisine et sortit d'un placard un flacon de paracétamol. En l'ouvrant, elle remarqua que ses mains tremblaient.

Aidan. Elle connaissait son nom. Elle devait donc

147

le connaître lui aussi. Pourquoi ne s'en souvenait-elle pas ?

La sonnerie du téléphone retentit soudain si violemment que le flacon lui échappa et roula par terre. Elle se pencha au-dessus de l'évier pour attraper le combiné, jetant au passage un coup d'œil à son invité qui dormait à poings fermés. Cet homme imposant et viril, allongé sur ses coussins, complètement détendu, lui arracha un soupir. Même avec des vêtements informes sur le dos, Aidan Cross la faisait saliver.

— Dr Bates, dit-elle tout bas, le combiné collé à l'oreille.

— Salut, Doc ! s'exclama Stacey.

Cette voix joyeuse lui fit l'effet d'une bouée de sauvetage.

— Doc, je vous appelle juste pour vous signaler que nous ouvrons plus tard demain matin. On va fêter l'anniversaire de Justin à l'école...

— Merci, c'est noté. J'avais complètement oublié. Comme d'habitude...

Lyssa contourna le comptoir du petit déjeuner et se hissa sur son tabouret préféré pour savourer du regard le bel endormi.

— Stacey ?

— Oui ?

— Il m'arrive quelque chose d'étrange.

— Un câlin torride et sauvage ?

— Depuis quand un câlin torride et sauvage est quelque chose d'étrange ?

— C'est vrai.

— Non, ce que j'appelle étrange, moi, c'est le gars le plus canon de la Terre qui sonne à ma porte, m'embrasse passionnément sans raison et s'écroule sur mon canapé.

— Oh mon Dieu ! couina Stacey dans le combiné, obligeant Lyssa à l'éloigner de son oreille. Chad a enfin réussi à vous convaincre de passer la nuit avec lui ? Bravo, Lyssa ! Ou plutôt bravo, Chad !

— Euh… Non, ce n'est pas Chad, chuchota-t-elle rapidement en rapprochant le téléphone de sa bouche et en les isolant tous les deux derrière le paravent de sa main libre.

Un silence stupéfait lui répondit, et Lyssa fit la grimace.

— Ben ça alors… reprit Stacey avec un petit rire incrédule. Je vous juge pas, mais je brûle de curiosité, racontez-moi : qui est ce beau mec sur votre canapé ?

— Ben… tu vois… c'est justement ça le problème, je sais pas vraiment.

— Vous ne savez pas vraiment ? Un bel inconnu sonne à votre porte, vous embrasse, et maintenant il dort sur votre divan ? C'est plus qu'étrange, et c'est pas juste. Je suis jalouse. Pourquoi ça m'arrive jamais ce genre de choses ? Il est où mon beau gosse postal à moi ?

Lyssa poussa un soupir et se figea, sidérée : ses yeux venaient de se poser sur son bloc-notes. Où s'étalait le visage souriant d'Aidan, gribouillé au crayon.

Mon Dieu…

— Blague à part, Doc, vous voulez que j'appelle les flics ? chuchota Stacey d'un ton de conspiratrice, comme si Aidan pouvait l'entendre. (Une seconde plus tard, elle ajouta :) Vous me faites marcher, c'est ça ?

Lyssa suivit du doigt le tracé de ces lèvres dont elle avait su rendre l'extraordinaire sensualité. Quand elle était petite, un pédiatre lui avait suggéré de prendre des cours de dessin. D'après lui, si elle arrivait à transcrire ses pensées en images, elle parviendrait peut-être à se souvenir de ses rêves et pourrait en parler avec sa mère. Les cours n'avaient pas eu l'effet escompté, mais comme dessiner l'apaisait, elle retombait parfois dans cette habitude.

— Lyssa ? Tout va bien ?

— Je crois, oui, répondit-elle d'un ton absent. Si j'écoutais la logique, je te répondrais que non, mais…

— Mais quoi ? Allez, expliquez-moi !

Lyssa se laissa glisser du tabouret et se redressa, les épaules bien droites.

— Mon instinct me dit le contraire.

— Bon, écoutez. Vous allez écrire le nom de ce type sur un papier, le prendre en photo, glisser ce papier dans la pochette de votre appareil et cacher tout ça dans votre voiture. Comme ça si jamais… Oh, il a pas un portefeuille ?

— Arrête, Stacey, gloussa Lyssa. Je crois vraiment que c'est quelqu'un de bien. Mon chat l'adore.

Elle jeta de nouveau un regard au divan : Chamallow dormait comme un ange sur les genoux d'Aidan.

Tu es un ange ?

Non, ma belle. Je ne suis pas un ange.

— Impossible, se moqua Stacey. Votre chat n'aime personne, pas même Justin, et pourtant tout le monde l'aime, mon gamin.

— C'est vrai que ton fils est adorable.

Tout d'un coup, un grand sourire franc illumina le visage de Lyssa. Quelque chose en elle lui disait qu'elle connaissait l'homme qui se reposait sur son sofa et qu'elle l'aimait déjà. Profondément.

— Je te laisse, Stacey. À demain, dix heures ?

— J'espère bien. Si je ne vous vois pas à la clinique demain, je débarque chez vous avec l'armée. Au fait, il s'appelle comment, votre type ?

— Aidan Cross.

— Pas mal ! Voilà un nom appétissant.

— Il l'est lui aussi, chuchota Lyssa en allant ramasser le flacon de médicaments. À demain, Stacey.

— Vous me raconterez tout, hein, Doc ?

— Mais oui ! Allez, bye…

Elle raccrocha puis posa le combiné sur le plan de travail en granite. Un verre d'eau glacée à la main, elle retourna au salon et s'agenouilla à côté du divan.

Incapable de se retenir, elle caressa du bout des doigts la courte boucle de cheveux qui couvrait le front du guerrier. Il battit des paupières et ouvrit les yeux.

Un doux sourire apparut sur ses lèvres.

— Je suis content d'être ici avec toi.

— Mais quel charmeur !

Elle avait une boule dans la gorge. Sans l'intelligence redoutable qu'elle discernait dans ces yeux bleu foncé, elle l'aurait diagnostiqué un peu dérangé. Les mecs canon, ça ne disait pas des trucs aussi gentils.

— Je parie que tu racontes ça à toutes les femmes chez qui tu débarques.

— Je n'ai jamais dit ça à personne.

— Arrête, je vais fondre.

L'impression de déjà-vu la frappa à nouveau.

— Promets-moi… commença-t-il.

Il lui prit la main en bâillant.

— Promets-moi de manger un morceau pendant que je fais un petit somme. Et surtout, ne t'endors pas.

Elle le regarda d'un air surpris.

— Ah bon ?

— Surtout pas, Lyssa, répliqua-t-il d'un ton pressant. Ne dors pas tant que je ne me serai pas réveillé.

La jeune femme posa la main sur le front d'Aidan pour mesurer sa température. Le contact déclencha un violent frisson chez le guerrier.

— D'accord. Mais avant de dormir, avale ça.

Elle ouvrit le flacon, versa deux pilules dans sa paume et les lui tendit. Il les avala avec une grimace dégoûtée. Ensuite, elle l'installa confortablement sur le divan, bien au chaud sous son couvre-lit. Dérangé, le chat fouetta l'air de sa queue et sauta sur son accoudoir préféré.

— Mange, lui répéta Aidan d'un ton impérieux. Et ne dors pas.

— Compris.

Elle le regarda sombrer dans un sommeil de plomb, puis étudia ses traits pendant de longues minutes. Ensuite, elle se prépara un sandwich, qu'elle mangea à sa table en feuilletant un livre sur les rêves et la réincarnation.

Et en méditant sur l'amour au premier regard.

Le feu. Lorsque le guerrier reprit conscience, ce fut la première chose qu'il perçut. Ce vent brûlant qui le couvrait de cloques, lui asséchait les narines, lui craquelait les lèvres. Une odeur fétide flottait autour de lui, une odeur de mort et de désespoir.

Il ouvrit les yeux. Ligoté à un poteau, il contemplait la Frontière. Le flot grouillant des Cauchemars se répandait sans interruption dans le Crépuscule. Des centaines de voix tournoyaient autour du poteau, déversant aux pieds d'Aidan des tombereaux d'accusations, lui reprochant des faits dont il n'avait aucun souvenir. Il aperçut soudain une mince silhouette aux cheveux d'or qui s'approchait du portail…

Non !

Le cœur battant à tout rompre, il se réveilla en sursaut, envoyant valser Chamallow qui poussa un feulement indigné. Le guerrier mit un moment à se rappeler où il se trouvait. Il passa ses deux mains sur son crâne. Ses cheveux humides et sa peau moite le firent grimacer.

Saloperies de Cauchemars ! Désormais, ils pouvaient l'atteindre pendant son sommeil. Ils s'étaient enfoncés dans son esprit pour en extraire les peurs dont ils se repaissaient, le laissant exténué, les nerfs à fleur de peau.

Pour la première fois de sa vie, il faisait face à ses ennemis sans ses protections habituelles. Il se sentait pitoyable. Pire, violé. Il en avait des haut-le-cœur.

Il chercha du regard la seule consolation qu'il connaissait : Lyssa. Elle était là, assise par terre à côté de lui. Rideaux tirés, la pièce était plongée dans la pénombre ; le peu de lumière provenait de la télévision qui bourdonnait dans un coin et de l'aquarium dans la salle à manger.

Il caressa les boucles blondes qu'il aimait tant. À sa grande surprise, la jeune femme bascula lentement vers le sol comme… comme un corps endormi ! La panique domptée quelques instants plus tôt revint à la charge de plus belle, pulsant si fort dans ses veines qu'il crut que son cœur allait exploser. Il bondit du canapé et la rattrapa de justesse.

— Lyssa ! cria-t-il, la secouant violemment. Je t'avais dit de rester éveillée !

Les yeux de la jeune femme bougeaient sous ses paupières : son inconscient errait déjà dans les tréfonds du sinistre Crépuscule.

Aidan hurla. Un cri désespéré, inhumain. Son cauchemar n'était pas terminé.

Il ne faisait que commencer.

Chapitre 7

Des échardes de glace se plantèrent dans le corps de Lyssa. La douleur fut telle qu'elle lui donna la force de soustraire son inconscient aux coups violents et aux chuchotements insidieux qui menaçaient de le faire voler en éclats. Ses poumons compressés engloutirent brutalement une énorme quantité d'air. Un hurlement lui monta aux lèvres, lui dilatant la gorge, mais elle ne parvint pas à crier, quelque chose lui couvrant la bouche. Quand elle s'en aperçut, sa terreur s'accrut.

Au bord de l'asphyxie, affolée par les aiguilles glacées lui mettant la peau à vif, elle essaya de repousser les bras qui la retenaient prisonnière.

Soudain, une odeur familière la poussa à ouvrir les yeux.

Le regard de saphir qu'elle croisa était sombre et déterminé.

En proie à la panique, elle se cramponna à ce corps dur et humide qui la retenait si fermement ; et quand il étouffa ses cris sous ses lèvres brûlantes, elle inhala son souffle.

Soudain, elle comprit où elle se trouvait. Les carreaux de pierre sous ses pieds, le jet glacé dans son dos, les vêtements de l'homme qui l'enlaçait étroitement... Ils étaient dans sa salle de bains.

Elle cessa de se débattre et se détendit, incroyablement soulagée de se réveiller en sécurité dans les bras d'Aidan, après les horreurs qu'elle venait de vivre.

Il interrompit leur baiser pour reprendre son souffle. Il l'étreignait si fort que même une goutte d'eau n'aurait pu se glisser entre eux. La chaleur qu'il dégageait formait un contraste saisissant avec l'eau glacée dégoulinant dans le dos de Lyssa.

— J... j'ai f... froid, gémit-elle, grelottante, les bras noués autour du torse puissant.

Sans relâcher son étreinte, il inversa leur position, les mâchoires serrées sous la morsure de l'eau froide. Lyssa voulut se dégager pour ouvrir l'eau chaude, mais il l'étreignait toujours aussi résolument.

— L...aisse-moi tourner le... robinet...

Il mit un certain temps à lui obéir, comme s'il refusait de la laisser s'éloigner. Mais bientôt, tous deux se retrouvèrent plongés dans un nuage de vapeur, et Lyssa reporta son attention sur son sauveur. Les sourcils froncés, ce tic à la mâchoire... Aidan était furieux.

— Je t'avais dit de ne pas t'endormir ! aboya-t-il.

— Je n'ai pas fait exprès.

Toujours aussi frigorifiée, elle noua ses bras à la taille du guerrier pour trouver un peu de chaleur contre lui. Ayant compris ce qui n'allait pas, il empoigna le bas de sa chemise trempée et la lui retira. S'il n'avait pas été aussi impressionnant, elle lui aurait sans doute reproché cette audace ; quoique...

— Tu m'as foutu la peur de ma vie, marmonna-t-il en la déshabillant consciencieusement.

Elle obéit sans protester à ses instructions silencieuses, comprenant à l'autorité de l'homme qu'il était habitué au pouvoir et aux responsabilités, et à les appliquer avec une finesse peu commune.

Malgré les vêtements mouillés qui lui collaient à la peau, elle fut nue en un clin d'œil. Elle avait affaire à un expert, un homme qui avait dû déshabiller un grand nombre de femmes... Cette prise de conscience augmenta sa nervosité.

— Ouais, ben moi aussi, j'ai eu la peur de ma vie, ronchonna-t-elle.

D'abord, elle résista quand il l'attira contre lui. Mais dès qu'il la serra dans ses bras, elle abandonna la partie. Tout son corps se détendit, absorbant la force d'Aidan et le réconfort qu'il lui offrait.

— N'aie pas peur, je te protégerai, lui promit-il d'un ton bourru.

Elle faillit fondre en larmes. Contrairement à tous ces gens qui lui disaient sans arrêt ce qu'il convenait de faire pour aller mieux – voir son médecin, prendre des tas de médicaments, manger sainement –, Aidan semblait décidé à assumer son fardeau à sa place. Elle le lui laissait bien volontiers.

— J'ai fait un cauchemar atroce, avoua-t-elle. Quelque chose cognait sur du métal, ça grinçait, ça crissait, et puis ces hurlements immondes...

— Tu ne peux pas juste t'endormir en douceur, lui fit-il remarquer en lui serrant le bras pour souligner ses propos. Ton sommeil doit être instantané et profond.

Elle comprit à la souffrance qu'elle lut dans son regard qu'il se faisait du souci pour elle. Et pas qu'un peu.

— Tu me fais peur, toi aussi.

— Non. Tu as confiance en moi. Et tu as besoin de moi.

— C'est ça qui me fout la trouille, justement.

Elle se sentait protégée avec lui, plus aucune peur ne l'atteignait quand elle se trouvait dans ses bras. Et c'est cette dépendance à quelqu'un qu'elle connaissait depuis si peu de temps qui l'effrayait. Pouvait-elle se fier à des sentiments qu'elle ne comprenait pas ?

Leurs lèvres se frôlèrent. Celles d'Aidan étaient fermes, délicieuses, et leur parfum entêtant enflamma les sens déjà exacerbés de Lyssa.

Du bout de la langue, elle redessina la lèvre inférieure du guerrier. Le petit noyau de peur enfla dans son ventre, puis changea de nature.

Quand Aidan posa son front contre celui de Lyssa pour reprendre son souffle, de l'eau tomba de ses cheveux humides sur la joue de la jeune femme. L'atmosphère se modifia autour d'eux, l'anxiété de Lyssa se muant en une forme très différente de désespoir.

Aidan ferma les yeux et se mit à défaire les boutons de sa chemise. Étonnée par la fièvre étrangement familière qui commençait à l'envahir, Lyssa recula d'un pas.

Stacey avait punaisé un calendrier de Chippendales sur l'un des murs de la clinique. Mais aucun de ces types n'arrivait à la cheville d'Aidan Cross. Des pieds à la tête, ses muscles étaient durs et saillants. La moindre courbe, le moindre centimètre carré de son corps dégageait une force latente considérable et une incroyable grâce masculine. Pas un gramme de graisse. Un corps sec, imposant sans être massif.

— Magnifique, souffla-t-elle sans réfléchir.

Chad n'avait jamais suscité ce genre d'envie chez

elle. Comment pouvait-on désirer quelqu'un à ce point ?

Aidan lui retourna un regard brûlant, affamé. Impossible de se tromper sur ses intentions.

Elle se savait plutôt jolie, mais le physique parfait de son compagnon la déstabilisait un peu. Il y avait quelque chose de plus chez lui… Il était plus beau, plus vivant, plus attirant que les autres. Plus qu'humain, pensa-t-elle sans comprendre d'où avait surgi cette idée. Comme une sorte de dieu.

Soudain intimidée, elle se détourna.

Il l'obligea à lui faire face, et elle cilla, surprise.

— Je te regarde, grogna-t-il, arrogant.

Elle haussa les sourcils.

— Oui, moi aussi, je te regarde, répliqua-t-elle.

— Arrête de te cacher.

— Arrête de commander.

Les yeux d'Aidan se réduisirent à deux fentes. Il la lâcha, déboucla sa ceinture… Elle allait bientôt le voir nu. Elle en oublia tout le reste.

Le bout de la ceinture fouetta le mur lorsqu'il la retira d'un coup sec. Sa braguette était fermée, ce qui n'empêcha pas le pantalon de tomber de ses hanches sveltes, formant un tas à ses pieds. Dans un coin de son esprit, elle se demanda pourquoi ses vêtements étaient aussi amples, mais la taille du pénis qui se dressa lentement sous ses yeux, jusqu'au nombril de son propriétaire, l'intéressait bien plus.

Elle sentit l'eau lui monter à la bouche. Longue, épaisse, cerclée de veines palpitantes, cette verge était un rêve érotique devenu réalité.

Dis-moi d'où tu viens.

De tes rêves.

À la vue de cet homme en érection qui dégoulinait sous la douche, Lyssa fut prise d'un irrépressible gloussement.

Il s'adossa à la paroi avec un petit sourire si craquant qu'elle faillit lui caresser la joue. Il était bien trop sûr de lui pour croire qu'elle se moquait de lui et elle ne l'en aima que davantage.

— Et si nous la prenions, cette douche ? suggérat-il en l'attirant à nouveau contre lui.

Il versa un peu de savon liquide dans sa paume et se mit au travail. Sur le corps de Lyssa.

Elle tressaillit en sentant ces mains glissantes prendre ses seins en coupe. Il essaya d'avoir l'air innocent, mais la lueur de malice dans ses yeux le trahit.

N'étant pas du genre à reculer devant un défi, elle ramassa de la mousse sur son ventre et empoigna le membre viril.

Un sourire au coin des lèvres, il la savonna entre les jambes.

Lui rendant son sourire, Lyssa s'attaqua aux testicules du guerrier.

Elle respirait de plus en plus vite, excitée par les attouchements intimes et pressants d'Aidan. Remarquant son trouble, il intensifia ses caresses avec un art consommé. Il ne réagissait pas comme les autres hommes en présence d'une nouvelle partenaire : il ne marquait aucune hésitation, ne tâtonnait pas en observant ses réactions. De la même manière qu'elle lavait son pénis et ses testicules comme si c'était la chose la plus naturelle du monde.

Il éclata de rire, et la sévérité de ses traits se teinta de tendresse.

— T'es bien dévergondée, ma belle.

— Parle pour toi, répliqua-t-elle en jetant un coup d'œil sarcastique à l'énorme érection.

Il déposa un doux baiser sur son front, geste en totale contradiction avec le toilettage lubrique qu'il lui faisait subir. Quand il passa derrière elle pour la savonner des pieds à la tête, elle ferma les yeux, définitivement prisonnière du sortilège sensuel habilement tissé autour d'elle. Dans ses veines, ce n'était plus du sang qui coulait, mais de la lave. En pensant aux moments qui allaient suivre, elle sentit un frémissement presque douloureux naître au creux de ses reins.

Si elle était en train de rêver, elle ne voulait pas se réveiller. Elle ressentit soudain un manque si violent, un besoin si intense que ses genoux flageolèrent, obligeant Aidan à la retenir. Fort comme il l'était, il y parvint aisément.

— C'était aux vacances de printemps, à Cabo, c'est ça ? demanda-t-elle tout à coup, le souffle court.

— Hein ?

Il recula d'un pas pour la dévisager, ses paupières à demi closes ne parvenant pas à dissimuler le profond désir qu'il éprouvait.

— Là où on s'est rencontrés. Cabo San Lucas. C'est la dernière fois que j'ai eu un trou noir.

— Ah, OK. Non, rien à voir.

Il la fit pivoter, versa du shampoing dans ses mains et se mit à lui masser le crâne du bout de ses doigts puissants.

Elle se liquéfia à ce contact. Il savait exactement comment la toucher. Il massa ses épaules nouées, puis s'attaqua à sa colonne vertébrale, chassant avec l'eau de la douche toute l'angoisse de son cauchemar. Les mains calleuses du guerrier couraient sur la peau de Lyssa avec une force contenue. Quand il l'enlaça pour la faire reculer sous le jet avec lui, elle s'abandonna à son étreinte avec une confiance qu'elle ne pouvait s'empêcher de ressentir.

— Mais on a déjà couché ensemble, non ? insista-t-elle.

Elle frissonna en s'imaginant leurs ébats. C'était un homme tranquille, qui agissait comme s'il avait toute l'éternité devant lui, comme si le temps n'existait pas. S'il se comportait de la même façon pendant l'amour…

Aidan lécha l'oreille humide de la jeune femme et lui souffla :

— Quelque chose comme ça, oui.

Elle se retourna et plongea le regard dans les beaux yeux saphir frangés de cils épais.

— « Quelque chose comme ça » ?

— Oui. Lave-moi maintenant. Je veux sentir tes mains sur moi.

Elle secoua la tête et attrapa le savon. Elle avait failli refuser, juste pour tempérer son arrogance, mais elle voulait le toucher. Tellement qu'elle en avait des fourmis dans les mains.

Les paumes enduites de savon, elle caressa le torse d'Aidan, émerveillée par cette peau tendue sur des muscles durs comme l'acier. Il ferma les yeux en gémissant, les mains posées sur les hanches de sa compagne, la tête penchée en arrière. Cette posture presque suppliante étonna la jeune femme. Aidan semblait boire la moindre de ses caresses, l'absorber goulûment, s'en délecter chaque fois qu'elle s'attardait sur une zone particulièrement sensible.

Qu'un homme imposant et dangereux comme lui s'abandonne à ses petites mains fascinait la jeune femme. Car il était dangereux, elle le savait tout au fond d'elle. Il y avait quelque chose dans son regard. Il était… vieux, usé, blasé, comme celui d'un homme beaucoup plus âgé. Il y avait quelque chose également dans la façon dont il la regardait, dont il se déplaçait, dans l'inflexion impérieuse de chacune de ses phrases… Cet homme ne baissait jamais sa garde. Et pourtant, il venait de le faire pour elle. Il s'était mis à nu, dans tous les sens du terme.

Elle se laissa donc aller à ses désirs. Elle prit son temps, le lava de la tête aux pieds, puis lui demanda de se retourner et prodigua les mêmes attentions à l'arrière de son corps tout aussi splendide que l'avant. Elle l'attira ensuite sous le jet et s'assura qu'il ne lui restait plus de shampooing dans les cheveux. Il était tellement grand qu'elle dut se dresser sur la pointe des pieds pour cela. Perdant l'équilibre, elle se rattrapa au guerrier, ses seins se plaquant au torse viril. Le membre en érection appuya sur le ventre de la jeune femme, mais le guerrier ne chercha pas à en tirer avantage.

— Je crois que je suis propre, murmura Aidan.

Il immobilisa les mains vagabondes de sa compagne et la repoussa gentiment.

Lyssa se mordilla la lèvre, soudain embarrassée. Elle n'insista pas et poussa la porte vitrée de la douche pour attraper la serviette la plus proche. Dès qu'elle s'en fut enveloppée, elle se pencha vers l'armoire à linge, en sortit une autre, la tendit derrière elle sans tourner la tête.

Elle entendit les robinets grincer et l'eau cessa de couler.

— Tu n'as plus envie de me regarder ? demanda gentiment Aidan.

Il referma ses doigts sur ceux de Lyssa, provoquant un frisson qui remonta jusqu'à l'épaule de la jeune femme. Elle se dégagea aussitôt. Nerveuse, frustrée, insatisfaite, elle ne savait plus quoi penser. Il avait caressé jusqu'aux endroits les plus intimes de son corps, et maintenant, il la laissait en plan... Son érection tout comme son regard affamé le trahissaient, et pourtant, il semblait décidé à temporiser.

S'il ne voulait pas s'envoyer en l'air, que faisait-il chez elle, à la rendre folle de désir ?

— Je te laisse tranquille, marmonna-t-elle.

Elle voulut sortir de la cabine, mais Aidan la retint, l'enlaçant étroitement, son sexe bandé au creux des reins de la jeune femme.

— Parle-moi, murmura-t-il.

Quand les lèvres brûlantes du guerrier frôlèrent sa nuque, Lyssa sentit son cœur s'affoler dans sa poitrine.

— Qu'est-ce qu'il y a, Lyssa ?

Un bras aux biceps saillants passé entre les seins de sa compagne, le guerrier, de son autre main, tourna le visage de Lyssa vers le sien et l'embrassa fougueusement, tout en roulant des hanches avec une grâce maîtrisée, inondant de sa présence tous les sens de la jeune femme.

— J'essayais de préserver ma santé mentale, pas de te repousser, chuchota-t-il au travers des lèvres entrouvertes.

Elle grogna, tenta de lui résister l'espace d'une respiration, puis sa langue frôla celle d'Aidan et essaya de la retenir alors qu'elle battait en retraite avant de revenir en force, dans un va-et-vient de plus en plus intense.

— Plus, exigea-t-elle, les ongles plantés dans la chair du guerrier.

La main posée sur sa gorge trembla.

— Pas ici. Emmène-moi dans ton lit.

— Je sais pas si je peux...

Elle se frotta contre lui, caressant l'imposant pénis de sa croupe rebondie.

— Il est dans la pièce d'à côté...

— Trop loin.

Aidan glissa son membre entre les fesses de Lyssa et s'agita contre elle à son tour. Sa main effleura une cuisse blanche puis disparut sous la serviette. Quand il empoigna la chatte humide, un rugissement affamé enfla dans sa poitrine collée au dos de Lyssa.

— Tu es si glissante, si chaude... ronronna-t-il. Je pourrais te prendre par-derrière, comme ça, sauvagement, juste ici, juste comme tu aimes, juste comme j'aime...

Introduisant ses doigts en elle, il mima ce qu'il venait de décrire en la pilonnant vigoureusement.

— Oh oui...

Lyssa s'abandonna contre l'épaule de son amant, la bouche ouverte, avide de plus. N'obtenant rien, elle le lécha dans une tentative désespérée de capturer la saveur d'Aidan.

— Fais-le...

— Je pourrais te prendre au-dessus du lavabo sinon, face au miroir, pour que tu me voies m'enfoncer en toi...

Un râle de désir lui échappa. Ces mots si crus

attisèrent l'excitation de Lyssa, empalée sur les doigts d'Aidan. Elle poussa un petit gémissement langoureux.

— Aidan…

— Mais je ne le ferai pas, Lyssa. Pas cette fois. Aujourd'hui, je te veux nue dans un lit et les jambes écartées pour mon seul plaisir.

Embrasée par le désir, la peau du guerrier exhalait maintenant une odeur capiteuse dont les effluves familiers firent frémir les entrailles de Lyssa. La grande main posée sur le cou de la jeune femme glissa jusqu'à ses seins, les pétrissant, faisant enfler cette poitrine déjà généreuse. Ses genoux se dérobèrent soudain sous elle, mais Aidan la retint fermement. Durant tout ce temps, il n'avait cessé de pénétrer sa bouche de délicieux coups de langue, tout en balançant ses hanches contre elle, comme pour la pousser à bout avant de lui faire subir ce qu'elle attendait vraiment.

— Je vais te faire jouir de mille façons différentes, lui promit-il. Avec mes doigts, mes lèvres et ma queue. Je vais te prendre jusqu'à ce que tu n'en puisses plus, jusqu'à l'épuisement. Après ça, tu t'endormiras comme une masse… mais seulement quand je t'y autoriserai.

Elle geignit. Elle n'avait jamais autant eu envie de sexe de toute sa vie.

— Je ne peux plus attendre, grogna-t-il d'un ton menaçant qui émoustilla la jeune femme encore un peu plus. Et je n'attendrai pas. Emmène-moi dans ta chambre qu'on commence. Je veux prendre tout mon temps, donc il faut que tu sois bien installée.

— Je… je peux pas marcher…

Les doigts d'Aidan la quittèrent, puis il se pencha et, un bras au creux de ses genoux, la souleva.

— Ouvre la porte.

Tout en l'embrassant fiévreusement dans le cou, elle chercha à tâtons la poignée derrière elle.

— Ça irait plus vite si tu regardais ce que tu fais, lui fit-il remarquer, amusé.

— Oui, mais je ne pourrais plus te mordiller.

— Il y a tellement d'autres parties de mon corps à mordiller...

Lyssa tourna la tête un bref instant, juste assez pour ouvrir la porte. Quand Aidan s'aperçut que le battant arrivait sur eux, il recula de quelques pas et éclata de rire. Avec ce rire, un nuage de vapeur s'engouffra dans la chambre. Quelques enjambées énergiques suffirent au guerrier pour combler la distance qui le séparait du lit, sur lequel il déposa son précieux fardeau. À peine allongée sur le matelas, Lyssa se redressa et se jeta au cou d'Aidan. Il ne vacilla même pas sous l'impact.

— T'es une vraie brute, ma belle, gloussa-t-il, ses lèvres chatouillant les cheveux de la jeune femme.

Une main dans le dos de Lyssa pour la soutenir, il glissa l'autre entre les jambes de la jeune femme.

— Ça va te calmer, tu vas voir.

Elle gémit et ferma les yeux, un flot de chaleur, la couvrant d'abord de chair de poule, puis d'un voile de sueur. La sensation écrasante de la profonde intimité qu'elle partageait avec cet homme, mélangée à la magnificence de l'instant présent et de son splendide amant, c'était trop pour elle. Quand il enfonça un long doigt calleux dans sa vulve, elle hoqueta, au bord de l'asphyxie, ses ongles plantés dans les avant-bras du guerrier.

Il murmura quelques mots dans une langue inconnue, puis retira son doigt, étouffant sous ses lèvres les protestations de la jeune femme. Ce même doigt, luisant de sa précédente activité, se mit à caresser le clitoris de la jeune femme, puis à le stimuler avec art, y mettant juste ce qu'il fallait de force. Prête à jouir depuis l'épisode de la douche, Lyssa cria soudain, emportée par un orgasme étourdissant. Aidan la tint avec un infini respect, la caressant tendrement pour faire durer son plaisir et ne s'arrêta que lorsqu'elle s'effondra dans ses bras, vidée de toute énergie.

Il l'allongea alors doucement sur le lit. Elle avait le souffle court, son cœur battait à tout rompre, et plus aucune pensée cohérente ne parvenait à prendre forme dans son esprit. Impuissante, les yeux mi-clos, elle regarda son amant ramener ses hanches vers lui, au bord du lit, puis s'agenouiller entre ses deux cuisses pâles.

— Je t'en supplie… souffla-t-elle, submergée par une vague de désir encore plus brutale.

Le guerrier lui écarta les jambes. Le contraste des mains si sombres sur ses cuisses blanches la fit frissonner de plaisir. En sentant l'haleine brûlante de son amant sur ses poils pubiens humides, tous ses muscles se tendirent.

— Bon Dieu… qu'est-ce que tu mouilles, articula Aidan d'une voix rauque, agrandissant de ses pouces l'ouverture de la vulve.

Dès que la jeune femme sentit la langue du guerrier sur son sexe, elle se cambra. Aidan continua son exploration avec une lenteur étudiée, puis se redressa et la contempla à nouveau.

Il titilla ensuite la petite fente du bout de la langue, puis dégusta les humeurs nées de son orgasme. Soudain, il s'enfonça le plus loin qu'il put en elle.

Les doigts crispés sur son édredon bleu pâle, elle poussa un cri extatique. Le guerrier passa les jambes blanches par-dessus ses épaules et se mit à produire un concert de petits bruits mouillés, la lapant comme un bol du meilleur lait, sa langue allant et venant dans la chatte qui pulsait sous ses assauts répétés.

Électrisée, en sueur, Lyssa saisit sa poitrine entre ses mains et en tritura les tétons douloureux.

Rugissant de plaisir, Aidan écarta les petites mains et prit le relais sans jamais cesser de lui lécher, de lui sucer, de lui titiller l'entrejambe.

— Oui, Aidan… chuchota-t-elle en ondulant des hanches au rythme soutenu des caresses buccales du guerrier.

Les bras tendus vers lui, elle glissa les doigts dans les cheveux sombres de son amant.

— Fais-moi jouir… bredouilla-t-elle.

Il suçota doucement son clitoris, taquinant du bout de la langue le minuscule bouton de nerfs.

Lyssa se pâma, à nouveau submergée par la volupté, le bassin tendu vers Aidan qui continuait à lui procurer de délicieux tourments jusqu'à ce qu'elle le supplie d'arrêter, sa chair hypersensible changeant le plaisir en souffrance.

Se pourléchant les babines, le guerrier se redressa, un sourire malicieux aux lèvres.

— Maintenant, tu es prête à m'accueillir, ronronna-t-il.

Incapable de remuer le moindre muscle, elle le regarda se lever entre ses jambes écartées. Empoignant son pénis colossal, il le logea contre sa fente, entre les lèvres de sa vulve. Elle n'avait jamais rien vu d'aussi érotique. Extrêmement concentré, il semblait calculer tous ses mouvements, les yeux rivés sur l'endroit où son gland lisse et chaud forçait l'intimité de Lyssa.

Un cri suppliant franchit les lèvres de la jeune femme quand le membre magnifique commença à la pénétrer pour de bon. Caressant les chairs palpitantes, il les obligeait à s'écarter devant lui. Elle se tortilla pour l'accueillir le plus loin possible en elle.

— Capote ? hoqueta-t-elle.

— Fais-moi confiance, lui chuchota-t-il. Tout va bien.

Elle voulut protester, mais s'en découvrit incapable. Elle ignorait tant de choses à son sujet… Et pourtant, elle savait au fond d'elle qu'il ne lui ferait jamais de mal, ne la mettrait jamais en péril. Cette conviction était profondément ancrée en elle. La présence d'Aidan, son contact la rassuraient. Comme si elle l'avait attendu, comme si elle avait espéré son retour. Sans savoir qu'il était ce qui lui avait manqué toute sa vie.

— Jure-moi que tu te souviendras de ça, lui dit-il d'une voix abrasive comme du papier de verre.

Sur les hanches de Lyssa, ses mains tremblaient.

— Toi et moi faisant l'amour, Lyssa, connectés, promets-moi que tu t'en souviendras quand je t'expliquerai tout à l'heure pourquoi je suis ici.

Elle s'en souvenait déjà. La sensation d'avoir déjà vécu ce genre d'instants était bien trop forte pour n'être qu'une simple impression de déjà-vu.

Mais bon sang, il était énorme…

Elle poussa un petit geignement plaintif.

Il s'enfonça un peu plus en elle, tout doucement, l'emplissant comme personne ne l'avait jamais fait et ne le pourrait jamais.

Aidan, en elle, c'était une sensation merveilleuse,

presque divine, et elle le serra contre elle, essayant de l'attirer plus profondément encore.

— Du calme, chuchota-t-il.

Il lui mordit le lobe de l'oreille, et la douleur la fit sursauter.

— Je serai plus souvent en toi qu'à l'extérieur de toi, Lyssa, quand tu seras éveillée comme quand tu dormiras ; je ne veux pas te faire mal.

— Oui, mais je te veux…

En le sentant s'enfoncer encore plus profondément, elle planta ses ongles dans les épaules du guerrier. Aidan venait de trouver en elle la petite zone charnelle qui le désirait si fort. Perdant tout contrôle, elle l'empoigna par les hanches et se cambra, le contraignant à la pénétrer à fond, jusqu'à ce que les lourds testicules lui fouettent la raie des fesses.

— Lyssa… lâcha-t-il dans un râle.

Le souffle court, il frissonnait. Et ne la quittait pas des yeux, son regard sombre comme un puits sans fond échauffé par la passion.

— Bon Dieu… c'est encore mieux… en vrai…

Elle ne comprit pas ce qu'il disait, mais s'en moquait. La seule chose vraiment importante à ses yeux, c'était lui, Aidan. Entremêlant ses doigts à ceux de Lyssa, il lui releva les bras au-dessus de la tête. S'ensuivit un baiser d'une douceur déchirante, leurs lèvres se frôlant à peine.

— Lyssa…

Quand elle entendit son nom prononcé avec une telle tendresse qui, avec l'accent savoureux de son amant, se teintait de nostalgie et de souffrance, les larmes montèrent aux yeux de la jeune femme.

— S'il te plaît… gémit-elle en lui retournant un

baiser désespéré, le corps embrasé par le pénis qui pulsait en elle.

Quelques images de leurs ébats passés lui traversèrent l'esprit – son dos collé au torse d'Aidan pendant qu'il la prenait par-derrière ; sa chevauchée fantastique jusqu'à l'orgasme, assise à califourchon sur lui, les grandes mains d'Aidan lui pétrissant les cuisses...

— S'il te plaît... répéta-t-elle en frottant ses tétons douloureux contre la poitrine velue.

— Chut... Laisse-moi faire...

Elle se souvint qu'il avait déjà prononcé des mots similaires dans un moment semblable.

Le guerrier se mit à bouger le bassin à une allure délicieuse, un rythme lent et confortable, la pénétrant et se retirant sans jamais perdre le contrôle.

Pour accélérer la cadence, la jeune femme croisa les chevilles sur les fesses de son amant, mais il ne céda pas, même quand elle entreprit de lui lécher le cou. Sous les mollets de Lyssa, le cul bien ferme du guerrier se contractait et se relâchait au rythme de ses paisibles coups de reins.

Il chuchota à son oreille :

— Tu es bouillante... Et tellement étroite... Heureusement que tu mouilles, ma belle... Tu dégoulines à l'intérieur. Ta chatte est faite pour moi...

Ces mots la firent frissonner.

— Plus tard – le ton sensuel d'Aidan devint vaguement menaçant –, tu te mettras à quatre pattes, et je te baiserai pendant des heures. À longs, profonds coups de queue dans ton petit cul affamé.

Le vagin écartelé réagit au quart de tour, entraînant Lyssa au bord d'un énième orgasme. Aidan la connaissait si bien... Comme s'il était son amant

172

depuis longtemps, un amant qui n'avait qu'un seul objectif : la faire jouir.

Il lui lâcha les mains et reporta son attention sur la poitrine frémissante.

— Je vais te sucer les mamelons jusqu'à ce que tu jouisses et tu vas crier mon nom à en perdre la voix.

Encore une fois, elle se cambra, tout son corps tendu dans l'attente.

— Oui... je veux...

Il glissa ses mains sous les fesses de sa compagne, lui souleva les hanches et la pénétra à fond. Le bruit des testicules giflant la courbe de son arrière-train était si érotique que Lyssa faillit défaillir. Son vagin se resserra de plus belle sur la verge de son amant.

Les yeux mi-clos, elle l'observait, subjuguée par cette mâchoire carrée et la boucle de cheveux noirs qui lui barrait le front. Grâce à ses biceps et ses pectoraux saillants, il la labourait sans effort, son abdomen ondulant au rythme de ses assauts, sa peau dorée luisant de sueur.

— Tu es si belle... marmonna-t-il entre ses dents serrées.

Il avait de plus en plus de mal à se retenir.

Son petit compliment eut raison de sa compagne, déclenchant en elle une nouvelle vague de volupté qui la souleva, puis la laissa pantelante sur la grève du plaisir.

Accélérant le rythme pour la faire jouir jusqu'aux limites du supportable, il pilonna de plus belle le vagin secoué de spasmes. Il gonfla et durcit en elle, puis plongea son membre jusqu'à la garde dans le sexe étroit et bouillant.

— Lyssa...

Il cracha sa semence au plus profond de ses entrailles. Son orgasme fut violent, mais ne lui arracha pas un cri. Tremblant des pieds à la tête, mâchoires contractées, il plongea son regard brûlant dans celui de la jeune femme. Elle sentit tout, absolument tout, les pulsations de son sexe, son sperme chaud et épais, et même, tout au fond d'elle, les battements de son cœur. Elle faillit fondre en larmes, et sa vision se brouilla. Après s'être vidé en elle, il relâcha lentement entre ses dents l'air contenu dans ses poumons.

— Oh putain… haleta-t-il en s'affaissant sur elle.

Il prit le visage de Lyssa entre ses mains, essuya les larmes au coin de ses yeux et sema un bouquet de baisers sur ses joues. Puis, de sa voix que Lyssa aimait tant, il lui murmura des mots étrangers parmi lesquels elle reconnaissait son nom, répété encore et encore.

Resserrant son étreinte, il attira la tête blonde au creux de son épaule et roula sur le dos pour se draper du corps repu de sa belle. Ils ne faisaient toujours qu'un.

Embrassant avec ardeur les cheveux humides de Lyssa, il chuchota :

— Je n'arrive pas à croire que je suis ici, avec toi, en toi, pour de vrai…

— Nous sommes peut-être en train de rêver, bredouilla-t-elle, se demandant si elle n'était pas morte et au paradis.

— Non, répliqua-t-il en l'enlaçant plus étroitement. Crois-moi, aucun rêve n'est aussi merveilleux que ça.

Chapitre 8

Rompant le silence qui les enveloppait comme une confortable couverture, l'estomac d'Aidan gargouilla.

— Tu as faim, on dirait, gloussa-t-elle, collée à lui.

— Tu as mangé, tout à l'heure, comme je te l'avais demandé ?

— Oui. J'ai avalé un sandwich.

— Ce n'est pas assez. On a tous les deux besoin de forces.

Elle leva les yeux vers lui :

— Je ne mange jamais en plein milieu de la nuit.

— Eh bien maintenant si, répliqua-t-il avec cette pointe d'arrogance qui semblait si naturelle chez lui.

Voilà un homme à qui on ne devait pas souvent dire non. Elle alla chercher son peignoir suspendu de l'autre côté de la porte et l'enfila. Quand elle se retourna, elle se figea en plein mouvement, éblouie par cet homme splendide quittant son lit. Malgré les orgasmes cataclysmiques qu'elle venait d'éprouver, elle sentit l'eau lui monter à la bouche à nouveau.

Avec sa peau hâlée, il était l'incarnation parfaite du mâle, elle aurait pu le contempler pendant des heures. Un grand sourire niais lui monta aux lèvres.

— Tu n'as aucun bagage ? s'étonna-t-elle.

— Comme quoi ?

— Dentifrice, fringues, rasoir ?

Il secoua la tête.

— Tu sais, le voyage a été un peu… compliqué.

— À l'aéroport ? Rien d'étonnant. Les compagnies aériennes égarent sans arrêt les valises. C'est pour ça que je n'emporte jamais que des bagages à main.

Avec un haussement d'épaules, elle ajouta :

— Et puis il y a pire que de se retrouver avec un homme à poil se baladant chez soi.

— Et si tu restais nue, toi aussi, lui suggéra-t-il en lui lançant un clin d'œil.

— Oh non, me regarde pas comme ça.

— Comme quoi ? ronronna-t-il en la rejoignant.

— Comme si j'étais un bon petit plat et que tu avais faim.

— Je crève de faim…

La dominant de toute sa taille, il suivit d'un doigt la clavicule de la jeune femme.

— Tu es dangereux, chuchota-t-elle, les yeux fixés sur sa pomme d'Adam.

Sur la peau pâle, le doigt du guerrier traçait un sillon brûlant.

— Pas pour toi, répliqua-t-il.

— Ah oui ?

Elle posa les mains sur ses hanches :

— Et c'est là que tu m'expliques ce que tu fais ici ?

— Pas encore. D'abord, on mange, murmura-t-il en l'embrassant sur le bout du nez.

— D'accord, soupira-t-elle. D'abord on mange.

Sauf que s'il continuait à se promener nu comme un ver dans sa maison, elle allait péter un plomb.

— Je dois avoir des vêtements à te prêter.

— OK, si tu insistes...

Elle le menaça des yeux et il recula en riant pour la laisser accéder à la penderie. Quand elle passa devant lui, elle sentit le feu de son regard dans son dos.

Elle explora le tiroir du bas, à la recherche du pantalon de survêt que son dernier petit ami avait abandonné derrière lui. Elle ne lui accordait aucune valeur sentimentale et il était bien trop grand pour elle, mais il était parfait pour le ménage, alors elle l'avait gardé.

Ayant trouvé ce qu'elle cherchait, elle se retourna et prit le temps d'observer l'homme à côté de son lit qui ne l'avait pas quittée des yeux. Dans sa chambre bleu foncé pour les murs, layette pour l'édredon, couleurs censées apaiser les nerfs et faciliter le sommeil, Aidan semblait à la fois très à l'aise et très, très séduisant.

— Tiens, prends ça, lui lança-t-elle.

Avalant sa salive, elle regarda comme hypnotisée la superbe virilité disparaître sous le vêtement gris.

— Si tu continues, c'est toi que je vais dévorer, murmura-t-il d'un ton traînant avec un petit sourire lubrique.

Elle se frotta les yeux.

— Désolée, j'arrête. Tu veux bien m'attendre en bas, dans la cuisine ? Il faut que je fasse un tour dans la salle de bains.

— OK. Je vais voir ce que je peux nous trouver.

Il lui caressa la joue avec une tendresse déchirante, puis se dirigea vers l'escalier.

Dans la salle de bains, les vêtements trempés traînant par terre, dans la douche, attirèrent immédiatement son regard et lui rappelèrent les moments intenses qu'elle venait de vivre. Combien de temps avait-elle espéré qu'un homme comme Aidan entre dans sa vie ?

Soudain, elle ferma les yeux, foudroyée par un terrible sentiment de culpabilité. Elle avait déjà quelqu'un : Chad. Un homme compréhensif et incroyablement patient avec elle, malgré la distance qu'elle s'acharnait à maintenir entre eux. Les jambes flageolantes, elle se retint au lavabo. Comment avait-elle pu oublier Chad ?

Les doigts crispés sur la froide porcelaine, elle contempla son reflet dans le miroir. Et grimaça. Ses lèvres meurtries par de fougueux baisers, ses cheveux ébouriffés, son allure hébétée lui apprirent ce qu'elle avait refusé d'admettre jusqu'alors : quelque chose clochait dans sa relation avec le beau pompier. C'était un type bien, pourtant. Elle s'amusait beaucoup en sa compagnie, se sentait à l'aise avec lui, l'appréciait réellement. Malgré ça, après un mois de rendez-vous occasionnels, ils n'avaient toujours pas couché ensemble. En fait, elle en était encore à essayer de se convaincre de passer enfin à l'acte avec lui. Mais Aidan n'avait eu qu'à franchir sa porte pour qu'elle se donne à lui. Et ce n'est pas seulement son corps qu'elle lui avait offert, mais aussi une profonde et immédiate tendresse.

Elle aurait dû agir autrement, mais au final, le problème n'avait rien à voir avec Aidan ; le gouffre qui la séparait de Chad avait toujours existé.

Lorsqu'elle ressortit de la salle de bains, une bonne odeur de cuisine montant du rez-de-chaussée lui chatouilla les narines. Elle dévala l'escalier pieds nus et vit Aidan verser le contenu d'une boîte de raviolis qu'il avait réchauffé dans deux bols.

Munis de leurs bols en plastique, de cuillères à

soupe extra larges et de quelques tranches de pain, ils s'installèrent. Avant d'attaquer la mixture, Aidan lui adressa un doux sourire. Au bout de quelques bouchées, il lui fit remarquer :

— C'est meilleur que ce à quoi je m'attendais.

— Ah ? Tu ne manges pas de plats précuisinés d'habitude ?

— Ils n'ont pas le même goût là d'où je viens.

— Oh ?

Lyssa posa ses coudes sur la table.

— Et d'où tu viens ?

— Il te reste des somnifères ? lui demanda-t-il sans prendre la peine de lui répondre.

— Qui te dit que j'ai des somnifères ?

Il renifla.

— J'en sais un paquet sur toi, Lyssa, il va falloir que tu t'y fasses. Je ne veux pas te faire peur et je t'expliquerai tout ce week-end, quand on aura le temps, mais pour l'instant, il est trop tard, déjà deux heures du matin, et tu travailles demain.

— Pour les somnifères aussi, il est trop tard. Ces trucs me mettent hors service toute la journée qui suit, c'est pour ça que j'ai arrêté.

Aidan lui désigna son bol :

— Mange. Et ensuite somnifères. Pas de discussion.

Elle lui tira la langue.

— Moi aussi, j'en ai une, chuchota-t-il. Et si tu es gentille, je te montrerai ce que je sais faire avec.

Lyssa empoigna sa cuillère et mangea plus vite qu'elle ne l'avait fait depuis longtemps. Il éclata d'un rire franc, chaleureux, exprimant des sentiments qu'elle n'identifia qu'en partie. Elle y perçut de la

joie, un sentiment de liberté, et autre chose aussi...
Bien décidée à profiter de l'instant présent, elle le
taquina à son tour. Parce que le lendemain, soit elle
découvrirait que tout ceci n'était qu'un rêve, le plus
étrange qu'elle ait jamais fait, soit tout serait bien réel
et elle aurait à sérieusement réfléchir à la situation.

Il posa la main sur la sienne et lui souffla d'un
ton doux et pressant :

— Fais-moi confiance, Lyssa. Tu réfléchis trop.
Fie-toi à ton instinct.

La jeune femme le regarda droit dans les yeux et vit
qu'il ne lui dissimulait rien. Elle réfléchit à l'intimité
qu'ils partageaient déjà. Elle, dans son peignoir de
soie. Lui, vêtu d'un simple pantalon de survêt taille
basse. Ils venaient de prendre un repas sur le pouce, de
faire l'amour sans aucun tabou. Ils avaient repris leur
souffle dans les bras l'un de l'autre, tendrement enlacés. Ils ressemblaient à un couple solidement établi.

Promets-moi que tu ne laisseras entrer personne.

— Lyssa ? Tu m'écoutes ?

— Quoi ? marmonna-t-elle en battant des paupières.

Il caressa le dos de sa main.

— Promets-moi que tu vas me suivre, sans inquié-
tudes ni doutes. Ne laisse pas ton imagination s'emballer. Je sais que tout ça est bizarre, mais tu dois me
croire, la seule chose que je veux, c'est te protéger.

— Mais je ne suis pas en danger.

Il prit sa main en soupirant et y déposa un baiser.

— Retournons nous coucher. On a tous les deux
besoin de repos. Une dure journée nous attend demain.

Je repousse les méchants.

— Tu es un soldat, souffla-t-elle soudain, surprise

par la conviction avec laquelle elle venait de prononcer ces mots.

Quelque chose les reliait. Un lien fragile, mais suffisant pour qu'elle ne cherche pas à le rompre. Pour l'instant.

— Je suis crevé, surtout, répliqua-t-il en se levant. Où sont les somnifères ?

— Pourquoi j'en prendrais ?

— Rappelle-toi. Tu dois t'endormir vite et d'un sommeil de plomb. Pour éviter les Cauchemars.

Il s'interrompit un instant, puis ajouta :

— Entre autres.

Traversée par le souvenir du rêve terrifiant dont le guerrier l'avait tirée, Lyssa décida de lui obéir. Elle prit un somnifère dans le placard de la cuisine où elle conservait tous ses médicaments et l'avala. Une main dans celle d'Aidan, elle éteignit de l'autre les lumières, abandonnant la vaisselle sale dans l'évier, le guerrier ayant promis de s'en charger le lendemain.

Ils montèrent l'escalier côte à côte, Aidan adaptant son allure à celle, plus lente, de Lyssa. Il se glissa le premier sous les draps blancs amidonnés et s'adossa à la tête de lit. La jeune femme se lova dans ses bras, bien au chaud, tout contre lui, comme si ça avait toujours été sa place.

Tes muscles sont tellement durs que c'en est presque inconfortable.

— Aidan ?

— Hmm ?

Il enfouit son nez dans les blonds cheveux et inspira profondément.

Tu es un ange ?

Les yeux fermés, elle fronça les sourcils, perturbée

181

par ces réminiscences aléatoires qui lui envahissaient l'esprit. Tellement aléatoires qu'elle n'y comprenait rien.

— Ça t'embête que je ne me souvienne pas du temps que nous avons passé ensemble ?

Elle sentit la pression des lèvres d'Aidan au sommet de son crâne.

— Je préférerais que tu t'en souviennes, reconnut-il en la serrant plus fort. Mais nous nous fabriquerons de nouveaux souvenirs.

Le visage contre le torse de son amant, la jeune femme sentit le puissant somnifère la tirer vers le sommeil.

Juste avant de sombrer dans l'inconscience, elle se souvint dans un flash de panique qu'elle avait oublié quelque chose d'important : elle avait promis ce week-end à Chad.

Puis elle ne ressentit plus rien.

Lyssa avait toujours beaucoup de mal à émerger quand elle prenait un somnifère, mais, ce jour-là, bercée par les ronronnements de Chamallow, elle se dit qu'elle s'en sortait mieux que d'habitude. Les yeux clos, elle resserra sa couette bien douillette autour d'elle… Et réalisa qu'il s'agissait d'un plaid tout doux. Autrement dit, elle avait dormi sur son divan. Le seul endroit de la maison équipé d'un plaid.

Et si elle avait dormi sur le divan… elle avait rêvé tout ce qui lui était arrivé cette nuit-là.

Aidan…

Elle poussa un soupir à la fois triste et soulagé. Elle se rappelait enfin clairement l'un de ses rêves. C'était fantastique. Non, Aidan était fantastique. Ou plutôt lui avait *semblé* fantastique. Car il n'existait pas.

Chamallow lui piétinant résolument la cuisse, elle se résigna à ouvrir les yeux. Les rayons du soleil matinal illuminaient le plafond. Elle poussa un nouveau soupir, puis emplit ses poumons, une bonne odeur de café frais envahissant ses narines. Préparé par sa mère, sûrement… Elle la chercha du regard et se figea, le souffle coupé.

Aidan était là, au beau milieu de son salon. Jambes écartées bien plantées dans le sol, dos puissant luisant de sueur, muscles tendus par l'effort, il enchaînait avec grâce des mouvements évoquant le *tai-chi*. À une différence près : il brandissait une épée gigantesque, dans le genre Excalibur. Il avait poussé la table basse contre un mur pour pouvoir effectuer ses fentes et manier à son aise son arme étincelante.

Muette d'admiration, elle le regarda poursuivre son entraînement. La beauté des muscles roulant sous sa peau, l'aisance avec laquelle il brandissait cette épée visiblement très lourde la sidéraient. Il fit sauter l'arme d'une main à l'autre puis répéta les mêmes mouvements avec une tout aussi grande dextérité qu'auparavant. Il se déplaçait sans bruit, aussi silencieux qu'une ombre. Même ses coups de lame dans le vide ne troublaient en rien cette calme matinée.

Tout en le contemplant avec une excitation croissante, Lyssa se demanda pourquoi la vue de cet étranger maniant une épée redoutable ne l'effrayait pas. Bien au contraire : ça l'émoustillait, ça l'émoustillait même sérieusement.

Aidan choisit cet instant pour se retourner. Leurs regards se rencontrèrent et l'intense concentration du combattant se mua en un sourire dévastateur. Il lui lança un clin d'œil, grillant tous les neurones de Lyssa, et termina ses mouvements.

— Salut, ma belle.

Il n'était même pas essoufflé.

— Salut, répondit-elle tout bas, fascinée par ce corps de guerrier, affûté comme une lame.

La tendresse qu'elle avait lue dans son regard la remplissait de joie. Cet homme incroyablement viril distillait autour de lui un érotisme torride, une sensualité débordante qui rappelèrent à Lyssa qu'elle-même était une femme et qu'elle avait des besoins que la fatigue avait longtemps bâillonnés. À cette pensée, ses tétons pointèrent et une vague de chaleur fit bouillir son sang, lui portant le rouge aux joues. Cela lui rappela la fièvre dont souffrait le guerrier.

— Comment tu te sens, ce matin ? lui demanda-t-elle.

Un peu surpris, il répondit :

— En pleine forme. Et si tu continues à me regarder comme ça, je vais finir par te le prouver.

— Des promesses, toujours des promesses… gloussa-t-elle, la voix enrouée.

— Ne me tente pas, Lyssa. Déjà que tu es restée collée à moi toute la nuit… Je ne demande qu'à te mettre en retard, tu sais ?

Collée à lui ? Elle ne s'en souvenait pas ; voilà pourquoi elle détestait prendre ces foutus médocs !

— Pourquoi je suis sur le divan ?

— Je t'ai portée. Je voulais être la première chose que tu verrais à ton réveil. Il faut qu'on parle.

Elle se redressa et grimaça en passant les doigts dans ses cheveux en bataille. Elle ne devait pas avoir l'air très appétissante… Elle avait toujours une sale tête le matin, de toute façon.

Un coup d'œil à l'horloge lui apprit qu'il était déjà neuf heures.

— Je commence dans une heure, je vais prendre une douche.

— Vas-y, lui lança-t-il en reprenant ses enchaî- nements. Ton café sera prêt quand tu redescendras.

Elle se leva et s'étira.

— Merci. Il y a de la crème à la vanille dans le frigo.

— Compris. Et tu prends deux sucres.

— Euh... oui.

Elle fronça les sourcils en montant l'escalier. Il savait tant de choses à son sujet.

Il était étrange de voir combien leur vie de couple était déjà bien rodée, d'autant plus que c'était avec un homme qui maniait l'épée à moitié nu dans son salon qu'elle partageait cette intimité ; pourtant, ça ne dérangeait pas Lyssa tant que ça. Au contraire, la présence d'Aidan l'apaisait, donnait de l'assurance à ses pas. Et la faisait marcher la tête haute.

Sous la douche, elle prit son temps. Tant pis pour le retard. De toute façon, Stacey avait sûrement programmé son premier rendez-vous plus tard que prévu, pour lui permettre de se préparer mentalement à la journée qui l'attendait. Alors, pour une fois, Lyssa en profita. Elle se rasa méticuleusement les jambes et s'enduisit le corps d'huile aux extraits de pomme, sa préférée. Elle était en train de vaporiser sur son visage une crème de jour afin de dissiper les dernières traces de sommeil, quand Aidan vint de nouveau occuper ses pensées.

Aidan, cet homme mystérieux qui se comportait comme s'ils se connaissaient depuis toujours et qui l'instant d'après refusait de parler de lui.

Le guerrier avait parfaitement raison, il fallait qu'ils parlent. Elle avait besoin de réponses.

Séchée, habillée et salivant déjà à l'idée du café bien chaud qui l'attendait, elle rejoignit Aidan. Le salon avait retrouvé sa configuration habituelle et, accoudé au comptoir de la cuisine comme un dieu du sexe, Aidan riait au téléphone.

Elle s'arrêta, captivée par ce rire à la fois profond et léger, infiniment séduisant, qui aurait fait craquer n'importe qui. Le rire d'un homme plaisantant avec sa compagne au milieu de draps froissés…

Quand il l'aperçut, son sourire changea de nature, et il la détailla lentement des pieds à la tête. La jeune femme sentit son sang bouillir dans ses veines à cette inspection.

— La voilà, Cathy, murmura-t-il en se redressant. Superbe et en pleine forme.

Lyssa écarquilla les yeux. Elle avait imaginé qu'il discutait avec un ami, peut-être pour le prévenir qu'il était bien arrivé… Mais avec sa mère !

Elle s'approcha de lui et le guerrier couvrit le combiné de sa main.

— Désolé, chuchota-t-il. Je ne voulais pas répondre, mais elle a menacé d'appeler les flics si tu ne décrochais pas.

Secouant la tête, Lyssa lui prit le combiné des mains. Quand leurs doigts se frôlèrent, un frisson la traversa. Elle lui tourna le dos pour lui cacher sa réaction.

— Salut, maman.

— Mais qu'est-ce qui se passe, bon sang ?

— Rien.

Elle tressaillit en sentant deux grandes mains puissantes se refermer sur sa taille. Des lèvres chaudes et fermes se posèrent dans son cou et, se laissant aller à ces attentions, elle s'appuya contre lui.

— Je suis en sueur, chuchota-t-il en reculant sans pour autant la lâcher. Faut qu'on parle, Lyssa.

Toujours au téléphone, elle acquiesça.

— Comment ça, rien ? répliqua sa mère d'un ton caustique. C'est qui Aidan ?

La jeune femme y réfléchit un instant puis, soudain d'humeur coquine, se frotta contre le bas-ventre d'Aidan, qui, la respiration soudain plus rapide entre ses dents serrées, la libéra finalement.

— J'ai besoin d'une douche froide maintenant, marmonna-t-il en partant vers l'escalier. Tu me le paieras, ma belle.

— C'est un vieil ami, maman, répondit la jeune femme en riant.

— Il vient d'où ? D'Irlande, non ?

— Sexy, hein ? J'ai toujours aimé les hommes avec un accent.

— Pourquoi je ne l'ai jamais rencontré ? insista Cathy d'un ton accusateur.

— Il vient de loin. Et de toute manière, je suis assez grande pour choisir mes amis toute seule, maman.

— Je veux le rencontrer !

— Oui, oui, répondit distraitement la jeune femme en jetant un coup d'œil à l'horloge. Merde ! Il est dix heures ! Faut que je te laisse, on m'attend à la clinique !

— Lyssa Ann Bates ! Si jamais tu…

La jeune femme raccrocha et se prépara à toute vitesse. Mais, agissant trop vite, elle fit tomber son sac. Alors qu'elle se baissait pour le ramasser, un reflet coloré attira son attention. Sous le comptoir de granite traînait un petit livre orné de pierres précieuses. Pendant quelques instants, elle se contenta de le fixer, ébahie, en serrant son sac contre elle. Puis, d'une main un peu tremblante, elle s'empara du mince volume. Elle découvrit alors qu'un autre livre, sans ornementation cette fois, ne comportant qu'une couverture de cuir, se trouvait sous le premier.

Elle n'était pas joaillière et ne possédait presque aucun bijou, mais elle comprit tout de suite qu'elle contemplait un objet infiniment précieux. En palpant le papier étrange et presque diaphane de ces pages couvertes d'une écriture inconnue, elle se demanda ce que ces ouvrages faisaient à l'extérieur d'un musée. Elle examina de près le volume serti de pierres précieuses, le feuilleta, suivit du doigt chacune de ses illustrations, et n'y comprit absolument rien. Mais ces deux livres avaient sans aucun doute une grande valeur, ce qui posait une question pour le moins dérangeante : pourquoi Aidan les avait-il en sa possession ?

Soudain, l'arrivée suspecte du guerrier foudroya la jeune femme. Il avait débarqué chez elle fiévreux, sans bagages, dans des vêtements beaucoup trop grands pour lui et ne lui avait fourni aucune explication satisfaisante. Vacillant sous le poids de cette constatation, elle s'appuya contre le comptoir du petit déjeuner. Qui était cet homme, armé d'une épée, en train de prendre une douche dans sa salle de bains ? Et que diable pouvait-il bien lui vouloir ?

Chapitre 9

Résolue à prendre le problème à bras-le-corps, Lyssa grimpa les marches quatre à quatre et se rua dans sa chambre juste à temps pour intercepter un Aidan encore nu et humide sortant de sa salle de bains. Les bras levés, une serviette sur la tête, il se séchait les cheveux. Suivant le mouvement des bras musclés, les tablettes du guerrier ondulaient d'une manière si alléchante que Lyssa s'arrêta net.

— Je... Tu... Tu es... Oh, bon sang... bredouilla-t-elle.

Elle ne termina pas sa phrase car, juste sous ses yeux, il commençait à bander.

— Je viens de m'en occuper, pourtant... soupira-t-il.

Elle déglutit, imaginant comment il avait pu s'y prendre : l'eau coulant sur la peau cuivrée, les mains mousseuses branlant la verge palpitante, la semence jaillissant et se répandant sur le carrelage... Pour l'avoir caressé, elle savait combien ce magnifique pénis devenait gros et dur en érection ; mais voilà qu'elle le trouvait appétissant même à ce stade de repos relatif. Combien d'hommes pouvaient en dire autant ?

Il a un grain de beauté sur la hanche droite.

Elle chercha du regard l'endroit en question et contempla la minuscule tache brune avec des yeux ébahis. Puis elle se secoua. Elle avait très bien pu remarquer ce petit détail sous la douche. Ça ne voulait rien dire.

La voix grave et rauque d'Aidan s'insinua dans ses pensées.

— Mais ne t'inquiète pas, j'ai encore largement de quoi faire.

Elle adorait la manière simple et franche dont le guerrier parlait de sa sexualité et du désir qu'elle lui inspirait. Est-ce qu'il l'avait abordée ainsi, la première fois ? En boîte, peut-être, quand elle était plus jeune ? à la fac ? Elle s'était lâchée à cette époque : séchant les cours la journée, faisant la fête toutes les nuits… Elle imaginait sans problème la scène : la musique à fond en arrière-plan et elle, accoudée au bar, un short et un top dos nu pour seuls vêtements, en train de hurler sa commande au barman. Soudain, les mains d'Aidan s'étaient posées sur ses hanches, l'érection d'Aidan s'était logée dans son dos, les lèvres d'Aidan avaient effleuré son cou puis il l'avait entraînée ailleurs…

Leur rencontre s'était-elle déroulée de cette façon ? Elle essaya de toutes ses forces de se souvenir, mais en vain. Cependant, si son esprit ne se le rappelait pas, son corps, lui, si.

Avec une grâce féline, Aidan la rejoignit. Un bras autour de la taille de la jeune femme, il glissa les doigts de son autre main dans les blonds cheveux humides et inclina la tête de sa compagne vers l'arrière afin de mieux pouvoir atteindre ses lèvres. Il pénétra sa bouche de profonds et tendres coups de langue qui firent frémir Lyssa et la contraignirent à s'agripper au dos humide de son amant.

— Qu'est-ce que tu imagines quand tu me regardes comme ça ? lui demanda-t-il d'une voix incarnant le péché.

— Hein… ?

En fait, elle ne pensait plus à rien. Ce baiser lui avait vidé l'esprit de toute idée.

— Des choses salaces ? chuchota-t-il en se collant à elle pour lui faire sentir la force de son érection.

D'une de ses grandes mains, il saisit la nuque de la jeune femme, puis lui murmura à l'oreille :

— Je te prenais déjà ou j'étais juste sur le point ?

Tourmentée par les réactions lascives de son propre corps et par l'attrait brutal que cet homme exerçait sur elle, elle gémit :

— Aidan… C'est si bon entre nous. Je n'arrête pas d'y penser.

Elle ferma les yeux en l'étreignant de plus belle.

— Le pied, répliqua-t-il, la voix rauque.

— C'est pour ça que tu es venu ? Pour savoir si ce serait aussi bien que dans tes souvenirs ? Pour un plan cul ?

Est-ce qu'ils n'auraient que ça ? Rien d'autre ? Déjà, l'idée qu'il puisse repartir comme il était venu lui serrait la gorge.

Aidan caressa le visage enfiévré de Lyssa appuyé contre son cou.

— Non, non et non. Tu as le temps d'en parler ?

— Non, il faut que j'aille travailler, soupira-t-elle. Je suis déjà en retard.

— Je peux venir avec toi ?

Pendant quelques instants, elle hésita. Qu'était-elle censée faire de lui ? Elle avait besoin de prendre un peu de recul pour réfléchir, et peut-être mener une petite enquête. Appeler quelques anciens potes de fac par exemple et voir si l'un d'eux se souviendrait d'Aidan...

— Je pense qu'il ne vaudrait mieux pas. Je serai occupée, tu sais, et puis tu dois avoir des choses à faire en ville.

— Il faut que tu saches certaines choses.

Tu ne recherches pas une relation sérieuse, tu n'as pas besoin d'une petite amie, tu ne veux surtout pas t'attacher, et il n'y a que le sexe qui t'intéresse.

— S'il te plaît, Lyssa.

Son impression de déjà-vu devenait de plus en plus écrasante. Et ça lui faisait mal. Un coup d'un soir. C'était tout ce qu'ils avaient. Tout ce que qu'Aidan voulait.

Il recula d'un pas.

— Ne me repousse pas. Écoute-moi.

Quand elle leva les yeux vers lui, elle aperçut le désir qui brillait encore dans les yeux du guerrier, mais il le dissimula rapidement sous un sourire factice. La jeune femme comprit qu'elle n'avait pas le choix.

— D'accord. Habille-toi et... merde, tu n'as rien à te mettre, maugréa-t-elle. Quand est-ce que la compagnie aérienne est censée te livrer tes bagages ?

Soudain, elle le dévisagea d'un air soupçonneux.

— Au fait, comment tu as su où je vivais ?

— Tu me l'as dit, répondit-il en lui caressant le bas du dos.

— Tu aurais pu passer un coup de fil avant de débarquer.

Frottant son nez contre le sien, il l'enlaça encore plus étroitement.

— Je sais…

— Et tu comptes rester combien de temps ?

— Je n'y ai pas réfléchi, murmura-t-il, ses lèvres frôlant celles de Lyssa.

Elle poussa un soupir, trop lasse pour nier que ces bras puissants étaient faits pour elle.

— Allons-y. Je suis vraiment en retard.

Il hocha la tête et attrapa le pantalon de survêt qu'il avait jeté sur le lit défait. Il l'enfila, puis chaussa de redoutables bottes de combat qu'il referma d'un simple claquement de doigts.

Lyssa croisa les bras et secoua la tête.

— Chouettes, tes bottes, mais tu peux pas sortir comme ça.

— Ah bon ? Pourquoi ?

— Il fait froid, dehors.

— Je m'en fous.

Lui s'en moquait peut-être, mais elle, par contre, elle ne tenait pas à ce que le monde entier contemple ce torse nu incroyablement affriolant. Une boucle de cheveux noirs barrait le front du guerrier, comme pour attirer les regards vers ses yeux magnifiques et ses lèvres sexy à se damner. S'il sortait aussi peu vêtu dans la rue, il provoquerait une émeute de femmes énamourées.

— Pas moyen que tu sortes comme ça, insista-t-elle, une petite mouc aux lèvres.

Aidan fronça les sourcils.

— Et je fais comment alors ?

Soudain, il croisa les bras, imitant la posture de Lyssa.

— C'est ta manière de me dire que tu ne veux pas que je vienne avec toi ?

— Mais non ! Enfin si... Si je reviens entre midi et deux avec des vêtements à ta taille, ça te va ? Comme ça, tu pourras passer le reste de la journée avec moi.

— On est pas censés tout se dire ? lui demanda-t-il sombrement.

— Oh bien sûr, ricana Lyssa. Résultat, tu me connais par cœur et moi je sais que dalle sur toi.

— Je réponds à tes questions quand tu veux. Maintenant, ce serait l'idéal. Mais qui n'a pas le temps de me caser dans son emploi du temps ?

— Et qui a débarqué chez moi sans prévenir ?!

Aidan faillit lui répondre vertement, mais se contenta de soupirer d'un air exaspéré :

— Tu peux me dire pourquoi nous nous disputons ?

— Nous ne nous...

En le voyant lever un sourcil dubitatif, elle s'interrompit en pleine phrase puis ajouta à contrecœur :

— Bon, d'accord, j'ai pas envie que tout le monde te voie à moitié à poil.

D'abord il cilla, puis un grand sourire malicieux illumina lentement ses traits.

— Tu ne serais pas un peu jalouse, ma belle ? lui demanda-t-il d'un ton rieur.

— Pas du tout ! mentit-elle en tournant les talons. Bon, je dois y aller. Je reviendrai vers...

Il l'encercla de ses bras, la souleva du sol et la transporta ainsi jusqu'au rez-de-chaussée.

— Mais qu'est-ce que tu fais ? protesta-t-elle du

ton le plus sérieux possible, tout en souriant comme une idiote.

Aidan était un vrai despote, et arrogant avec ça, mais tellement adorable...

Décidément, elle l'appréciait. Beaucoup, même.

— Je viens avec toi. Je mettrai une des blouses de Mike, si ça peut te rassurer.

Elle se raidit.

— Tu sais quoi ? Ça commence à me faire flipper, tous ces trucs que tu sais sur moi.

— Normal, répliqua-t-il en s'arrêtant devant le comptoir du petit déjeuner. Prends tes affaires.

Elle attrapa son sac à main et ses clés.

— Les deux livres aussi.

— Tiens, justement... D'où est-ce qu'ils sortent, Aidan ? Et qu'est-ce qu'ils font chez moi ?

— Oh, c'est de la lecture, pour passer le temps.

Elle ravala une réplique cinglante. Difficile d'en vouloir à quelqu'un qui vous trimbale comme un sac à patates, surtout quand ce quelqu'un vous mordille le cou.

— Arrête, gloussa-t-elle. Et regarde où tu vas.

Le conseil était parfaitement inutile. Tenant fermement Lyssa sous un bras, le guerrier se déplaçait avec une précision infaillible. Il débrancha la cafetière, éteignit toutes les lumières et ouvrit la porte donnant sur le garage.

— Remonte le toit de la voiture, marmonna-t-elle lorsqu'il l'eut déposée derrière le volant.

Elle voyait déjà Aidan et son magnifique torse musclé attirer tous les regards aux feux rouges...

— T'es bête, commenta le guerrier.

Il l'empêcha de rajuster le toit de sa BMW.

195

Seule une respiration séparait leurs deux bouches. Immobile, Aidan la retenait prisonnière. Elle aurait pu l'embrasser si elle l'avait voulu, en se penchant un tout petit peu, mais son malaise croissant l'en dissuada. Elle avait besoin de réponses.

La voyant s'humecter les lèvres de sa petite langue rose sans pour autant faire le moindre geste pour combler l'infime distance qui les séparait, Aidan n'eut pas d'autre choix que de lui cacher sa frustration. Il saisit la ceinture de sécurité de la jeune femme et l'attacha. Puis il lui colla un petit bécot sur la bouche, contourna la voiture et s'installa sur le siège passager.

Lyssa le dévisagea un moment. Dans ses yeux sombres, il pouvait lire tout ce qu'elle pensait. Cette absence de dissimulation était l'une des choses qu'il adorait chez elle. Avec Lyssa, il n'avait pas besoin de porter un masque ni de rester sur ses gardes. Avec elle, il pouvait juste être lui-même.

C'était un tel soulagement qu'il avait l'impression de pouvoir enfin respirer après s'être retenu pendant des siècles. Mais la jeune femme commençait à se méfier de lui. Tendu, le guerrier glissa ses doigts dans ceux de Lyssa pour rétablir le contact entre eux.

— T'es un sacré problème, tu sais, soupira-t-elle. Avec un P majuscule.

— Attends qu'on se retrouve au lit.

Aidan sentit la main de la jeune femme trembler dans la sienne. La douce Lyssa, avec son sourire si candide, cachait quelques secrets, elle aussi. Qui savait qu'elle adorait le sexe à la hussarde ? D'autres hommes avaient-ils pris le temps de la découvrir sous cet angle ? Il l'aurait fait, lui, s'il n'avait pas eu un accès immédiat à son inconscient par l'intermédiaire de ses rêves. D'un autre côté, il était heureux d'avoir pu la comprendre aussi vite. Leur lien le plus fort, c'était ce désir qui avait marqué de son empreinte le corps de Lyssa.

Et il veillerait à ce qu'elle ne l'oublie pas.

En attendant, ils allaient devoir tenir jusqu'au bout de cette journée qui avait si mal commencé pour lui. Dès que l'occasion se présenterait, dès qu'elle lèverait un peu le pied, il lui expliquerait tout. De manière claire et crédible. Fermant les yeux, il s'appuya au dossier de son siège pour savourer l'air matinal qui lui fouettait la peau.

Comme Lyssa l'en avait prévenu, il faisait froid dehors, mais l'ardeur des coups d'œil brûlants que la jeune femme lui lançait maintenait sa chaleur corporelle à une température confortable. Sa main gauche reposait sur les deux volumes qu'il avait arrachés au Crépuscule. Avec un peu de chance, il y découvrirait le moyen de protéger Lyssa. Quelque chose, n'importe quoi, qui prouverait que la Clé n'existait pas, ou au moins, si les Anciens disaient vrai, qu'il ne s'agissait pas de la jeune femme.

Il regretta de ne pas avoir été plus attentif lors des cours d'histoire qu'il avait suivis dans sa jeunesse ; mais à l'époque, seuls le combat et le sexe l'intéressaient. Il n'était pas suffisamment mature pour envisager le futur sous tous ses aspects. Comment aurait-il pu savoir qu'un jour une femme éveillerait en lui des besoins plus profonds que les simples appétits de la chair ?

Lyssa gardait le silence. Le guerrier aurait aimé pouvoir lire les pensées de la jeune femme comme il le faisait dans le Crépuscule, mais devait se contenter de les deviner. Pour l'instant, sa conscience était probablement perdue, mais son inconscient se souvenait, lui. Il espérait que ça suffirait à ce qu'elle l'écoute jusqu'au bout, car il allait passer pour un fou.

— Parle-moi, lui demanda-t-il, juste assez fort pour être entendu malgré le vent.

— Après toi. Comment connais-tu autant de choses sur moi ?

Il poussa un soupir. Donc, c'était ça qui la tracassait…

Par où commencer ? Devait-il lui dire tout de suite qu'il venait d'une autre dimension ? Ou qu'une prophétie la désignait comme la cause future de la destruction de deux mondes ?

Dans un cas comme dans l'autre, il devait réussir à lui faire comprendre qui il était et pourquoi il était là avant que la raison ne prenne chez elle le pas sur l'instinct, et qu'elle le repousse à coups de pied dans le derrière. Il ne voulait pas la kidnapper ou la forcer à faire quoi que ce soit contre son gré. Mais si c'était le seul moyen de lui sauver la vie, il s'y résoudrait.

Le cabriolet pila net, interrompant le cours de ses pensées. Aidan se redressa et aperçut à quelques pas l'entrée de service de la clinique. Lorsque Lyssa sauta de la voiture, il la retint par le poignet.

— Tu peux finir plus tôt, aujourd'hui ?

Elle pinça ses lèvres pulpeuses puis hocha la tête.

— Je vais essayer.

— Eh, qu'est-ce qui se passe ? s'exclama une voix.

Le regard braqué sur la femme de ses rêves, Aidan vit la culpabilité et le trouble en obscurcir l'adorable visage.

— Merde, souffla-t-elle, c'est Chad.

Lyssa baissa les yeux sur le rêve érotique à moitié nu assis dans sa voiture et se murmura comme un mantra : *Réveille-toi, réveille-toi, réveille-toi...*

Elle nageait en plein cauchemar. Comment pouvait-elle expliquer la situation à Chad si elle-même ne la comprenait pas ? Et puis ses cheveux étaient encore humides, tout comme ceux d'Aidan, qui se baladait torse nu pour ne rien arranger. Ils avaient exactement l'air de ce qu'ils étaient : deux amants au saut du lit.

— Euh... désolée de vous interrompre, mais Mme Yamamoto commence à s'impatienter... elle vous attend depuis vingt minutes.

Lyssa éprouva un tel soulagement en entendant la voix de sa secrétaire lui parvenir de l'intérieur de la clinique qu'elle décida de l'augmenter.

— J'arrive, Stacey.

Prenant son courage à deux mains, elle se dégagea de la poigne d'Aidan et fit face à Chad.

— Qu'est-ce que ça signifie ? lui demanda le pompier d'un air renfrogné tout en regardant Aidan sortir de voiture.

— Chad, les présenta la jeune femme, voici Aidan. C'est... un ami de ma mère.

Elle se déplaça légèrement pour les avoir tous les deux dans son champ de vision et se crispa en découvrant leur posture agressive.

— Aidan, voici Chad.

— Bonjour, dit Chad en tendant la main à son vis-à-vis. Je suis le petit ami de Lyssa. Heureux de vous rencontrer.

Aidan serrait les dents si fort qu'elles grinçaient, mais il accepta la poignée de main. Lorsque Chad retira la sienne, il fit jouer ses articulations et la jeune femme ne put qu'imaginer la force que le guerrier avait mise dans son salut.

— Bon... intervint Lyssa en se raclant la gorge, nerveuse, on m'attend, alors... Tu avais besoin de quelque chose, Chad ?

Le pompier reporta son attention sur elle :

— Je passais dans le coin et je pensais t'inviter ce midi.

Elle acquiesça vigoureusement.

— D'accord. À treize heures ? Parce qu'il va falloir que je rattrape mon retard.

— Parfait. On se voit à treize heures.

Chad jeta un dernier coup d'œil à Aidan, puis se pencha vers la jeune femme et l'embrassa, en plein sur la bouche, ajoutant un petit coup de langue pour faire bonne mesure.

Après quoi il repartit vers sa Jeep. Pas très fière de ce qui venait de se passer, Lyssa verrouilla la portière de son cabriolet puis, sans oser regarder Aidan, courut retrouver Stacey qui la dévisageait, les yeux ronds.

— Oh la la, vous êtes dans une sacrée galère, Doc...

— Tiens, tu as remarqué ?

Lyssa ne put s'empêcher de jeter un coup d'œil par-dessus son épaule et vit qu'Aidan lui avait emboîté le pas. Il progressait à grandes enjambées volontaires, d'un pas conquérant. Comme un chasseur courant sur sa proie... En apercevant les narines dilatées et le regard meurtrier du guerrier, elle comprit qu'elle allait avoir de gros problèmes si elle ne se remuait pas au plus vite.

— Dans quelle salle m'attend Mme Yamamoto ? demanda-t-elle à son assistante d'un ton pressant.

— La deux… répondit Stacey avant de siffler d'admiration, fascinée par le bel inconnu. Mince ! Vous avez vu ces abdos ? C'est la tentation faite homme, ce type. On en mangerait !

— Trouve-lui une blouse, grinça Lyssa, appréciant peu l'intérêt de sa secrétaire pour le guerrier. Et à moi aussi, par la même occasion.

Ces directives données, elle fonça droit dans la salle d'examen numéro deux, son sac et ses clés toujours en main, et se mit au travail. Fuir était parfois la meilleure solution.

Elle dut travailler jusqu'à une heure moins le quart pour boucler tous les rendez-vous de la matinée. Chaque fois qu'elle était passée par son bureau, elle s'était retrouvée nez à nez avec un Aidan qui, jambes bien plantées dans le sol, bras croisés et rictus menaçant, attendait qu'elle se libère. Elle avait tenté de paraître calme et sûre d'elle, mais elle n'arrivait pas à oublier que dans ce pantalon de survêt se cachait un guerrier. Rien que le fait d'y penser lui mettait les nerfs en pelote. Plus tard, il s'était assis à son bureau et avait commencé à potasser ses deux livres. Et maintenant qu'elle avait besoin de se rafraîchir avant de rejoindre Chad, elle trouvait porte close.

Toute la matinée, elle avait réfléchi aux moyens de se sortir de ce mauvais pas. Au bout du compte, elle avait pris la décision qui lui paraissait la plus juste : rompre avec Chad. Il n'était pas fait pour elle. Elle l'avait toujours su, mais avait jusque-là refusé de l'admettre. Elle savait qu'elle faisait le bon choix, pourtant elle se sentait horriblement coupable. Dans un monde parfait, elle aurait mis fin à leur relation avant de s'attacher à Aidan, mais la vie n'était pas aussi simple. Elle n'avait plus qu'à réparer les dégâts maintenant, en espérant que Chad et elle puisse rester amis.

Le cas d'Aidan lui semblait beaucoup plus épineux. Néanmoins, chaque fois qu'elle l'apercevait, son pouls s'emballait. Même quand il lui en voulait aussi visiblement, elle ne pouvait s'empêcher d'être dingue de lui. Elle allait donc s'occuper de Chad, terminer sa journée de travail, puis elle écouterait ce qu'Aidan avait à lui dire. Et elle espérait de tout cœur que cela comblerait les blancs de sa mémoire et lui ôterait tous les doutes qui la rongeaient.

Ces résolutions prises, elle ouvrit la porte de son bureau et entra d'un pas résolu… dans une pièce vide.

Oh bon sang, il est parti ?

Le cœur battant, elle se retourna pour appeler Stacey… et se retrouva nez à nez avec lui. À nouveau torse nu, il s'était adossé à la porte qu'il avait silencieusement refermée. La blouse qu'on lui avait prêtée pendait au portemanteau. Quand leurs regards se croisèrent, la jeune femme vit briller celui d'Aidan : il savait parfaitement l'effet qu'il lui faisait dans cette tenue minimaliste.

— Tu m'as fait peur, abruti ! s'exclama-t-elle en portant ses mains à sa poitrine. Qu'est-ce qui t'a pris de te cacher derrière la porte ?

— Je ne me cachais pas, répliqua-t-il du tac au tac. J'allais partir à ta recherche quand tu as débarqué. J'ai failli me prendre la porte en pleine face, d'ailleurs.

— Oh.

Elle rejoignit son bureau vintage et y posa le bout des fesses.

— Chad va arriver d'une minute à l'autre.

— Je sais.

Aidan traversa la pièce d'un pas sensuel qui fit saliver Lyssa. La démarche du guerrier n'avait rien de vulgaire, pourtant. Il se mouvait avec une grâce féline incroyablement suggestive. Il posa ses mains sur les hanches de Lyssa, l'emprisonnant contre le bureau, et souffla dans son cou :

— Tu vas me manquer.

Sous ses doigts, une peau soyeuse et chaude, tendue sur des muscles incroyablement fermes, s'offrait à la caresse. Quand il lui mordilla le lobe de l'oreille, elle gémit intérieurement.

— Dis-moi que je n'ai aucune raison d'être jaloux, lui intima-t-il d'un ton bourru.

Elle se pencha en arrière et croisa son regard. Il semblait impassible, mais un petit muscle tressaillait dans sa mâchoire.

— Tu n'as aucune raison d'être jaloux, lui assura-t-elle d'une voix douce, charmée qu'il ne lui cache rien de ses sentiments et ne l'en aimant que davantage.

Il l'attira tout contre lui, l'enveloppant dans son corps, et posa tendrement ses grandes mains sur elle. Lyssa savait combien cet homme était puissant et pourtant il la touchait avec une telle douceur…

— Aidan, chuchota-t-elle, grisée par son odeur.

Aucune autre odeur n'égalait celle-là. Elle était épicée et exotique. Étrangère. Lyssa l'aimait, Lyssa en était affamée.

— J'en ai pas pour longtemps.

— Une minute, c'est déjà trop long.

La voix d'Aidan était aussi noire que le péché, son accent aussi velouté qu'une caresse.

Tout d'un coup, il l'embrassa, contrôlant à grand-peine sa passion. Sa langue frôla celle de Lyssa avec une habileté parfaite, comme pour lui rappeler à quel point c'était bon avec lui. Et seulement avec lui. Quand, pour répondre à ses caresses, la jeune femme se plaqua contre lui, elle sentit un grognement sourd enfler dans la vaste poitrine. Il avait suffi d'un baiser…

Elle se força à le repousser. Elle avait tant de choses à lui dire, tant de questions à lui poser… Malheureusement, cela devrait attendre. Elle consulta l'horloge par-dessus l'épaule d'Aidan. Une heure moins cinq.

— Je dois y aller, chuchota-t-elle en se réfugiant contre l'épaule de son amant.

Elle culpabilisait terriblement.

Lui n'avait qu'une envie : la prendre dans ses bras et s'enfuir avec elle.

Juste au moment où il la lâchait, quelqu'un frappa à la porte.

— Oui ? demanda-t-elle, la voix rauque.

— Chad est là.

C'était la première fois que le guerrier entendait la joyeuse secrétaire parler avec une telle gravité.

Lyssa inspira violemment :

— Comment je vais lui expliquer ce qu'il se passe alors que j'en sais rien moi-même ?

Aidan attrapa le menton de la jeune femme et la força à le regarder dans les yeux. Son cœur se serra devant son visage défait. Très pâle, le regard tourmenté, elle se mordillait nerveusement la lèvre.

— Dis-lui la vérité, lui recommanda-t-il. Un ancien

amour a débarqué chez toi, ce qui t'amène à reconsidérer la situation.

Elle hocha la tête, la mine honteuse. La voir ainsi bouleversait le guerrier.

Lyssa posa la main sur l'épaule nue de son amant et les yeux saphir se fermèrent un instant, savourant la sensation. Puis la jeune femme passa les doigts dans les boucles sombres.

— Ça va ? lui demanda-t-elle, inquiète.

Il acquiesça. Quelque chose vibrait en lui, une angoisse qui lui nouait le ventre.

— Je déteste ça. Je ne veux pas que tu y ailles.

— Tu es bien possessif pour un type qui est sorti de ma vie il y a longtemps, répliqua-t-elle sèchement.

Il la fit taire d'un regard lourd de vérité :

— Je t'ai cherchée toute ma vie.

Toutes ces années, il n'avait pas réussi à comprendre ce qui lui manquait. Sa quête de vérité lui avait permis de combler en partie le vide qui le rongeait et il comptait toujours la découvrir ; mais c'était de Lyssa qu'il avait véritablement besoin. De Lyssa et de ce lien forgé avec elle.

Elle le considéra d'un air pincé.

— Tu sors les pires niaiseries mais bizarrement, dans ta bouche, ça n'est pas niais. Tu pourrais donner des cours sur comment remettre au goût du jour les répliques fleur bleue.

Empoignant son sac, elle posa ses clés et un peu d'argent sur le bureau.

— Va t'acheter des fringues. Je n'ai pas beaucoup de liquide sur moi, je paye tout en carte, mais tu devrais en avoir assez pour un jean, une chemise et quelques caleçons. Demande à Stacey où aller.

Aidan la retint par le poignet. Ils se fixèrent pendant quelques secondes, aussi perdus et inquiets l'un que l'autre.

— Je dois y aller, Aidan.

Il l'attira brutalement contre lui, empoigna les blonds cheveux à pleines mains et l'embrassa avec fougue. Leur baiser fut profond, passionné, fiévreux. Il voulait boire le goût de Lyssa et qu'elle boive le sien. Emportée par le désir, les genoux flageolants, la jeune femme s'agrippa à lui. Il ne la relâcha que lorsqu'il l'entendit gémir dans sa bouche.

— Dépêche-toi ou sinon je viens te chercher. Et tu risques de ne pas apprécier ce qui suivrait.

Elle déglutit et recula lentement, hébétée.

Quand la porte se referma enfin derrière elle, elle relâcha l'air contenu dans ses poumons. Elle ne pouvait plus le nier : elle était irrémédiablement folle de lui.

Mais elle devait encore parler à Chad…

La dernière fois qu'elle avait ressenti cette pointe mordante de culpabilité, c'était au lycée, quand elle avait fait pleurer Jena Lee à cause d'une remarque vexante qu'elle avait prononcée sans réfléchir. Chad méritait une femme qui l'aimerait de tout son cœur et cette idée était la seule chose qui empêchait Lyssa de se haïr.

Prête au combat, la jeune femme releva la tête et se dirigea vers la sortie. Elle pouvait le faire. Elle en était capable.

À peine à l'extérieur, elle aperçut le beau Chad appuyé contre sa Jeep et fondit en larmes.

Elle ne regrettait rien de ce qui s'était passé la veille, absolument rien, mais elle savait qu'elle aurait dû rompre avec Chad depuis longtemps. Or les événements des dernières vingt-quatre heures et les sentiments débordants qu'elle éprouvait pour le beau guerrier avaient réduit sa résistance émotionnelle à néant.

— Ne t'inquiète pas, lui dit gentiment le pompier en l'attirant dans ses bras. Ce n'est pas la fin du monde, tu sais. Je suis un grand garçon. Je m'en remettrai.

Incroyablement soulagée qu'il ne lui en veuille pas, elle se laissa aller contre lui. Pendant des années, elle avait attendu l'homme idéal, et voilà qu'elle en avait deux sous la main.

Elle devait en laisser partir un. Et priait le ciel pour ne pas perdre le second.

Chapitre 10

— Bon, sérieusement, qui êtes-vous ?

Aidan jeta un coup d'œil étonné à Stacey, qui venait d'apparaître sur le seuil de la pièce.

— Pardon ?

— Vous m'avez bien entendue. Qu'est-ce que vous voulez à Lyssa ?

Il s'adossa au bureau et croisa les bras. Il savait que Lyssa aimait beaucoup son assistante et apparemment la réciproque était vraie.

— Je ne vois pas en quoi ça vous regarde.

— Le bonheur de Lyssa me regarde, répliqua Stacey, les yeux plissés. Chad est un type bien qui prend soin d'elle.

— *Je* suis un type bien qui prend soin d'elle.

— Ah vraiment ? Vous l'avez déjà quittée une fois et j'ai pas l'impression que vous ayez l'intention de rester cette fois non plus.

Le guerrier ne trouva rien à répondre. Il n'avait pas encore pris le temps de réfléchir à ce qu'il allait faire et durant les dernières quarante-huit heures, il n'avait fait que s'inquiéter à propos de Lyssa et du fossé qui semblait se creuser entre eux. Il devait pourtant se préparer à ce qui les attendait dans les jours à venir.

— Mon travail m'oblige à voyager.

— Quel travail ? Lyssa m'a dit que vous étiez dans les forces spéciales ou quelque chose comme ça.

Pas bête.

— Quelque chose comme ça.

Elle tapa du pied.

— Vous ne trouvez pas ça un peu égoïste de débarquer comme ça sans prévenir ? Surtout maintenant qu'elle a quelqu'un de fiable dans sa vie !

— J'ai essayé de rester loin d'elle, Stacey, répondit-il calmement, j'ai vraiment essayé.

Elle le dévisagea pendant de longues secondes, puis répliqua :

— Bon, je suspens mon jugement pour le moment.

— Merci, lui dit-il.

Et il le pensait sincèrement. Car si Stacey se dressait contre lui, elle ne ferait qu'empirer une situation déjà conflictuelle.

— En attendant, il faut qu'on vous trouve des fringues.

— Oui, ce serait bien.

S'il avait l'air « normal », peut-être que Lyssa serait rassurée.

Il rangea ses précieux ouvrages dans le premier tiroir du bureau vintage, attrapa les clés et l'argent, puis fit signe à Stacey de le précéder jusqu'au parking. Il se sentait impuissant et détestait ça. Cela ne lui était jamais arrivé auparavant et ne lui correspondait absolument pas. Il devait faire les choses dans l'ordre, trouver un moyen de protéger Lyssa pour ensuite pouvoir se concentrer sur les textes des deux volumes. Mais la journée était déjà bien avancée. La nuit arriverait bientôt et avec elle le sommeil, durant lequel la jeune femme redeviendrait particulièrement vulnérable.

Lui qui avait toujours eu l'éternité devant lui, voilà que le temps lui filait entre les doigts.

*
* *

— Pour quelqu'un qui vient d'être promu capitaine de l'Élite, je te trouve affreusement calme.

Connor jeta un regard à la sculpturale Gardienne étendue près de lui. Les joues rougies par leurs ébats, Morgane était ravissante et le géant fut tenté de laisser tomber le glaive qu'il polissait pour planter sa lame de chair dans un autre fourreau.

— C'est Cross, le capitaine.

— Il est parti, répliqua Morgane avec une petite moue.

— Il reviendra, crois-moi.

Aidan était un guerrier dans l'âme. Il ne pouvait vivre que l'épée à la main.

— Tu le vois au volant d'un minivan ? ricana Connor.

— Non, gloussa la Gardienne en roulant vers lui. Mais je ne le voyais pas non plus s'attacher à une femme.

Elle s'étira avec langueur, dévoilant la moindre de ses courbes voluptueuses.

Avec un reniflement, Connor reporta son attention sur son arme.

— Folie passagère. Les Anciens ont merdé avec

211

lui. D'abord, ils l'ont chargé deux fois de la même Rêveuse, et ensuite, ils l'ont envoyé à la Frontière.

— C'est vraiment aussi horrible qu'on le raconte ?

— Pire. C'est pour ça qu'il n'a plus toute sa tête. Mais bon, il va retrouver sa Rêveuse, ils baiseront comme des lapins et puis ça lui passera. Et il fera son boulot.

— Tu crois qu'elle est la Clé ?

Connor réfléchit un instant.

— J'en sais rien. Mais c'est justement ce que tu vas essayer de savoir.

— Quoi ? s'exclama Morgane en se redressant dans le lit.

— J'ai vérifié, cette nuit c'est Philippe Wager qui dirige l'équipe.

L'équipe qui pour la deuxième fois tenterait de pénétrer l'esprit de la Rêveuse d'Aidan. Connor regrettait d'avoir échangé sa place avec Aidan quelques jours plus tôt. Au contraire, il aurait dû éloigner son ami de cette femme et s'en charger lui-même.

Le géant n'arrivait pas à imaginer qu'une créature soit suffisamment séduisante pour détourner un homme de toutes les autres.

— Mais Philippe a une dent contre moi ! protesta Morgane en rejetant ses cheveux noirs dans son dos. Il ne voudra rien me dire ! Et j'ai pas spécialement envie de lui parler non plus.

Connor ne put s'empêcher de sourire :

— Bien sûr que si, cette Rêveuse t'intrigue. T'as longtemps eu un faible pour Cross.

— Pour toi aussi, mon grand.

Le sourire de Connor s'élargit.

— Mais moi tu m'aimes toujours.

Morgane lui balança un oreiller à franges que le guerrier, posant son glaive en vitesse, rattrapa de justesse avant de se diriger vers le lit. Son membre grossissait à vue d'œil. La Gardienne contempla le sexe dressé, puis dévisagea Connor.

— Oh non, murmura-t-elle d'une voix plus dure. Je connais ce regard, tu veux quelque chose. Mais malheureusement pour toi, j'ai déjà eu ma dose d'orgasmes et je me sens divinement bien. Y a donc aucune chance que j'accepte.

— Je peux te faire te sentir encore mieux, grogna-t-il en posant un genou sur le lit.

Le sourire de Morgane s'évanouit.

— Tu m'en demandes trop, Connor. Si les Anciens s'en rendent compte, ils me puniront de m'être mêlée de leurs affaires.

— Je te protégerai.

— Personne n'échappe aux Anciens.

— Fais-moi confiance.

Voyant l'air buté de la Gardienne, le géant jura intérieurement puis changea de tactique.

— Je te demande juste de discuter avec Wager, ronronna-t-il. Essaye de savoir quels sont ses ordres, quelles méthodes il utilise, quels problèmes il rencontre.

— Ah oui ? Et pour quelle raison je lui demanderais tout ça ?

Il l'embrassa avec fougue, tant pour lui faire miroiter une récompense à la hauteur de son aide que pour lui cacher à quel point il avait besoin de son aide.

— Ah, ma belle Morgane, tu ne le regretterais pas.

— Si je le fais, ça va te coûter cher.

Quand la poitrine de Connor frôla la sienne, la

jeune femme tressaillit, résista un instant puis entoura le géant de ses bras.

— J'ai plein de choses à t'offrir, ma jolie, lui murmura-t-il d'une voix caressante.

D'un mouvement du bassin, il s'enfonça doucement dans la chatte étroite et veloutée de la Gardienne puis se retira complètement, et ajouta :

— Si tu les veux, bien sûr.

Elle poussa un petit grognement qui provoqua en lui un mélange d'excitation et d'angoisse.

— C'est de la triche, gémit-elle.

Elle avait raison, mais le géant n'en ferait pas moins tout ce qui était en son pouvoir pour aider Aidan. Il n'abandonnerait pas son commandant en chef et meilleur ami seul dans l'inconnu.

*
* *

Stonehenge. Assailli de souvenirs, Aidan suivit du doigt le texte qu'il venait de déchiffrer dans le livre serti de pierres précieuses. Il s'était rendu une fois à Stonehenge, pour une Rêveuse que cet endroit faisait fantasmer. Des ébats débridés sous les étoiles au centre du cercle de pierres levées... Un cercle complet, à l'époque. Mais depuis, décimé par les siècles.

La Rêveuse, ce qu'ils avaient fait cette nuit-là... c'était un souvenir si lointain, si brumeux qu'il ne lui serait d'aucune utilité. Dès sa première incursion dans l'inconscient de Lyssa, toutes les femmes rencontrées jusqu'alors s'étaient comme effacées de l'esprit du guerrier. Il ignorait que cette perte de mémoire pouvait survenir et au départ, ça l'avait pris de court. Il s'était même demandé si ses fréquentes incursions dans le Crépuscule n'avaient pas fini par altérer son cerveau, mais il s'était rendu compte qu'il se rappelait tous les autres détails de sa vie d'immortel. Seuls ses souvenirs concernant sa vie sexuelle s'étaient évanouis. Désormais, il n'y avait plus que Lyssa dans son esprit, présence vibrante et dorée qui lui réchauffait le sang et accélérait les battements de son cœur.

Lyssa.

Un gémissement rauque monta jusqu'à ses lèvres, et il serra le poing. Il se sentait dans un sale état. Bientôt deux heures qu'elle était partie... Et lui, il perdait pied, lentement mais sûrement. Les livres l'aidaient un peu à tenir le coup, mais à peine. Même quand il parvenait à déchiffrer un paragraphe, il ne comprenait pas forcément ce qu'il lisait. Stonehenge, les pétroglyphes, l'astronomie, il aurait trouvé cela fascinant si Lyssa avait été là, près de lui, croyant en lui... Et en sécurité. Mais elle n'était pas là, et il craignait de la perdre, lui, un homme qui n'avait jamais eu peur de rien.

Il se força à reprendre sa lecture. Il avait besoin de comprendre. Comme il ne pouvait pas laisser Lyssa sans protection, il avait renoncé à se rendre en Angleterre. Résultat, c'est à des milliers de kilomètres de distance qu'il allait devoir découvrir les éléments qui lui manquaient.

En entendant grincer la lourde porte de service, il abandonna sa lecture. Il se leva, les mains moites, et l'attendit. Dès qu'elle apparut sur le seuil du bureau, il la dévisagea attentivement, cherchant à deviner son état d'esprit.

— Salut, marmonna-t-elle, la voix lasse.

Il contourna le bureau, mais garda ses distances, craignant qu'elle le repousse définitivement s'il se montrait trop insistant.

— Salut.

— Tout s'est bien passé pendant mon absence ?

— Tu m'as manqué.

C'était la grande vérité de la vie du guerrier. Avec elle, il se sentait enfin vivre pour de vrai. Quand Lyssa était près de lui, l'espace qui les séparait devenait presque tangible, incarnant le lien qui les unissait. Il éprouvait des sensations incroyables depuis que leurs corps physiques existaient et se touchaient dans la même dimension. Il avait adoré faire l'amour avec elle dans le Crépuscule, mais dans la vraie vie, cela devenait prodigieux. Transcendant.

Avec un soupir, la jeune femme laissa tomber son sac et vint se pelotonner dans les bras d'Aidan. Il la serra contre lui et ferma les yeux, la poitrine presque douloureuse. Le nez enfoui dans les cheveux d'or, il respira son odeur de tous ses poumons. De ses petites mains, elle lui caressa le dos, l'apaisa, lui offrit à nouveau ce réconfort dont il ignorait avoir besoin jusqu'à ce qu'il la rencontre.

— Tu m'as manqué toi aussi, chuchota-t-elle, le front posé contre le T-shirt en coton blanc tout neuf de son amant.

Puis, resserrant son étreinte, elle ajouta :

— Tu es vraiment canon en jean.

Il comprit qu'elle voulait faire la paix et déposa un baiser sur son front.

— Content que ça te plaise.

— Stacey n'a pas été trop méchante avec toi ?

— Non, tout s'est bien passé. Mais toi, comment tu vas ? Tu tiens le coup ?

Le guerrier lut une infinie tristesse dans les yeux de Lyssa. Elle lui sembla comme écrasée par un fardeau énorme et soudain, la distance entre eux devint une peine physique, insupportable.

La tête penchée en arrière, elle lui rendit son regard.

— Je vais bien. Et je n'ai pas beaucoup de rendez-vous cet après-midi, donc on pourra rentrer de bonne heure.

— Parfait. Je peux faire quelque chose pour que tu termines plus vite ?

— Oui, ferme la porte de mon bureau, répliqua-t-elle avec un petit rire ironique. Chaque fois que je passe devant, je te vois. Ça me déconcentre et ça ralentit mon travail.

Aidan sentit une grande chaleur l'envahir et tout en souriant, appuyé contre le bureau, il attira la jeune femme entre ses jambes.

— Ça te déconcentre ? Tiens donc. Est-ce que ça ne te trouble pas, plutôt ? Ou ça t'excite peut-être ?

— Tout ça.

Elle caressa le torse maintenant recouvert de coton, puis sortit de sous le nouveau vêtement la chaîne que le guerrier portait au cou pour en examiner le pendentif.

— C'est quoi comme pierre ?

Elle aurait bien dit une opale, mais une sorte de lumière semblait contenue à l'intérieur. En retournant le pendentif, Lyssa constata que sa monture en argent ne permettait pas à la lumière de traverser la pierre.

— Aucune idée, répondit-il. On me l'a offerte.

— Qui ? Une femme ?

217

Le temps d'une respiration, il savoura cette jalousie qu'elle avait tant de mal à contenir.

— Non. Mon prof préféré.

— Bien.

Le pendentif retourna se loger sous le T-shirt et Lyssa passa ses bras autour du cou d'Aidan avant de déposer un baiser sur ses lèvres, arrachant un gémissement au guerrier.

— Bon, je retourne travailler. Ne fais pas de bêtises.

Une main sous chacune des fesses rebondies de la jeune femme, il la retint contre lui.

— Oh là, pas si vite !

Lyssa leva un sourcil.

— Tu as mangé ? lui demanda-t-il.

Comme il s'y attendait, elle fronça le nez.

— Tu n'as rien pris non plus ce matin. Fais un peu plus attention à toi, râla-t-il.

Sans la lâcher, les chevilles nouées derrière les mollets de Lyssa pour l'empêcher de partir, il se retourna, et attrapa un sac posé au coin du bureau, dont il sortit une boîte en plastique et une cuillère. Il coinça la cuillère entre ses dents, puis retira avec précaution le couvercle du récipient. Immédiatement, une délicieuse odeur de soupe de pommes de terre au fromage envahit la pièce. Le guerrier sourit de toutes ses dents : réveillé par l'alléchant arôme, l'estomac de Lyssa venait de gargouiller

— C'est ma soupe préférée, murmura-t-elle en se léchant les babines d'une manière si sensuelle qu'Aidan ne put empêcher sa langue de suivre à son tour le tracé de cette bouche pulpeuse.

— Je sais. Ouvre la bouche.

Alternativement, il la nourrit de baisers et de soupe. Cet échange était aussi intime et aussi émouvant que le sexe. Lyssa rit, ses sombres yeux pétillèrent et il eut envie d'elle. C'est ainsi qu'il la voulait, ouverte et chaleureuse. Il ne désirait qu'une chose : la prendre sur-le-champ. Attendre d'être rentrés pour la prendre encore et encore était une torture. Il ne rêvait que de s'abandonner à toutes les tentations, à tous les caprices qu'il pourrait avoir, d'écouter les halètements désespérés de Lyssa quand elle implorait un orgasme et de se laisser porter par ce désir qui ne cessait de grandir en lui, peu importe où cela le conduirait. Ce n'est pas un soulagement physique qu'il recherchait en elle, mais la proximité des corps, un moyen de rendre tangible et indestructible par leur union ce lien impalpable qu'il sentait exister.

Après cela, épuisée, Lyssa s'endormirait, sombrant dans une profonde inconscience, son esprit traverserait le Crépuscule comme une flèche, et le guerrier pourrait alors se replonger dans l'étude du texte sur Stonehenge.

Il parvint à lui faire avaler les deux tiers de la soupe.

— Stop, je vais exploser.

— Encore un peu, insista-t-il, rassuré par le rose qui avait remplacé la pâleur extrême de ses joues. Tu auras besoin de force, plus tard, ajouta-t-il avec un clin d'œil.

La jeune femme frissonna de cette façon charmante qui avait tant d'effet sur une certaine partie de l'anatomie du guerrier, puis accepta la becquée jusqu'à la dernière goutte.

Quand elle quitta enfin la pièce – en refermant soigneusement la porte derrière elle –, Aidan s'installa derrière le bureau et reprit son étude des manuscrits qu'il avait volés aux Anciens. Le volume aux pierres précieuses, semblant provenir d'une vaste série, ne comportait que des informations parcellaires ou incomplètes. Le texte subtilisé dans le Temple se révélait plus obscur encore : il regorgeait de mots que le guerrier n'avait jamais entendus et qui n'avaient pas même l'air d'appartenir à sa langue. Mais il n'avait rien d'autre sous la main, il devait donc s'efforcer d'en tirer le meilleur parti possible.

Au bout de quelque temps, il recula son fauteuil et s'étira, les épaules ankylosées par plusieurs heures d'une inactivité physique dont il n'avait pas l'habitude. Il sortit ensuite du bureau de Lyssa et se dirigea vers le hall d'entrée.

Stacey leva les sourcils en le voyant arriver à la réception. Son silence glacial contrastait avec les adorables poissons de dessins animés qui s'étalaient sur sa blouse.

— Quoi ? lui demanda-t-elle.

— Où se trouve la bibliothèque la plus proche ?

— Aucune idée.

Elle ouvrit un tiroir, en sortit un annuaire et le posa bruyamment sur le comptoir.

— Et voilà. Amusez-vous bien.

Merde, pensa Aidan en s'emparant de l'annuaire. En se retournant, il faillit renverser une dame d'un certain âge qui venait d'arriver derrière lui.

— Pardon, jeune homme.

Un peu voûtée, elle portait un survêtement rose bonbon et un bandeau assorti retenait ses boucles grises. Elle lui décocha un sourire étincelant.

Le guerrier le lui rendit de bon cœur, amusé qu'elle

l'appelle « jeune homme » alors qu'il avait facilement plusieurs siècles de plus qu'elle.

— C'est entièrement de ma faute, répliqua-t-il en la retenant par le coude.

— Oh, ce que vous êtes séduisant, lui chuchota-t-elle en lui lançant un clin d'œil. Dites, ça vous embêterait de m'aider à porter ma petite Mathilda ? Elle est malade et quand c'est moi qui la porte, je la secoue trop.

— Avec plaisir, répliqua-t-il.

Le guerrier empoigna aussitôt la cage à chat posée à côté de la vieille dame.

— Celui-là, il faut le garder, ma petite, lança la femme à Stacey.

— Ah ? Si vous le dites, rétorqua Stacey.

Puis, dans un sourire chaleureux, elle ajouta :

— Je vous appellerai lundi matin, madame Laughin, pour prendre des nouvelles de vous et de Mathilda.

— Alors à lundi, ma chérie !

Aidan poussa la porte vitrée de la clinique et la retint pour que la vieille dame puisse passer. Dès qu'ils furent dehors tous les deux, elle l'envoya devant elle.

— Ne m'attendez pas, lui dit-elle. Vos grandes jambes en attraperaient des crampes. Ma voiture est là-bas. C'est le Hummer jaune.

Un appel de phares et un couinement de klaxon indiquèrent qu'elle avait déverrouillé les portières de sa voiture.

— Vous voulez bien déposer Mathilda devant le siège passager ?

Une fois la chatte bien installée dans la voiture, Aidan alla offrir son bras à Mme Laughin.

— Le Dr Bates est très belle, n'est-ce pas ? demanda-t-elle en lui lançant un regard innocent qui ne l'était pas tant que ça.

— Oui, en effet, répondit Aidan.

— Je crois qu'elle est célibataire. Elle est très intelligente. Dure à la tâche. Beaucoup de goût pour la décoration d'intérieur, aussi. Sa clinique est la plus jolie de la ville. Et puis Mathilda adore son docteur.

Le sourire d'Aidan s'élargit :

— Mathilda a bon goût.

— Ça, c'est vrai. Chaque fois qu'un enquiquineur vient me déranger, elle me prévient en faisant pipi dans l'entrée.

Réprimant un rire, Aidan ouvrit la portière côté conducteur. Une petite marche se déplia automatiquement, permettant à la conductrice de monter sans aide dans son véhicule. À la surprise du guerrier, elle lui tendit un billet de cent dollars.

— Je n'en veux pas, lui dit-il.

— Prenez-le, j'en ai plein. Mon cher Charles, bénie soit son âme, nous a rendus riche.

— Je n'en veux toujours pas.

— J'ai maté vos jolies fesses, insista-t-elle en secouant le billet sous son nez, alors prenez cet argent, sinon je vais me sentir coupable et vous ne voudriez pas qu'une vieille dame se sente coupable par votre faute, si ?

Aidan accepta l'argent en riant, bien décidé à le remettre à Stacey en lui demandant de le décompter des prochains frais de Mme Laughin.

— Le Dr Bates a un joli petit derrière, elle aussi, vous ne trouvez pas ?

— Absolument, reconnut-il.

Rayonnante, elle enfila ses lunettes de soleil.

— Décidément, vous me plaisez. Allez vous acheter quelque chose, ou bien faites un cadeau au Dr Bates. Les femmes adorent les cadeaux. En tout cas, voilà de l'argent bien dépensé. Ça faisait longtemps que je n'avais pas vu un aussi beau postérieur que le vôtre.

— Merci.

Il la salua de la main tandis qu'elle quittait le parking, puis balaya les environs du regard, espérant y découvrir une bibliothèque. Évidemment, il n'en trouva aucune, mais aperçut un bus de la ville arborant une pub pour la Discovery Channel.

S'il ne pouvait emprunter les livres dont il avait besoin, il pouvait toujours les acheter. Et il savait où trouver une librairie. Quoi qu'il en soit, il devait agir vite. Depuis le début de la journée, tout semblait se liguer contre lui, mais il n'avait pas l'intention de renoncer. Hors de question que la nuit tombe sans qu'il ait fait quelques progrès.

De retour dans la clinique, il s'arrêta à la réception.

— Où est Lyssa ?

— Avec un patient.

Il posa ses coudes sur le comptoir :

— Vous ne pouvez pas être un peu plus précise ? S'il vous plaît ?

Stacey le fixa pendant un long moment, puis soupira :

— Salle d'examen numéro un.

— Merci.

Arrivé devant la salle en question, Aidan frappa doucement à la porte.

Elle s'ouvrit presque aussitôt et, comme la première

fois qu'il avait vu Lyssa étendue sur le sable doré, sa beauté frappa le guerrier comme un coup dans l'estomac. Une blonde perfection aux yeux sombres le regardait, une splendide jeune femme dont la froideur professionnelle s'était muée en désir dès qu'elle l'avait aperçu. Le souffle coupé, il dut s'appuyer au chambranle.

— Oh merde… souffla la jeune femme à quelques centimètres de son amant.

Elle serrait si fort la poignée de la porte que ses articulations avaient blanchi. Reprenant contenance, Lyssa poussa Aidan dans le couloir et referma derrière elle pour qu'ils puissent parler à l'abri des oreilles indiscrètes.

— Tu aurais dû me prévenir que c'était toi, que je me prépare, lui reprocha-t-elle doucement.

— Je savais que c'était toi qui ouvrirais la porte, mais ça n'a rien changé.

Les yeux brillants, brûlants, Lyssa le regardait droit dans l'âme. Le guerrier n'avait pas besoin de lire dans ses pensées pour deviner qu'elle songeait aux mêmes choses que lui : elle imaginait des ébats débridés, des corps nus se cambrant en même temps, prenant un plaisir féroce et tellement intense qu'il en devenait presque insupportable… Depuis leur première rencontre, il en avait toujours été ainsi : l'intensité de leur désir effaçait tout le reste, sauf ce besoin plus violent encore d'une proximité absolue.

Sans réfléchir, Aidan glissa la main dans la blouse ouverte de Lyssa et lui caressa la poitrine. Ses doigts experts rencontrèrent des tétons déjà durs.

Elle le repoussa d'une tape.

— Arrête ça, j'ai encore besoin de mon cerveau.

Aidan serra les dents pour contenir des pulsions qu'il

n'était pas l'heure de satisfaire. Lui aussi devait réfléchir, et avec sa tête. Les livres, il devait penser aux livres.

— Je peux t'emprunter ta voiture ?

— Vas-y.

Elle marqua une pause presque imperceptible, puis ajouta :

— Mais j'aurai fini dans une heure.

— T'inquiète, je serai de retour.

Pour combler physiquement la distance qui s'installait déjà entre eux, il l'embrassa. *Un pas en avant, deux pas en arrière.*

— Ça fait trop longtemps qu'on repousse notre discussion pour que je perde encore une seule minute.

— Dire que j'ai déjà le cerveau en compote…

Quand elle fit demi-tour, il lui pinça une fesse et répondit par un baiser soufflé au regard mécontent de la jeune femme.

Dans le centre commercial où il s'était rendu avec Stacey, plus tôt dans la journée, il avait vu une ou deux librairies, en plus des boutiques de vêtements, et il avait bien l'intention de trouver dans l'une d'entre elles des informations sur le rapport entre Stonehenge et l'astronomie. Il pressentait que la construction du cercle de pierres était liée, d'une manière ou d'une autre, au monde que son peuple avait dû abandonner après l'invasion des Cauchemars. S'il acquérait la preuve que l'antique site anglais avait joué un rôle dans la création de la faille dans laquelle les Gardiens vivaient à présent, il voulait être sûr de pouvoir comprendre toutes les implications du phénomène.

Et il espérait de tout cœur ne pas se tromper, car une fausse piste pourrait coûter la vie à Lyssa.

Chapitre 11

— En résumé, vous vous gardez Chad sous le coude, le temps de voir comment ça va se passer avec votre copain super sexy, c'est ça ?

Lyssa lança un regard réprobateur à son assistante.

— Non, Stacey, je ne me le garde pas « sous le coude ». Nous avons juste décidé de rester amis, c'est tout.

— Et vous ne vous rappelez toujours pas quand vous avez rencontré Aidan, mais vous êtes sûre d'avoir déjà couché avec lui ?

Assise sur l'un des petits canapés de la salle d'attente, Stacey se laissa aller contre le dossier et secoua la tête.

— Il vous a peut-être fait prendre un truc…

— Bon sang, Stacey ! Regarde-le ! Il n'a pas besoin de droguer les femmes pour les attirer dans son lit.

Les coudes posés sur ses genoux, Lyssa ferma les yeux.

— Tu sais, quand j'ai ouvert la porte de la salle d'examen et que je l'ai vu là, sur le seuil, mes orteils se sont crispés. Or, les seules fois où mes orteils se crispent, c'est quand j'ai un orgasme.

— Vous avez eu un orgasme rien qu'en le regardant ?

— Presque !

Encore maintenant, rien que le souvenir d'Aidan adossé au chambranle dans son jean baggy et son T-shirt blanc l'émoustillait. Que ce soit son physique, son odeur, sa démarche ou sa façon de parler, tout en lui rimait avec sexe. Aidan Cross était le sexe. Point à la ligne.

— Je vous envie de pouvoir démarrer comme ça au quart de tour, commenta Stacey, mais... bon, je vais vous dire ce que je pense : dans cette histoire, c'est un peu comme si vous étiez juré et qu'après le procès vous épousiez le tueur en série avec un sourire « il-est-très-méchant-mais-je-suis-sûre-que-je-peux-l'apprivoiser » plaqué sur le visage.

Lyssa la dévisagea, stupéfaite.

— Enfin, moi, ce que j'en dis... ajouta Stacey en levant les mains.

— Aidan n'est pas un tueur en série.

— Il appartient aux forces spéciales...

— Mais ce n'est pas la même chose !

— Je suppose que non, concéda Stacey en se renfonçant dans son siège. Peut-être que vous êtes folle, ou bien peut-être que c'est lui. Et j'espère que ça va marcher entre vous, que vous serez heureux et tout, mais franchement j'en doute... C'est trop bizarre, tout ça.

— À qui le dis-tu, soupira Lyssa.

— Tenez, prenez ça.

Stacey fouilla dans son sac et y pêcha un stylo, dont elle enleva le capuchon. En fait, c'était un minispray.

— Qu'est-ce que c'est ? Une massue ?

— Non, du gaz poivré. C'est très méchant, je vous préviens. Un jour, Justin a failli nous tuer tous les deux en faisant l'imbécile avec. Ça fait pleurer les yeux, couler le nez et ça brûle atrocement la peau.

Il avait pourtant l'air bien inoffensif, ce petit tube. Totalement désemparée, Lyssa faillit fondre en larmes.

— Tu penses vraiment que je pourrais en avoir besoin ?

— Mieux vaut prévenir que guérir. Vous ne le connaissez pas, ce type. Qui sait dans quoi il trempe ? Pas de vêtements, pas d'argent… C'est louche, c'est vraiment trop louche. S'il se met à vous parler de sacrifices religieux ou à vous raconter qu'il vient d'une autre planète, vous serez contente d'avoir du gaz poivré sous la main.

— Fait chier.

Stacey se pencha et lui prit le poignet.

— Appelez-moi, ce week-end. Et pas qu'une fois, sinon je vous envoie les flics. Et puis demain soir, venez manger chez moi tous les deux. Je veux vous voir en chair et en os, Doc.

— Tu me fais peur, Stacey.

Lyssa se leva et se mit à faire les cent pas. Quand Aidan était là, elle se sentait en sécurité, elle se sentait aimée ; mais dès qu'il s'éloignait, ses doutes revenaient au galop.

— Et flanquez-le à l'hôtel jusqu'à ce qu'il vous ait donné toutes les explications nécessaires.

— C'est bon.

— « C'est bon » quoi ? « C'est bon, je vais le faire » ou « C'est bon, j'ai compris, tais-toi » ?

— C'est bon, je vais lui trouver un hôtel.

La porte de service claqua soudain et toutes deux

tournèrent la tête en même temps. Aidan apparut quelques instants plus tard, ses cheveux ébouriffés par le trajet en voiture le rendant terriblement séduisant. Il tenait un sac au sigle d'une librairie et s'était acheté des lunettes de soleil, qu'il releva en s'approchant de Lyssa de cette démarche torride qui n'appartenait qu'à lui. Dès qu'il avait aperçu la jeune femme, le regard bleu du guerrier s'était illuminé de plaisir et de désir. Sous le fin coton de son T-shirt, le relief de ses abdos et de son torse puissant se devinait.

Les orteils de Lyssa se crispèrent.

— Tu as fini ? lui lança-t-il d'une voix grave à l'accent délicieux.

Le ton avec lequel il avait prononcé ces mots toucha une corde sensible en elle, provoquant à nouveau une profonde sensation de familiarité.

Le spray bien caché dans son poing, elle acquiesça :

— Oui, je suis prête.

Elle arriva chez elle sans trop savoir comment. Préoccupée par les avertissements de Chad et Stacey, elle avait effectué son trajet en mode pilote automatique. Elle n'avait pas déposé Aidan devant un hôtel, et pourtant, quand elle coupa le moteur, elle se rendit compte que cela ne l'inquiétait pas. En entendant la porte du garage se refermer dans son dos, elle ressentit même un immense soulagement.

Les doigts crispés sur le volant, la tête bien droite, elle relâcha lentement l'air contenu dans ses poumons.

— Dis-moi à quoi tu penses, murmura Aidan en posant la main sur sa cuisse. Tu n'as pas prononcé un mot depuis que nous avons quitté la clinique.

Sous la paume d'Aidan, la peau de la jeune femme

devint brûlante. Cette chaleur se répandit en elle, lui réchauffant le sang et la faisant trembler sur son siège. Le guerrier la caressait doucement, tendrement et comme les autres fois, Lyssa fondait sous ses doigts. Sur le volant, ses jointures blanchirent.

Un son rauque s'échappa de la poitrine d'Aidan.

— Si tu veux qu'il y ait un lit en dessous de toi quand je serai au-dessus, dépêche-toi de sortir de la voiture.

À ces mots, Lyssa se rua hors de son cabriolet, en claqua la portière et fonça droit vers l'entrée de la cuisine. De son côté, Aidan contourna le coffre si vite qu'ils se retrouvèrent en même temps devant la porte. À l'instant où la jeune femme posait la main sur la poignée, de longs doigts puissants se refermèrent sur les siens, un torse se pressa contre son dos et des cuisses fermes se collèrent aux siennes. Au creux de ses reins, juste à la naissance de ses fesses, la robuste érection du guerrier lui taquinait la croupe. Il plia les genoux et commença à se frotter contre elle.

Les yeux fermés, gémissant doucement, Lyssa appuya son front brûlant contre la porte froide. Aidan l'embrassa dans le cou puis, promenant lentement sa langue sur la gorge offerte, perturba un peu plus le pouls déjà rapide de la jeune femme.

Elle entendit un bruit sourd, mais n'en comprit la cause que lorsqu'elle sentit l'autre main d'Aidan se poser sur sa hanche : il avait laissé tomber le sac de livres.

— Qu'est-ce que tu fais ? souffla-t-elle, tellement excitée qu'elle n'arrivait plus à respirer.

— Tu es tendue… Je t'aide à te relaxer.

L'accent délicieux du guerrier devenait absolument irrésistible quand il voulait faire l'amour.

Plaquée contre Aidan, elle glissa les mains sous les fesses fermes de son amant et se mit à imiter ses mouvements, roulant des hanches contre la verge gonflée. En réaction, un grondement rauque échappa au guerrier et il mordit la chair tendre de Lyssa, entre le cou et l'épaule. La jeune femme se retrouva clouée sur place, domptée, réduite à l'impuissance. Sans prononcer un mot, il venait de lui faire comprendre qu'elle était à sa merci.

— C'est pas juste, gémit-elle.

Le guerrier lécha la marque de ses dents sur la peau de Lyssa.

— Pas de plaintes avec moi... dit-il en glissant l'une de ses grandes mains entre les jambes de la jeune femme.

Il la caressa à travers le tissu de son pantalon, la pression de ses doigts suffisant pour faire mouiller la jeune femme, mais pas assez pour la satisfaire.

— Oh, Aidan...

Comme électrisé par la douce voix de Lyssa prononçant son prénom, il resserra brutalement son étreinte.

— La prochaine fois, marmonna-t-il.

Il déboutonna le pantalon de sa compagne, en descendit la braguette et le baissa brutalement.

— Qu... quoi ?

— Le lit. On va pas y arriver.

À nouveau, il glissa une main entre les jambes de Lyssa.

— Oh merde... gémit-elle en se retenant à la poignée pour conserver son équilibre.

Le guerrier la plaqua contre la porte, puis glissa

deux doigts entre les lèvres de sa vulve frémissante et les enfonça en elle.

— Je vais te prendre ici, Lyssa, chuchota-t-il à son oreille. Sans rien m'interdire.

Les genoux de la jeune femme se dérobèrent sous elle. Elle ne tenait debout que grâce aux doigts d'Aidan enfoncés dans son sexe.

— Fais-le.

Le guerrier se mit à besogner la jeune femme lourdement appuyée contre la porte, mais ses doigts, rapides et énergiques, ne s'enfonçaient pas assez profondément en elle alors même que la force du désir de son amant ne faisait que décupler celui de Lyssa. Elle finit donc par perdre tout contrôle.

Aidan savait parfaitement ce qu'il faisait.

— Écarte les jambes, lui ordonna-t-il d'un ton impérieux qui la fit frissonner d'impatience.

Lorsqu'il lui pinça un téton à travers sa chemise et son soutien-gorge, elle poussa un cri suppliant.

Elle ôta hâtivement l'une de ses jambes de pantalon, puis posa le pied sur le seuil un peu surélevé, et s'offrit à Aidan sans la moindre pudeur.

— Oui…

Elle tressaillit violemment quand il retira ses deux doigts pour en enfoncer trois. Ses gestes étaient impétueux, mais il la traitait avec dévotion et, très vite, elle oublia tous ses doutes. Aucun homme ne touchait ainsi une femme s'il ne tenait pas à elle, s'il ne la connaissait pas intimement, s'il ne cherchait pas à lui faire plaisir avant tout. Il avait envie de faire l'amour, bien sûr, une envie physique, animale, mais il avait aussi désespérément besoin d'elle. Et ce besoin-là venait de beaucoup plus loin.

Des voitures passaient devant le garage. Elle entendait des voix, aussi : ses voisins en pleine discussion, des parents qui appelaient leurs enfants, ces mêmes enfants en train de jouer. La communauté dans laquelle elle vivait ne se trouvait qu'à quelques pas de là, mais elle s'en moquait éperdument. Elle ne pensait qu'à une chose : Aidan. L'homme qu'elle voulait. L'homme dont elle avait besoin.

— Tu fonds sur mes doigts, murmura-t-il dans son cou.

— Je… vite…

Elle n'eut pas le temps de comprendre ce qui lui arrivait qu'il reculait, la faisait pivoter et fouillait ses yeux de son regard bleuté. Puis il prit le visage de la jeune femme en coupe entre ses deux mains et l'embrassa fiévreusement.

Sans rien m'interdire.

Cette nouvelle facette d'Aidan la stupéfia. Elle avait cru jusqu'alors qu'il se comportait en toute chose avec une maîtrise absolue, même pendant l'amour, et voilà qu'il ne se contrôlait plus. Il irait jusqu'au bout, elle le savait. D'ailleurs, elle n'attendait que ça, qu'il se perde en elle, enfin.

Puis il la surprit à nouveau en s'agenouillant devant elle. Les mains tremblantes, il passa l'une des jambes de Lyssa par-dessus son épaule et pénétra son intimité du regard.

— C'est si beau, chuchota-t-il en écartant les grandes lèvres.

Elle savait ce qui allait se passer, mais perdit quand même tous ses moyens en sentant la langue d'Aidan se poser sur son sexe. Et quand sa bouche brûlante se referma sur son clitoris, elle gémit :

— Oh…

Les doigts plongés dans les cheveux soyeux de son amant, elle s'abandonna à cette langue rugueuse qui allait et venait sur le petit bouton ultrasensible. Elle était bouillante, sa texture parfaite, et Aidan s'en servait avec un talent évident. Lorsqu'il accéléra le rythme, elle se mordit les lèvres pour retenir sa voix, mais quand il rejeta la tête en arrière pour introduire plus profondément sa langue en elle, la jeune femme se laissa aller et cria.

Aidan lui ronronna quelques encouragements.

Au bord de l'orgasme, elle le chevaucha, ses hanches ondulant au rythme des douces caresses de la langue d'Aidan en elle.

— Je t'en supplie… implora-t-elle, les doigts crispés sur les épaules du guerrier.

Chaque expiration d'Aidan était comme une flamme sur la peau de la jeune femme, les doigts sur ses hanches lui donnaient des picotements dans tout le corps et le va-et-vient de la langue dans sa chatte vidait son esprit de toute pensée.

Elle chuchota en s'agrippant à son bras :

— S'il te plaît…

Le guerrier lui suçota le clitoris et tous les muscles de Lyssa se tendirent dans l'attente d'une extase qui lui semblait plus vitale que l'air qu'elle respirait. Puis un orgasme l'emporta, tellement puissant que la jeune femme se serait écroulée si Aidan ne l'avait pas retenue. Sous ses paumes, elle sentit les épaules du guerrier se contracter. Il la soutenait physiquement, mais aussi d'une manière bien plus profonde, intime, l'attention qu'il lui portait lui procurant une incroyable sensation de sécurité.

Voyant la jeune femme partir en arrière, le guerrier se leva et la souleva du sol avec une grande aisance. Elle referma ses jambes sur les hanches de son amant et frissonna quand leurs regards se croisèrent. Il n'y avait aucune condescendance au fond des yeux saphir, aucune supériorité, seulement du désir et de la concentration, comme s'il cherchait à déchiffrer son expression.

— Prends-moi, chuchota-t-elle.

La soutenant d'une seule main sans effort, Aidan ouvrit sa braguette d'un coup sec et fit glisser son pantalon sur ses cuisses.

Les dents serrées, il lui asséna un coup de bassin vers le haut tout en attirant les hanches graciles de la jeune femme à lui. Entre les bras puissants de son amant, elle tressaillit, l'entrée de la longue verge, dure comme le roc, écartelant les tendres chairs intérieures de son intimité.

Narines dilatées, le guerrier se retira lentement, puis s'enfonça à nouveau brutalement en elle d'un coup sec, la clouant à la porte.

Les orteils de Lyssa se crispèrent.

— Oh ! mon Dieu, ta queue...

Les bras noués autour des épaules d'Aidan, elle n'était séparée de sa peau en sueur que par le coton moite de son T-shirt. Sous ses doigts, les larges omoplates tremblaient. Soumettant sa compagne à la plus délicieuse des tortures, il se retira, puis ses fesses se contractèrent dans les paumes de la jeune femme et il la pilonna encore une fois, si fort qu'elle en eut le souffle coupé.

Elle s'accrocha à lui avec ce qui lui restait de forces. Aidan lui faisait l'amour comme un possédé : brutalement, sans retenue et sans répit. Chaque fois qu'il s'enfonçait en elle, il grognait, chaque fois qu'il reculait, il relâchait l'air contenu dans ses poumons. Un bruit sourd rythmait leurs ébats : celui des fesses de Lyssa qui heurtaient la porte régulièrement. L'amour bestial... Elle en raffolait, elle en avait besoin, elle avait besoin de cet homme. Comme il lui disait qu'il avait besoin d'elle.

Le sang rugissait dans les veines de Lyssa, étouffant tous les autres sons. Mais petit à petit, elle se rendit compte qu'il lui parlait. Il lui disait des choses, des mots essoufflés, dans une langue qu'elle ne connaissait pas.

Il faisait très chaud dans le garage. L'air semblait comme figé. Une ambiance de sauna, qui la rendait plus réceptive encore. Elle se sentait droguée, alanguie, mais toutes les cellules de son corps réagissaient au quart de tour aux audaces de l'homme qui lui faisait si bien l'amour.

— Aidan... chuchota-t-elle, les lèvres pressées contre son cou luisant de sueur et les doigts pris dans les mèches humides de ses cheveux.

Il la serra tendrement contre lui, dans un contraste saisissant avec les mouvements brutaux de son bassin emporté par le désir et les va-et-vient affamés de son membre.

— Peux plus... désolé... hoqueta-t-il.

Il l'écrasa contre la porte et s'effondra sur elle, secoué de spasmes, les cuisses tremblantes, sa verge tressaillant au cœur de la jeune femme, expulsant sa semence bouillante jusqu'au fond de ses entrailles.

Collée à lui, Lyssa se frotta contre le guerrier pour atteindre l'orgasme à son tour. Agrippés l'un à l'autre, ils frissonnèrent en même temps. Le visage contre le torse de son amant, Lyssa inhalait cette odeur délicieuse qui n'appartenait qu'à lui.

Le cœur du guerrier battait à tout rompre contre la poitrine de Lyssa. Il respirait aussi laborieusement qu'elle et la sueur de leurs fronts se mélangeait.

Ils ne faisaient plus qu'un.

Quand Aidan sortit de la douche du rez-de-chaussée, Lyssa barbotait toujours dans la baignoire, à l'étage. Il noua une serviette autour de sa taille, puis essuya de la main le miroir embué. Un inconnu lui faisait face ; un homme à la mâchoire déterminée et au regard un peu anxieux.

De retour dans le vestibule, il jeta sa serviette dans le panier de linge sale, enfila le pantalon du pyjama qu'il s'était acheté et partit explorer la cuisine. Il devait trouver de quoi nourrir sa Rêveuse.

La nuit précédente, il avait découvert que Lyssa se nourrissait comme un vieux garçon. Son frigo ne contenait que des bières, des boissons gazeuses, des restes divers et variés, et de quoi se préparer des sandwichs. Le congélateur, ce n'était pas mieux : une bouteille de rhum, des plats précuisinés, de la crème glacée. Il négligea donc le frigo et se dirigea droit vers le placard à provisions, un repaire de pâtes et de boîtes de conserve en tout genre.

Il songea un instant à lui préparer encore une fois des raviolis en boîte, puis décida de tenter autre chose. Après avoir sélectionné quelques ingrédients dans le placard, il se mit au travail.

— Ça sent bon ! lui lança Lyssa quelques minutes plus tard.

Aidan lui jeta un coup d'œil par-dessus son épaule et sourit, enchanté par ce qu'il voyait. Ses cheveux humides coiffés en queue-de-cheval, elle s'était attablée au comptoir de granit. Elle portait un petit haut en satin à bretelles fines et sans doute quelque chose d'assorti sous la ceinture.

— J'espère que c'est aussi bon que ça en a l'air, lui dit-il.

La bouche pulpeuse de la jeune femme esquissa un sourire amusé. Ses épaules nues étaient si pâles, si fines, qu'elles rappelèrent au guerrier combien elle était menue par rapport à lui. Il regrettait de ne pas s'être montré plus doux avec elle dans le garage. à la place, il aurait dû la suivre dans la maison, la laisser prendre son bain, puis éveiller lentement tous ses sens pour gagner sa confiance. Mais en sentant sa réserve, en percevant son inquiétude, il avait eu peur. Et sa peur l'avait poussé à la toucher pour lui rappeler à quel point ils étaient bien ensemble. Puis elle avait chuchoté son prénom, le sien, pas celui d'un fantasme, pas celui d'un guerrier de légende. Et il avait perdu le contrôle. À nouveau. Il le perdait sans arrêt depuis leur première rencontre dans les rêves de Lyssa.

— Qu'est-ce que tu prépares ? lui demanda-t-elle, tentant d'apercevoir ce qu'il y avait dans la casserole.

— J'en sais rien, répliqua-t-il, parfaitement sincère.

Il se pencha, ouvrit un placard et en sortit deux assiettes.

— L'équilibre nutritionnel, c'est pas franchement ton truc, ajouta-t-il.

Je prends des vitamines.

— Pour me suivre, ma belle, il va te falloir bien plus que des vitamines, tu peux me croire.

Aidan versa le contenu de la casserole dans les assiettes, posa l'une d'elles devant Lyssa, puis attrapa une fourchette et la lui tendit.

La jeune femme contempla sa part avec des yeux ronds.

— Qu'est-ce que tu as mis sur les pâtes ?

Du bout de sa fourchette, elle poussa des sortes de petits tubes.

Aidan se retourna et examina la boîte de conserve posée à côté de la cuisinière.

— Des piments.

— Et le truc jaune tout mou, c'est quoi ?

— Du fromage.

— Celui en tranches ?

— Oui. L'autre commençait à moisir, alors je l'ai fichu à la poubelle.

Elle haussa les sourcils, puis piqua quelques pâtes et les plaça délicatement dans sa bouche.

Il guetta sa réaction.

— Hum… ronronna-t-elle, la bouche pleine.

— C'est bon ?

Il empoigna une cuillère et engloutit son assiette avec un soulagement évident. Bon, il avait déjà mangé mieux, mais aussi bien pire.

— OK, se lança-t-elle enfin, la voix un peu hésitante. Parle-moi de nous. De toi. De tout.

Le guerrier jeta un coup d'œil d'envie à la casserole, mais, constatant qu'il restait largement de quoi se resservir, il remit sa seconde assiette à plus tard, quand Lyssa dormirait à poings fermés.

Par quoi commencer ?

— Est-ce que tu te souviens de quelque chose ? lui demanda-t-il prudemment.

Elle grimaça.

— Pas vraiment, non. C'est plus une impression. Tu me sembles familier…

Le guerrier soupira.

— Attends une seconde, marmonna-t-il.

Il lui prépara un rhum-coca bien tassé, le posa devant elle, puis recula au fond de la pièce et s'adossa au plan de travail. Comme dotés d'une volonté propre, ses bras se croisèrent d'eux-mêmes sur sa poitrine, position défensive qui lui fit comprendre qu'il était nerveux. Quelle que soit la façon dont il présenterait les choses à Lyssa, il passerait pour un dingue. Alors, autant lui exposer les faits tels quels, sans rien omettre. Il savait que son histoire ne tenait pas debout, mais chercher à l'embellir ne ferait qu'empirer les choses.

Durant toute l'explication, surveillant la moindre de ses réactions, il ne quitta pas la jeune femme des yeux. Une fois le récit terminé, elle descendit son verre à toute vitesse et le posa brusquement devant elle.

— Un autre, hoqueta-t-elle.

Avec un soupir, Aidan lui versa un deuxième rhum-coca et, sans un mot, la regarda en descendre un tiers en une seule gorgée.

— Ça va, Lyssa ?

Les yeux bruns de la jeune femme dévoraient son visage, sa peau naturellement pâle était maintenant blême et ses mains tremblaient. Elle posa son verre et les essuya sur son short en satin. Quelques larmes perlèrent entre ses longs cils noirs, puis roulèrent sur ses joues.

— Lyssa, murmura le guerrier, consterné.

— Je… ça va… souffla-t-elle.

Sa voix se brisa. Puis, lorsque Aidan s'approcha

d'elle, lui leva le menton et l'embrassa avec une tendresse infinie, elle éclata en sanglots.

— Tu trembles, chuchota-t-il en frottant son nez contre celui de la jeune femme. Et tu es glacée...

Elle le savait, elle était en état de choc ; mais comment aurait-il pu en être autrement ? L'homme de ses rêves venait de lui annoncer qu'il venait effectivement de ses rêves, réduisant en fumée tous les espoirs qu'elle nourrissait sur un bonheur enfin possible. Quelque chose de précieux s'éteignit en elle.

Soudain, une pensée horrible lui traversa l'esprit.

— Oh non... croassa-t-elle, le cœur au bord des lèvres. Ce Crépuscule... Est-ce que c'est comme une autre planète ?

Expirant bruyamment, il défit la queue-de-cheval de Lyssa et massa du bout de ses doigts calleux le cuir chevelu encore humide. S'abandonnant à ce contact délicieux, elle ferma les yeux. Elle respirait à peine, et le silence était tel dans la pièce que les ronronnements de Chamallow y grondaient comme le tonnerre.

— Non, murmura-t-il. C'est un passage entre deux dimensions. Prends une pomme, par exemple. L'espace abrégé, c'est le trou d'un asticot dans cette pomme. Sauf qu'au lieu de ressortir de l'autre côté, les Anciens ont trouvé un moyen de nous suspendre au cœur du fruit.

Comment Chamallow et elle avaient-ils pu se tromper à ce point ? Cet homme était complètement cinglé. Et ces vêtements beaucoup trop grands qu'il portait à son arrivée... Oh ! mon Dieu, elle avait peut-être affaire à un vagabond ?

— Un trou de ver, c'est ça ? répéta-t-elle. Une

sorte de tunnel cosmique, comme à la télé ou dans les films ?

— Oui, quelque chose comme ça.

— Mais avant d'entrer dans la pomme, tu venais d'une autre planète ? insista-t-elle.

— Oui, répondit-il en pressant ses lèvres sur son front.

— Donc, t'es en train de me dire que tu es un extraterrestre.

— Oui.

— Et merde…

Elle sentit son cœur se briser. Son désespoir était tel qu'elle n'arrivait plus à respirer. Submergée par le chagrin, secouée de longs sanglots dévastateurs, elle enfouit dans ses mains son visage inondé de larmes.

— Lyssa… Je sais que ça fait beaucoup à assimiler, mais… ça me tue, je ne supporte pas de te voir comme ça.

Le guerrier enveloppa la jeune femme de ses bras chauds et puissants. Contre lui, elle respira son odeur, s'imprégnant de cette essence unique, légèrement surprise qu'elle soit capable de l'apaiser même dans les circonstances actuelles. Dorénavant, elle doutait que quoi que ce soit parvienne encore à la surprendre plus que « légèrement ».

Elle attrapa son sac sur le comptoir et en sortit le crayon-spray, qu'elle cacha dans son poing. *En cas d'invasion extraterrestre, briser la vitre.* À l'idée de l'utiliser contre Aidan, de lui infliger de la souffrance, son abattement s'accrut encore.

Soudain quelqu'un sonna à la porte.

La jeune femme en profita pour se libérer de

l'étreinte des bras puissants. D'un côté, elle se demandait comment faire pour l'amener à consulter, mais de l'autre, ça lui était bien égal, qu'il soit fou. Il existait toutes sortes de démences, et celle d'Aidan, mélange de sexe torride et d'attentions jalouses, lui convenait tout à fait. À bien y réfléchir, elle était mal placée pour critiquer l'instabilité mentale des autres. Après tout, elle n'arrivait pas à se rappeler ses rêves et dormait si mal que ça l'empêchait de mener une vie normale. Et dire qu'Aidan voyait en elle la « Clé » annoncée par une quelconque prophétie, une femme capable de détruire plusieurs mondes, y compris la Terre…

— Ne réponds pas, Lyssa.

— Si, je veux savoir qui c'est.

Réfléchis, Lyssa. Réfléchis.

Mais dès qu'il la touchait, elle n'y arrivait plus. Comme si, à son contact, tous ses neurones disjonctaient.

Elle devait mettre un peu de distance entre eux. Elle se laissa donc glisser de son tabouret et se dirigea vers la porte d'entrée, Chamallow, poussant ses feulements de chat maléfique, trottant à côté d'elle. Même s'il ne faisait aucun bruit, elle savait que le guerrier lui avait emboîté le pas.

C'était peut-être Chad, ou Stacey… Lyssa pria que ce ne soit pas sa secrétaire car cette dernière serait immanquablement accompagnée de son fils.

Sinon, ça ne pouvait être que sa mère. Ce qui serait parfait. Pendant que Cathy ferait du charme à Aidan, la jeune femme n'aurait qu'à se réfugier à l'étage, où elle pourrait enfin réfléchir à ce qui avait bien pu la conduire à cette situation désastreuse.

Soulagée à l'idée d'un possible moment de solitude, elle ouvrit la porte sans vérifier l'identité du nouveau venu. Elle ne se rappela l'importance du judas qu'en tirant le battant... et en voyant, les yeux écarquillés, une grande épée s'abattre sur elle.

Chapitre 12

Ce furent le gros dos et les moustaches hérissées de Chamallow qui avertirent Aidan du danger que courait Lyssa. Paresseux de nature, le félin se contentait habituellement de quelques grondements pour intimider les inconnus. Mais là, il crachait comme une banshee. Tous ses sens en alerte, Aidan attrapa Lyssa par la taille et, en même temps qu'elle ouvrait la porte, la tira violemment en arrière... lui évitant de justesse un coup d'épée fatal.

Le marbre de l'entrée se fendit sous l'impact de la lame.

— Chad ?! Mais qu'est-ce que tu fais ? s'écria Lyssa, empêtrée dans les bras d'Aidan. T'as failli me tuer !

Quand le guerrier vit l'homme qui fonçait sur eux, son sang se figea dans ses veines. Il reposa Lyssa et la poussa vers l'escalier.

— C'est pas Chad ! Sauve-toi !

D'un bond en arrière, il évita la lame de son adversaire qui voulait l'éventrer. L'idée que Lyssa ait failli mourir soulevait le cœur du guerrier. Il risqua un coup d'œil dans sa direction. Elle semblait comme pétrifiée. Ce second choc venait d'aggraver le premier.

— Mais cours, bon sang !

Il balança un violent coup de pied dans le genou de Chad, qui s'effondra par terre.

— J'appelle les flics ! s'écria-t-elle en grimpant les marches quatre à quatre. Vous êtes cinglés, tous les deux !

— Non ! lui intima Aidan.

Il sauta et le glaive de Chad frôla en sifflant la plante de ses pieds. Il s'en était fallu de peu que ce coup laisse le guerrier sur les rotules. Littéralement.

— N'appelle personne, Lyssa !

Heureusement, son ample pantalon de pyjama lui permettait une grande liberté de mouvement, un peu comme s'il avait porté sa tenue de combat. Par contre, l'adversaire était légèrement entravé par le tissu lourd et résistant de son jean, ce qui atténuait l'emprise mentale que les Anciens exerçaient sur lui. Regard vide, absence d'expression faciale, Aidan avait compris qu'il se battait contre un somnambule.

Bien décidé à protéger Lyssa, il entraîna Chad dans le salon, le plus loin possible de l'escalier. Son arme se trouvait dans la pièce, à côté de la chaîne stéréo. Évitant les coups vicieux de son adversaire, Aidan bondit vers la droite, tenta une diversion sur la gauche, puis tourna sur lui-même à la vitesse de l'éclair, empoigna son glaive, et avant même la fin de sa rotation, le libéra de son fourreau pour parer le coup suivant.

Le choc du métal heurtant le métal lui rendit toute sa concentration. Il connaissait ce tintement, c'était un son qu'il avait entendu presque aussi souvent que celui de sa propre respiration. Requinqué par la forme familière de la garde dans sa paume et le poids de l'arme au bout de son bras, il se focalisa sur le combat en cours.

Tout le reste s'effaça.

Aidan attaquait et parait les coups de son ennemi avec une dextérité incroyable. Cet ennemi se montrait lui-même particulièrement habile dans l'art de manier l'épée et le guerrier pouvait deviner le savoir-faire d'un Maître dans ses mouvements. Qui était-ce ? Qui osait s'en prendre à eux de cette façon ? Et qui visait-il ? Lyssa ou lui ? Les deux, peut-être ?

Comme Aidan ne voulait pas tuer le pompier, il fut forcé d'adopter une attitude défensive, posture qu'il détestait et avait peu pratiquée. Mais il savait qu'il pouvait tenir ainsi pendant des jours. Il lui suffirait de changer son arme de main quand l'un de ses bras commencerait à se fatiguer. Chad était en excellente forme, mais manquait de résistance face à un adversaire aux muscles affûtés qui s'entraînait depuis des siècles. Le Maître qui contrôlait les gestes du pompier avait beau lui insuffler sa science du combat, il ne pouvait en aucun cas améliorer ses capacités physiques.

Dans l'espace restreint du salon et de la salle à manger, le duel suivait son cours. Après s'être heurté à plusieurs meubles, Aidan percuta la bibliothèque et poussa une bordée de jurons.

— Putain, mais réveille-toi, bordel ! cria-t-il à Chad.

Mais, ni les supplices ni les menaces n'avaient le moindre effet sur le pompier, pas plus que les cris de guerre ou les mimiques terrifiantes ne l'effrayaient. Chad dormait, point. Dans cet état, personne ne pouvait le raisonner. Il ne s'apercevait même pas de la sueur qui lui tombait dans les yeux.

Aidan l'observait avec attention pour repérer ses faiblesses et s'en servir si nécessaire. Dès que Chad commença à se déplacer plus lentement, dès que sa respiration se fit plus laborieuse, le guerrier passa à l'action.

Une tactique bien précise en tête, il força Chad à reculer jusqu'à ce qu'il se prenne les pieds dans la table basse et bascule en arrière.

Jetant son glaive dans son autre main, Aidan sauta sur la table et, accroupi au-dessus de lui, asséna au pompier un direct particulièrement violent. La mâchoire de son adversaire craqua sous son poing et Chad s'effondra, inconscient. Pour de bon, cette fois. Aidan l'avait expédié bien au-delà du Crépuscule. Le pompier gisait maintenant sur la table, les bras en croix, et son arme glissa de ses doigts inertes, tombant avec un bruit sourd sur la moquette.

— Oh ! mon Dieu ! s'écria Lyssa. Tu lui as brisé la nuque ?

Aidan tourna la tête et découvrit la jeune femme debout en bas des marches, une main tremblante tendue vers lui, les lèvres et les phalanges livides. Quand il constata que c'était un stylo qu'elle brandissait, il haussa un sourcil, surpris, et tout en descendant de la table, lui demanda :

— Qu'est-ce que tu comptais faire, avec ça ? Parer les coups d'épée ?

Elle déglutit, puis bredouilla :

— C'est du… du gaz poivré…

Il la dévisagea avec attention.

— Tu l'avais avant qu'on sonne à la porte.

Elle cilla.

Prenant conscience des implications de ce geste, Aidan grinça des dents. Il ramassa l'épée de Chad et la déposa à l'autre bout de la pièce.

Ensuite, il ramassa le fourreau de son arme qui traînait par terre et l'y rangea avant d'aller, la démarche volontairement insouciante, la poser à côté de la première. Cela fait, il s'approcha de Lyssa et referma sa grande main sur celle que la jeune femme pointait sur lui.

— Donne-moi ça, murmura-t-il en détachant de l'objet les doigts engourdis.

Tout en gardant la main glacée de Lyssa dans la sienne, Aidan fit un pas de côté et posa le spray sur la chaîne stéréo, hors de portée de la jeune femme.

De sa main libre, cette dernière toucha la poitrine du guerrier qui tressaillit à ce contact.

— Tu n'es même pas essoufflé…

Aidan lui prit le poignet et écarta sa fine main pâle.

— Tu avais prévu de m'asperger de gaz poivré ?

De nouveau, elle cilla. Des yeux immenses, des iris presque engloutis par les pupilles dilatées…

— Stacey m'a dit de le faire si tu voulais me sacrifier ou si tu venais d'une autre planète…

— Te sacrifier ? grommela-t-il. Et c'est moi qui suis cinglé ?

Elle fronça les sourcils, puis éclata en sanglots.

S'adoucissant, Aidan attira la jeune femme dans ses bras. Il comprenait qu'elle avait le droit d'être inquiète et de penser à se protéger, mais ça n'en blessait pas moins ses sentiments.

— Tu as appelé quelqu'un ?

— N-Non.

— C'est bien, chuchota-t-il en lui caressant le dos.

— Mais qu'est-ce qui se passe ? hoqueta-t-elle, la voix sourde.

Le guerrier posa sa joue au sommet de la tête blonde et lui expliqua la situation.

— … et quand il se réveillera, il aura mal et un sacré bleu à la mâchoire, mais il ne se rappellera rien.

— Moi, je me rappellerai.

La respiration saccadée, elle fourra son visage contre la peau humide d'Aidan, dont la poitrine se serra encore plus douloureusement.

— Alors tu m'as dit la vérité…

— Bien sûr.

Il la repoussa et s'approcha du corps de Chad.

— Écoute, il faut le ramener chez lui en vitesse avant qu'il ne se réveille. Ce qui veut dire pas le temps de se changer.

Le guerrier plongea la main dans une des poches de Chad et en sortit ses clés de voiture.

— Je vais te suivre avec sa voiture et tu nous ramèneras tous les deux dans la tienne. Tu t'en sens capable ?

— Je crois, oui.

Tandis qu'Aidan hissait Chad sur son épaule, Lyssa alla chercher son sac dans la cuisine. La Jeep rouge les attendait devant le garage. Le guerrier déposa son fardeau sur le siège passager, puis déplaça le véhicule pour permettre à Lyssa de sortir son cabriolet.

Cela faisait un moment qu'Aidan s'interrogeait sur la possibilité de contrôler les Rêveurs lorsqu'ils se trouvaient dans le Crépuscule ; mais depuis son passage dans la caverne dont les Anciens se servaient pour contenir les humains sous hypnose, il en était venu à se demander si on ne pouvait pas les influencer jusque dans leurs actions sur Terre. C'était le cas, visiblement. Mais Chad avait-il permis cette connexion, en se faisant hypnotiser pour soigner un quelconque traumatisme par exemple, ou bien les Anciens avaient-ils trouvé un moyen de contrôler les humains par l'intermédiaire de leurs rêves ? La seconde hypothèse était terrifiante. Elle faisait de chaque personne qu'ils croiseraient une menace.

Lyssa n'était plus en sécurité nulle part.

Elle sortit du garage en marche arrière avec plus de précautions que d'habitude, puis passa un long moment à fixer la Jeep et l'homme pensif assis derrière le volant. Pour empêcher ses mains de trembler, elle s'agrippait au sien, les articulations exsangues. Tout ce qu'elle croyait savoir de la vie venait de voler en éclats. Les extraterrestres ne débarquaient pas forcément de l'espace ; ils pouvaient avoir apparence humaine, comme les zombies ou les aliens de *L'Invasion des profanateurs de sépultures*.

Mais Aidan n'était pas comme ça. Il était chaleureux, attentionné, passionné. Humain.

Rien qu'en pensant à lui, elle eut l'impression de sentir ses bras puissants autour d'elle. Il était venu d'infiniment loin pour la sauver, laissant tout ce qu'il connaissait, absolument tout derrière lui. Pour elle.

Elle lança le moteur et roula jusqu'au domicile de Chad en jetant de fréquents coups d'œil dans le rétroviseur. Elle n'arrivait plus à réfléchir, elle avait du mal à respirer, ses mains et ses pieds étaient gelés. Elle gara sa voiture sans y penser, le cerveau trop fatigué pour enregistrer la suite des événements. Néanmoins, petit à petit, elle commença à se remettre du choc. Au bout d'une bonne heure, elle réalisa qu'Aidan ne lui avait pas adressé la parole une seule fois.

Sans un mot, il déposa le corps de Chad au pied de son lit, pour qu'à son réveil le pompier ait l'impression d'être tombé, bien qu'une chute n'expliquerait en rien les courbatures et le visage meurtri qu'il découvrirait au matin. Mais c'était le mieux qu'ils pouvaient faire.

Durant tout le trajet de retour, le guerrier resta muet. Une fois arrivé, il descendit de voiture et entra dans la maison en silence.

Lyssa, elle, s'était arrêtée un court instant devant la porte de la cuisine. La main sur la poignée, elle avait senti son sang bouillir au souvenir de ce qu'ils avaient fait à cet endroit quelques heures plus tôt. Et pourtant, ça lui semblait si loin… En se retournant vers Aidan, elle avait remarqué la noirceur de son regard. Il y avait pensé, lui aussi, mais à part cette chaleur dans ses yeux, il était resté froid et distant.

Et maintenant qu'elle le voyait debout dans sa cuisine, un somnifère à la main, elle comprenait que ce qui venait de se passer était aussi dur pour lui que pour elle. Elle secoua la tête.

— Je n'en veux pas. Il faut qu'on parle.

— On a assez parlé, répliqua-t-il d'un air décidé. Tu as besoin de dormir.

— Je ne suis pas fatiguée.

— Tu es en état de choc, donc incapable d'évaluer ton état.

Il baissa le ton et ajouta d'une voix épuisée :

— Ou le mien.

— Aidan…

Il ferma les yeux en entendant son nom.

— Tu veux bien monter avec moi ? demanda-t-elle doucement.

— Je ne peux pas. J'ai du pain sur la planche.

— Juste le temps que je m'endorme ?

— Lyssa… Si je m'allonge maintenant, je risque de m'endormir. Et je ne peux pas. À partir de maintenant, on dort à tour de rôle. Je ne peux pas me permettre d'être inconscient en même temps que toi.

Mais s'ils dormaient à tour de rôle, ils ne seraient jamais ensemble…

Et elle avait besoin de lui !

Elle faillit lui dire qu'elle le voulait tout contre elle, en elle, pour qu'il l'aime et qu'il la protège, mais elle eut peur d'essuyer un refus alors elle n'en fit rien. Pour la première fois depuis que le guerrier avait frappé à sa porte, elle était quasiment certaine qu'il n'avait pas envie de coucher avec elle.

— S'il te plaît, se contenta-t-elle donc de demander.

Aidan grogna, passa la main dans ses cheveux, puis finit par capituler et suivit la jeune femme dans l'escalier. Quand elle entra dans la salle de bains, il lui tendit le somnifère. Pendant qu'il s'allongeait sur le lit, elle s'approcha du lavabo. Dans le miroir, son reflet la dévisageait. Elle avait l'air d'une loque, mais savait que ce n'était pas son apparence qui refroidissait les ardeurs d'Aidan.

Elle posa le comprimé à côté du robinet. Si elle en avait besoin plus tard, eh bien elle le prendrait, mais pour l'instant, elle allait essayer de faire parler Aidan.

De retour dans la chambre, elle se glissa dans le

lit et s'allongea à côté de son amant. Appuyé sur un coude, il était couché sur le flanc. Dès que la jeune femme s'approcha, il l'attira contre lui. Mais quand elle passa une jambe entre celles du guerrier et noua ses bras autour de son abdomen, il se raidit.

— Tu m'en veux, chuchota-t-elle, son haleine brûlante frôlant le torse dénudé.

Le guerrier relâcha l'air contenu dans ses poumons et roula, coinçant Lyssa sous lui.

— Non, je ne t'en veux pas.

— Alors, serre-moi dans tes bras, murmura-t-elle. J'ai besoin de toi.

— Lyssa…

Quand il lui prit la bouche et l'explora de sa langue, la jeune femme frissonna de plaisir. Elle avait tant besoin de ce lien qui l'ancrait à lui. Aidan était un rêve, un extraterrestre, un homme cent fois plus âgé qu'elle. Elle, une menace, une prophétie, la clé de sa destruction.

Et pourtant, malgré les galaxies et les dimensions qui formaient cet insondable gouffre entre eux, il était le yang de son yin, la pièce de puzzle qui manquait à sa vie, miraculeusement dotée de tous les attributs mâles dont une femme humaine avait besoin. Ensemble, ils pouvaient ne faire qu'un, plus rien ne les séparant. Et c'était ce à quoi elle aspirait en cet instant, ce qui lui était aussi vital que l'air qu'elle respirait.

Sentant grandir son excitation, elle relâcha son étreinte et lui caressa le dos. Il sentait délicieusement bon, plus encore que d'habitude, car il avait transpiré. L'odeur d'Aidan mélangée à l'adrénaline et la testostérone du combat formait un puissant aphrodisiaque.

Consumée par le désir, elle titilla la langue d'Aidan du bout de la sienne.

— Tu te rappelles la pomme ? murmura-t-il contre ses lèvres.

Elle se figea.

— Oui…

— Ce n'est pas parce que tu as compris ce qui se passe que les choses ont changé.

— Qu'est-ce que tu veux dire ?

— Je ne sais pas combien de temps je vais rester, répondit-il tout doucement.

Sous la boucle de cheveux noirs qui lui barrait le front, le regard du guerrier était d'une incroyable intensité.

— Toutes les informations dont j'ai besoin sont peut-être dans mes livres, mais peut-être pas et dans ce cas je devrai retourner les chercher dans le Crépuscule. Considère mon séjour chez toi comme temporaire et n'oublie pas que je peux repartir à tout instant et pour toujours.

Elle déglutit.

— Je croyais que personne n'avait réussi à repartir ?

— C'est vrai, mais personne n'a jamais eu en sa possession un livre rédigé par les Anciens et décrivant la création d'une fissure.

Elle s'enfonça dans le matelas et dénoua ses jambes de celles de son amant.

— Alors tu n'es pas fâché ?

— Si, répliqua-t-il d'un ton fiévreux. Contre tout ce qui se met entre nous.

Le guerrier posa son front contre celui de Lyssa,

son parfum et la chaleur de sa peau inondant les sens de la jeune femme.

— Mais pas contre toi. Au contraire, je suis fier que tu aies essayé de te protéger et je sais que tu me fais confiance. Tu ne m'aurais pas laissé te faire l'amour sans préservatif, sinon. Une vétérinaire, c'est bien trop intelligent pour mettre sa vie en jeu aussi bêtement.

Il quitta la jeune femme et, de nouveau étendu sur le dos, fixa le plafond.

— Mais je ne comprends pas, comment tu vas faire pour retourner là-bas ? insista-t-elle, les sourcils froncés. Je ne suis même pas sûre de comprendre comment tu es arrivé jusqu'ici…

Il lui adressa un gentil sourire.

— Tu connais Athéna ? La déesse de la sagesse, sortie adulte de la tête de Zeus ?

— C'est un mythe, gloussa-t-elle.

Qui ressemblait fort à la situation présente, cela dit.

Aidan haussa les épaules :

— Est-ce que les mythes et les légendes n'ont pas tous un fond de vérité ?

— Ce qui veut dire… ?

Lyssa contempla le profil du guerrier, remuée de l'intérieur par sa beauté stupéfiante. Un grand prédateur, gracieux et impitoyable, reposait sur son lit… Entre les barreaux de la rampe d'escalier, elle avait observé son duel avec Chad, fascinée par le jeu de ses muscles sous sa peau, par le tissu qui se tendait sur ses cuisses quand il plongeait vers son adversaire et par la contraction noueuse de son abdomen quand il bondissait en arrière. La façon qu'il avait eu d'étudier les faiblesses de son adversaire l'avait fait frissonner, et pas seulement de peur. Stacey avait vu juste, Aidan Cross était un homme dangereux et elle, Lyssa, voulait l'apprivoiser.

Sans lui laisser le temps de répondre, la jeune femme sauta sur lui et se mit à califourchon sur le guerrier, une jambe de chaque côté de son corps ferme. Stupéfait, il grogna sous l'impact, mais elle l'embrassa avec passion, lui léchant les lèvres avant de glisser sa langue dans sa bouche. Ses doigts fins trouvèrent les mamelons du guerrier et commencèrent à les stimuler. Les gémissements qu'Aidan poussa en réaction résonnèrent comme une douce musique aux oreilles de Lyssa.

— Pour les mises en garde, c'est trop tard, chuchota-t-elle contre les lèvres de son amant.

Des lèvres splendides, fermes, magnifiquement ourlées, si douces... Et quand elles bougeaient... Quand elles lui faisaient l'amour...

— Ton départ me détruira de toute manière, alors autant que ça en vaille la peine, tu ne crois pas ?

— Ce n'est pas déjà le cas ? lui souffla-t-il avec cet accent prononcé qui trahissait son excitation.

— Pas assez.

Elle se redressa, fit passer son caraco par-dessus sa tête et le jeta par terre. Puis elle prit ses seins et fit rouler leurs pointes douloureuses sous ses doigts.

— Oh, Lyssa... murmura-t-il dans un râle en lui pétrissant les cuisses. Tu me rends fou quand tu fais ça...

Elle faillit lui dire qu'elle ne lui avait encore jamais montré ses seins, puis se rappela ce qu'il lui avait expliqué plus tôt, qu'ils avaient déjà fait l'amour dans ses rêves.

— J'ai déjà fait ça avant ?

— Hmm…

Les pouces d'Aidan remontèrent lentement sur ses cuisses, lui embrasant la peau.

— C'est pas juste ! Tu as plus de souvenirs que moi ! Faut que je te rattrape.

En le voyant sourire, elle sentit son cœur s'emballer. Elle lui prit les mains et les posa sur ses seins.

— Je t'en supplie, ne pars pas, le supplia-t-elle en mettant sa fierté de côté. J'ai besoin de toi. Tellement…

Il roula sur elle, la couvrant entièrement de son corps viril et bouillant.

— Moi aussi, j'ai besoin de toi.

Le nez fourré dans son cou, il glissa la main sous le petit short.

— Bien trop…

Elle soupira et noua de nouveau ses membres autour de lui. Dès qu'elle commençait à réfléchir, le futur la terrifiait, mais là, dans cette chambre… c'était le paradis.

— Dis que tu es avec moi, murmura-t-elle.

Elle se cambra en sentant les doigts calleux du guerrier s'aventurer dans les replis de sa vulve. Une caresse douce comme une plume lui embrasa le clitoris.

Il l'embrassa avec une tendresse infinie.

— Je suis avec toi.

Pour le moment, seulement. Mais pour le moment, c'était suffisant.

Chapitre 13

— Je vous cherchais, capitaine.

Connor se tourna vers Philippe Wager. Grand et vigoureux, le lieutenant grimpa quatre à quatre les marches de la maison d'Aidan et rejoignit en un rien de temps le géant sous la galerie. Il transportait une glacière, qu'il posa sur le banc à côté de la porte, puis, une fois ses deux mains libres, s'en servit pour relever ses cheveux incroyablement longs en une queue-de-cheval qu'il attacha à l'aide d'une mince bande de tissu noir.

— Tu m'as trouvé.

Enfin présentable, Philippe s'inclina bien bas devant son commandant. Connor lui retourna son salut, puis le dévisagea d'un air interrogatif.

— Puis-je parler librement, monsieur ?

— Vas-y.

Le lieutenant prit une grande inspiration, puis se lança :

— J'aurais préféré que vous me questionniez vous-même plutôt que de m'envoyer Morgane.

— Si j'avais fait ça, tu aurais dû choisir entre

désobéir à ton officier supérieur ou trahir les Anciens. Avec Morgane, tu pouvais simplement dire non.

Philippe renifla.

— J'ai défendu vos arrières, je vous ai sauvé la vie, mais vous ne me considérez toujours pas comme un ami sur qui compter ?

— Toute amitié a ses limites, répliqua lugubrement Connor en s'adossant à la balustrade.

— Celle qui existe entre vous et le capitaine Cross semble ne pas en avoir, pourtant.

— Il est comme un frère pour moi.

— Et je lui dois la vie. Il m'a sauvé à de multiples occasions.

Connor se laissa tomber sur la chaise la plus proche. Quand Aidan était chez lui, il laissait les panneaux coulissants grands ouverts pour favoriser la circulation de l'air. Mais dernièrement, ils restaient clos et les rayons du faux soleil n'entraient plus dans la maison pour la réchauffer. En l'absence du guerrier, l'atmosphère dynamique qu'il insufflait à ce lieu avait disparu, remplacée par un silence inhabituel et gênant.

— Ce n'est plus l'homme que tu connaissais, Wager. C'est un fugitif qui a volé la Clé et abandonné ses hommes et sa charge.

— Vous n'y croyez pas plus que moi, répliqua Philippe.

Puis, en désignant le banc :

— Puis-je ?

— Bien sûr.

Les coudes posés sur ses genoux, le lieutenant étudia attentivement son chef. Avec ses longs cheveux et ses yeux gris orageux, Wager avait une allure de renégat en totale adéquation avec sa réputation d'électron libre. Ce caractère fantasque lui avait valu de stagner au grade de sous-lieutenant.

— Les Anciens se sont sérieusement trompés sur votre compte. Ils espéraient que votre promotion vous éloignerait de Cross.

— Ouais, ils se sont plantés. Et maintenant ils envoient des patrouilles à la Rêveuse sans me consulter. Y a de la bière dans ta glacière ?

Un sourire aux lèvres, Philippe y pêcha une canette glacée qu'il lança à Connor, avant d'en prendre une pour lui.

— Le capitaine parvient à garder cette femme éloignée du Crépuscule, mais elle a elle-même érigé des défenses redoutables. Les Anciens ont fait appel à un contingent du corps des Ingénieurs, qui leur a confirmé que le seul moyen de franchir ces remparts, c'est d'obtenir que la Rêveuse nous laisse entrer.

— Impressionnant.

— Forcément, pour que Cross la choisisse.

— Ses capacités sont quand même déroutantes, non ?

Le regard de Connor dériva au-dessus des prairies verdoyantes et des collines entourant la maison. C'était son monde et il continuerait de le défendre au péril de sa vie.

— Tu ne doutes pas, parfois, Wager ? Tu ne te demandes jamais si Cross ne se trompe pas ?

— Si, bien sûr. Mais ça ne lui est jamais arrivé jusqu'à présent.

Penchant la tête en arrière, Connor avala sa bière en trois longues gorgées. Comme Philippe, il décida d'attendre d'avoir rencontré la Rêveuse pour se faire un avis définitif sur son compte. Mais elle partait avec un sérieux handicap dans l'esprit du géant.

— Bon, et maintenant ?

— Mon équipe est prête.

— Parfait.

— Si vous me faisiez part de votre plan ? lui suggéra Philippe en lui tendant une deuxième bière.

Mais dès que Connor fit mine de s'en emparer, le lieutenant recula sa main.

— C'est donnant, donnant.

— Enfoiré ! éclata de rire Connor.

C'était la première fois que cela lui arrivait depuis des semaines. Aidan n'avait quitté le Crépuscule que depuis quelques jours, mais le chaos qu'était devenu sa vie depuis qu'il avait rencontré sa Rêveuse avait presque eu raison du sens de l'humour du géant, sens qui pourtant l'aidait à supporter l'éternité.

— Moins tu en sais, mieux c'est pour toi.

— C'est ça. Tout le monde sait que je choisis toujours ce qui vaut le mieux pour moi.

Philippe termina sa bière comme Connor l'avait fait.

— Vous allez avoir besoin d'aide, capitaine. Vous ne pouvez pas agir seul, et je ne vois pas qui, parmi l'élite, à part vous, moi et Cross, aurait les couilles de tenir tête aux Anciens.

Le sourire de Connor s'élargit.

— D'accord. Je dois accéder à la salle de contrôle, située au fond du Temple.

— Quelle salle de contrôle ?

— Celle que Cross a traversée avant de partir.

Et celle que Connor avait brièvement aperçue dans les pensées d'Aidan, la nuit qui avait suivi le départ de son ami. Ils s'étaient rencontrés pendant quelques instants dans l'un des rêves d'Aidan, mais le capitaine était terrassé par la fièvre et la connexion n'avait pas tenu. Connor n'avait jamais rien vu de tel : un songe brumeux un peu distordu, comme une émission de télé avec une mauvaise réception. Le géant n'avait su déterminer si c'était la fièvre inhabituelle ou une quelconque différence génétique par rapport aux humains qui empêchait le guerrier d'entrer dans le Crépuscule et Aidan n'ayant, par la suite, plus connu d'état onirique, la question était restée sans réponse.

— Elle sert à quoi ? demanda Philippe.

Connor profita d'un instant d'inattention du lieutenant pour attraper la bière. Il rit du regard noir qu'il récolta.

— J'en sais foutre rien, mais nous devons découvrir ce que la Clé est censée faire, si nous voulons pouvoir l'en empêcher. Et quand on le saura, on pourra déterminer une fois pour toutes si la Rêveuse de Cross est vraiment la Clé ou si, pour la première fois en des siècles d'existence, les Anciens ont commis une erreur.

— Pénétrer dans le Temple par effraction, ça a l'air dangereux.

— Ça l'est.

— Bon Dieu, j'espère bien ! Quel serait l'intérêt sinon ?

Connor engloutit une autre bière, puis éructa :

— Donc, voilà ce que nous allons faire...

*
* *

— Appelle-le pour voir comment il va, Stacey. S'il te plaît.

— Pas question.

Lyssa laissa retomber sa tête sur l'oreiller et passa une main dans ses cheveux emmêlés. Elle baignait dans l'odeur d'Aidan, qui n'était pourtant plus au lit avec elle. Elle palpa les draps froids qui l'entouraient ; le guerrier devait vaquer à ses occupations depuis un moment. Physiquement lessivée, elle avait dormi comme une masse. Mais lui, il semblait d'une résistance à toute épreuve. Pas étonnant, avec ce corps huilé comme une machine…

— Je veux juste être sûre qu'il va bien.

— Chad va très bien. Vous l'avez dit vous-même hier.

Oui, mais c'était avant la bagarre avec Aidan. Chad n'avait été qu'un pion innocent dans le combat qu'elle devait mener contre les « Anciens » et l'idée qu'il ait pu souffrir par sa faute la révoltait.

— Allez, Stacey ! Juste un petit bonjour ! Tu pourrais prendre des nouvelles de Lady, par exemple…

— Un samedi ? se moqua Stacey. Et puis quoi encore ? Autant dire tout de suite : « Salut, Lyssa se sent vachement coupable de vous avoir laissé tomber et elle veut savoir comment vous allez. » Allons, Doc, vous n'êtes plus au lycée. C'est un grand garçon, vous savez. Il s'en remettra.

Lyssa ferma les yeux, et le plafond voûté qu'elle fixait jusqu'alors s'effaça.

— Et si je te donne une augmentation ?

— Bon, très bien, soupira Stacey d'un ton exaspéré, perceptible même à l'autre bout du fil. Les pots-de-vin, ça marche toujours. J'ai tellement besoin d'argent…

— Tu es mère célibataire. Je t'admire tu sais.

— La flatterie ne vous aidera pas. Je vais le faire,

mais juste pour l'argent. Enfin, un beau mec postal dans le genre de celui qui traîne chez vous, je ne crache pas dessus non plus. Comment ça marche entre vous, au fait ?

— C'est un amant de rêve.

Au sens propre du terme.

— Tant mieux. Je suis vraiment contente pour vous.

— Merci, Stacey.

— C'est d'accord. Je vais appeler Chad et papoter un peu avec lui en essayant de ne pas éveiller ses soupçons. Mais vous avez intérêt à vous pointer ce soir pour le dîner.

Lyssa tira le drap bleu clair jusque sous son nez pour mieux sentir l'odeur d'Aidan. Elle ne voulait pas sortir de chez elle. Elle voulait s'enfermer ici avec lui, le garder pour elle toute seule, ne jamais le laisser repartir.

— On viendra.

— À tout à l'heure, alors.

Stacey raccrocha, et Lyssa posa le combiné à côté d'elle. Par la porte ouverte de la chambre, elle sentit une bonne odeur de café dériver jusqu'à elle. Elle venait de le rencontrer, et pourtant, elle vivait déjà en sa compagnie des instants qu'elle associait à une vie de couple bien rodée. Un vrai miracle... Se sentir aimée comme ça ne lui était pas arrivé depuis des années. Peut-être même était-ce la première fois. Pressée de le retrouver, elle rejeta les couvertures et enfila un peignoir.

Elle descendit les marches à pas de loup, espérant le surprendre à nouveau en plein entraînement matinal. Elle le découvrit assis à la table des repas. Penché au-dessus du livre aux pierres précieuses, il bâillait, l'air épuisé. Elle s'approcha en silence derrière lui, posa les mains sur ses épaules et massa les muscles noués de son dos.

Il grogna, puis posa sa tête contre elle.

— Salut… murmura-t-il de cette voix grave qui la faisait frissonner des pieds à la tête.

— Salut.

Elle déposa un baiser sur son front.

— Tu as dormi un peu ?

Il secoua la tête.

— Pas question que je dorme en même temps que toi. C'est trop risqué. Toutes les demi-heures, je suis venu vérifier que tu allais bien.

— Je ne suis pas censée être en sécurité quand je dors profondément ?

— Ce n'est qu'une déduction logique.

Un sourire apparut sur ses lèvres.

— En tout cas, tu es adorable quand tu dors.

Lyssa contourna la chaise sur laquelle le guerrier était assis et l'enfourcha. Coincée entre la table et lui, elle était un peu à l'étroit, mais elle s'en moquait. Cela eut encore moins d'importance quand il l'entoura de ses bras et la serra contre lui, la plaquant contre ces muscles saillants et cette peau chaude qui sentait délicieusement bon.

— Tu as trouvé des choses intéressantes dans ton bouquin ?

— Oui, un peu, répondit-il d'un ton légèrement découragé. Mais pour l'instant, je traduis le texte pour en avoir une vision globale. L'analyser fragments par fragments ne mène à rien.

— Tu ne comprends pas cette langue ?

— Pas très bien. C'est en ancien langage. Mais comme pour votre latin, la plupart des mots de notre langue actuelle en dérivent.

— Ah, je vois.

Pour détourner la conversation, elle lui mordilla le menton, les mains posées sur son torse nu. Elle ne voulait pas repenser au départ qu'elle redoutait.

— Tu n'as pas l'ombre d'une barbe, lui fit-elle remarquer.

— À part les cils et les sourcils, les Gardiens n'ont aucun poil sur le visage, ronronna-t-il en penchant la tête en arrière pour lui offrir son cou.

Le médecin qui sommeillait en elle se réveilla en sursaut, brûlant de curiosité :

— Ah bon ? Et il y a d'autres différences physiologiques entre nous ?

— Rien d'important.

Il ondula du bassin pour lui prouver la véracité de ses propos.

— La trique du matin est universelle, à ce que je vois ! gloussa-t-elle en se trémoussant sous les doigts qui lui chatouillaient malicieusement les hanches.

— La trique du matin, c'est pour les mecs qui viennent de se réveiller. La mienne, c'est celle du type que sa compagne enfourche avec juste un petit peignoir sur le dos.

Elle déposa un baiser au coin de son sourire, puis lui demanda, soudain sérieuse :

— Tu as dormi un peu depuis ton arrivée ici ?

— Oui, la première nuit... soupira-t-il.

— Ça ne compte pas, tu avais la crève.

— Je rêve ou tu me maternes ?

La chaleur de son regard lui noua les tripes.

— Mes sentiments n'ont rien de maternel. En fait, c'est purement égoïste. Tu dois être en pleine forme pour coucher avec moi.

— Tiens donc ?

Une lueur coquine dans les yeux, il se leva et déposa Lyssa sur la table en balayant tous les livres qui s'y trouvaient. Ils tombèrent avec des petits bruits étrangement érotiques, pluie de coups sourds, froufrous de pages malmenées… Penché au-dessus de Lyssa, Aidan la força à se coucher sur la table, offerte comme un festin.

— Les petites défaillances dues à la fatigue, ça permet parfois d'allonger les préliminaires. Et tu aimes ça, non ?

Il lécha les lèvres de Lyssa, qui aspira sa langue et en suça le bout. Le voyant frissonner, elle sourit, ravie de l'effet qu'elle lui faisait.

— Je veux un amant vigoureux pour brûler toutes les calories que tu m'as fait avaler de force. Avant toi, je n'avais jamais mangé à trois heures du matin. Je suis sûre que ces petites garces sont allées se loger droit dans mes fesses.

— C'est ça ! lança-t-il avec ironie.

Il se redressa un peu et lui décocha un regard moqueur.

— C'est vrai que tu es énorme… De toute façon, tu avais sauté le petit déjeuner.

— Alors c'était ça, la raison ? gloussa-t-elle, sceptique. Je croyais que tu rechargeais mes batteries pour le sixième round. Ou le septième, je ne sais plus… En tout cas, tu pourrais donner des leçons au lapin des piles Duracell. Toujours au garde-à-vous !

— C'est à toi que je vais donner une leçon.

Il voulut dénouer la ceinture du peignoir de Lyssa, mais elle le repoussa d'une petite tape sur la main.

— Pas question. D'abord, il faut que tu dormes. Le sexe, ça attendra.

— Je ne suis pas fatigué.

— Menteur… T'as l'air complètement crevé.

La tentation était grande, pourtant. Gigantesque, même. Lyssa avait mal à des endroits dont elle n'avait jamais soupçonné l'existence jusqu'alors, mais ce plaisir… Avec Aidan, les orgasmes prenaient une dimension insoupçonnée. Comme s'ils lui grillaient le cerveau et bousillaient toutes ses terminaisons nerveuses. Depuis sa rencontre avec lui, elle comprenait enfin ce que signifiaient les mots « accro au sexe ». Elle les comprenait intimement.

— Je sais que tu en crèves d'envie, susurra-t-il. Sinon, tu te serais habillée. Et je vais te dire… j'ai encore bien assez d'énergie pour te donner ce que tu veux.

— Tu devrais être lessivé, Aidan. Est-ce que les Gardiens sont tous d'infatigables chauds lapins dans ton genre ?

— Non, pas tous. Mais moi, j'ai toujours adoré le sexe, et je n'ai jamais eu de problème pour satisfaire mon appétit.

Il ouvrit le peignoir de Lyssa et traça du bout de la langue un chemin allant de son pubis au creux de ses seins. Elle se cambra, électrisée.

— Qu'est-ce que tu veux dire ? Que je ne peux pas te satisfaire ?

— À chaque fois… chuchota-t-il, juste au-dessus d'un téton déjà dur. Et tu vas le faire encore une fois…

Humide, brûlante, la bouche du guerrier se posa

comme un fer rouge sur la peau de Lyssa. Elle hoqueta et se tortilla, vite domptée par les doigts qu'il glissa entre ses jambes. Des doigts qui la forcèrent à s'ouvrir, titillèrent son clitoris, la pénétrèrent en douceur.

— Putain, t'as pas idée d'à quel point ça me fait bander...

Il retira ses doigts puis les réintroduisit en elle.

— Je sens mon sperme dans ton corps. Il coule sur mes doigts.

Il les enfonça plus loin, arrachant un hoquet à la jeune femme.

— Oui, c'est pour ça, tu devrais être épuisé après la nuit qu'on vient de passer.

Elle immobilisa soudain le va-et-vient du poignet du guerrier.

— Attends, j'ai besoin de savoir quelque chose. Nos deux espèces peuvent-elles se reproduire entre elles ?

Il se figea, puis respira à fond.

— Ça te plairait qu'on puisse avoir des enfants ? murmura-t-il.

Le regard de ses yeux bleu saphir était intense, perçant, inquisiteur. Des yeux comme des lacs sans fond dont refluait peu à peu le cynisme qu'elle y avait lu à son arrivée. Elle le rendait heureux, c'était évident.

Du bout du doigt, il la masturbait gentiment.

— Alors, ça te plairait ?

Cette question lui brisa le cœur. Ce matin-là, au lit, des rêves idiots, des fantasmes de prince charmant et de bonheur éternel lui avaient effleuré l'esprit. Le savoir chez elle, en train de préparer du café rien que pour elle... Tout d'un coup, l'envie de partager sa vie avec lui, de fonder une famille, avait éclipsé tout le reste.

Au bord des larmes, elle répondit :

— Oui, j'aimerais bien.

Sa gorge se serra, l'empêchant d'ajouter quoi que ce soit. Mais c'était inutile. Une main posée sur sa joue, Aidan souffla tout contre ses lèvres :

— Et si on essayait ?

— Quoi ? Tu veux dire que c'est possible ?

Lyssa s'était tendue comme la corde d'un arc. Aidan lui adressa un sourire très doux, mais elle lut une grande tristesse dans ses yeux.

— Aucune idée. Mais j'ai envie de rêver...

Il la souleva et la transporta jusqu'au canapé. Pour une fois, Chamallow comprit ce qu'on attendait de lui : il sauta à bas des coussins et partit se chercher un coin plus tranquille. Aidan déposa doucement la jeune femme sur le divan, puis s'agenouilla devant elle, ses beaux yeux assombris par le désir et l'amour. Une grande main s'aventura sur la cuisse de Lyssa.

— Je prends la pilule, Aidan. Je ne peux pas tomber enceinte.

— Dans mes rêves, tu ne prends rien.

Il embrassa son genou, se pencha au-dessus d'elle, lui écarta les cuisses, puis cajola encore une fois du bout de la langue le précieux clitoris. Quand elle commença à se tortiller, il remonta plus haut.

Prenant appui sur ses coudes, elle se débarrassa de son peignoir, une manche après l'autre. Elle voulait sentir contre elle la peau tiède de son amant.

— Dans mon rêve, nous vivons ici, chuchota-t-il en la caressant du regard. Nous nous levons tôt chaque matin pour avoir le temps de faire l'amour, tranquillement, sans nous presser. Mon corps sur le tien, Lyssa. Je te pénètre en profondeur, comme si nous avions l'éternité devant nous. Puis on s'embrasse et on se sépare à regret pour aller bosser chacun de notre côté. Toute la journée, nous pensons l'un à l'autre et nous attendons impatiemment que la nuit tombe pour nous retrouver.

Tout en baissant son pantalon, il lui lécha un téton, puis l'autre.

— Nos vacances, nous les passons toujours sur des plages privées. Je te regarde jouer dans les vagues, je te vois rire, j'admire ta peau dorée par le soleil. Je te déshabille sur une rabane. J'écarte ton maillot de bain, je m'enfonce en toi et je te besogne jusqu'à ce que tu demandes grâce. Ensuite, je te porte à l'intérieur et je te prends à nouveau. Nous partageons nos repas, nos épreuves, nos vies…

En sentant les doigts d'Aidan se loger à nouveau dans son vagin, elle se laissa retomber dans les coussins moelleux.

— Aidan…

Elle ferma les yeux pour retenir ses larmes ; elles s'échappèrent quand même, roulant sur ses tempes, lui mouillant les cheveux.

— Chaque jour tu prononces mon nom comme tu viens de le faire, tout doucement, en te pâmant de désir. Et chaque fois que je l'entends, je t'aime encore plus, et je réalise à quel point j'ai de la chance de t'avoir. Toi qui t'occupes si bien de moi, qui me dorlotes tendrement… Et je m'imprègne du moindre de ces instants, parce que j'ai besoin de toi…

La voix rauque, il répéta :

— J'ai tellement besoin de toi…

— Oui…

Elle plongea ses doigts dans les cheveux d'Aidan. Il s'était redressé au-dessus d'elle, et le pendentif opalescent se balançait entre eux. Il logea son bas-ventre entre les jambes écartées, son gland arrogant taquinant la fente humide de sa compagne. Lyssa se cambra, prête à le recevoir.

— Moi aussi, j'ai besoin de toi…

— Et un jour, on décidera d'avoir un bébé.

Les mains plaquées sur les épaules de Lyssa, il la pénétra, enfonçant en elle son membre brûlant qui pulsait déjà.

— Oh ! mon Dieu… gémit-elle.

Elle était clouée sous le corps immobile d'Aidan. Avant de la rejoindre sur le divan, il avait ôté son pantalon de pyjama, et maintenant, les poils épais de ses cuisses et de ses mollets chatouillaient sa peau délicate. Sentant peser contre ses fesses les lourds testicules du guerrier, elle sanglota de plus belle.

— Et je te prends comme ça.

Quand il se retira, la pression du gland forçant ses chairs la combla. Puis il s'enfonça en elle encore une fois, englouti par sa chatte vorace.

— Et je te prends dès que je peux. Je te retrouve pour déjeuner et je te fais l'amour dans ton bureau. Il faut que tu restes trempée, imbibée de mon sperme, pour le moment où tu seras fertile.

Le vagin de Lyssa se contracta violemment autour de la verge en action.

— Oui, c'est bien, ronronna-t-il. Dis-moi que tu aimes ça.

Il avait repris son accent prononcé si torride.

— J'adore… haleta-t-elle, le souffle court.

Les caresses profondes d'Aidan la comblaient. Sous ses mollets, les fesses musclées se contractaient et se relâchaient en rythme. Il la pilonnait lentement, sans effort, à coups de bassin bien huilé.

Éperdue de plaisir, elle s'abandonna aux manœuvres expertes de son amant. Les talons plantés dans le divan, elle lui caressait le dos à chaque coup de boutoir, en poussant son bassin vers le haut pour l'accueillir encore plus loin en elle. Elle adorait sentir sa chatte se distendre autour de ce long membre vigoureux...

Le soleil poursuivait sa lente course ascendante dans le ciel, réchauffant l'épiderme de la jeune femme à travers la vitre. Elle était prête à tout pour revivre des matins sans fin comme celui-ci dans lesquels il la prendrait comme s'ils avaient l'éternité devant eux, comme s'ils pouvaient faire l'amour à jamais.

Le dos cambré, Aidan s'enfonça tout au fond de son vagin, déclenchant son extase. Lorsque sa chatte empalée sur le pénis palpitant se contracta, elle poussa un cri muet, le corps secoué par un orgasme cataclysmique.

— Ma douce Lyssa... C'est comme ça que nous faisons notre enfant... souffla-t-il en remuant doucement les hanches pour faire durer le plaisir de sa compagne.

Puis il la pénétra brutalement une dernière fois, avec un râle de jouissance.

Un flot de sperme se répandit en elle, et le membre qui expulsait sa semence la fit gémir de plaisir. Et de chagrin.

Presque assommé par cet orgasme ravageur, Aidan plaqua sa bouche sur celle de Lyssa. Il avait un impérieux besoin de sa présence. Quand le plaisir décrut, il l'embrassa plus langoureusement, l'étreignant de toutes ses forces. Quand il s'aperçut qu'elle pleurait, il posa sa joue en sueur sur la sienne. Pourrait-il vivre sans elle le reste de sa vie d'immortel ? Comme tous ses semblables, Lyssa allait vieillir, puis mourir, et cette idée lui était insupportable.

Aidan ne rêvait que d'une chose : vivre ce songe qu'il avait partagé avec elle. Mais son cœur saignait déjà, pleurant la perte d'un futur qu'il désirait ardemment, mais qui lui resterait à jamais interdit.

Ce qu'il avait déchiffré le matin même dans le texte ancestral ne lui laissait pas le choix.

Il allait devoir retourner dans le Crépuscule.

Et il venait de faire l'amour à Lyssa pour la dernière fois.

Chapitre 14

Aidan roula sur le côté sans lâcher sa compagne. Son pénis pulsait toujours dans le sexe frémissant et humide de Lyssa. Le canapé était étroit, et ils devaient rester soudés l'un à l'autre pour ne pas se retrouver par terre. Pour trouver le courage de la quitter, il la serra dans ses bras.

— Aidan…

Quand le souffle tiède de Lyssa effleura sa peau moite de sueur, une onde de plaisir le traversa jusqu'au bout des orteils.

— Mmm ?

Il caressa son dos si doux. Jamais il ne se lasserait de la toucher, de l'enlacer, de lui faire l'amour. Mais il savait trop de choses, et cette prise de conscience éteignit en lui la lueur d'espoir et de paix que Lyssa lui avait offerte.

— Nous trouverons un moyen de rester ensemble, murmura-t-elle.

Il avait une boule dans la gorge, une boule douloureuse dont il n'arrivait pas à se débarrasser. Que faire de toutes ces émotions qui le submergeaient d'un seul coup ? La solitude l'avait si longtemps anesthésié qu'il se sentait presque mort à l'intérieur. Pendant des siècles, seuls ses hommes avaient compté à ses yeux. Il avait respecté toutes les femmes qui partageaient sa couche, mais le nom qu'elles prononçaient n'était jamais le sien. Pour elles, il était « Cross », ou « le capitaine ». Un gouffre immense le séparait d'elles, même quand leurs corps se confondaient.

Lyssa lui massa le cuir chevelu.

— Je veux veiller sur toi, te faire rire, te rendre heureux…

— C'est déjà le cas, ma belle, répliqua-t-il d'une voix rêche comme du papier de verre.

— Oui, mais je veux continuer, Aidan. Tu as besoin qu'on s'occupe de toi.

Il déposa un baiser sur son front.

— Nous formons une sacrée paire. Toi aussi, il te faudrait quelqu'un pour veiller sur toi. Nous nous occupons tellement de notre prochain, tous les deux, que nous en oublions de prendre soin de nous. Tu es la première chose que je veux pour moi. Rien que pour moi.

Il aurait tout donné pour passer sa vie avec elle, pour vieillir auprès d'elle, pour mourir dans ses bras. Une vie douce et courte valait bien mieux qu'une éternité de néant. Mais ce qu'il pouvait faire de mieux pour elle, c'était lui offrir une vie qui durerait le plus longtemps possible. Une vie dans laquelle elle pourrait se marier, avoir des enfants et des petits-enfants. Ceux d'un autre homme.

Ces images se plantèrent comme un poignard dans le cœur du guerrier, la lame cruelle tournant lentement dans la plaie, le tuant à petit feu. Il faillit étouffer

Lyssa dans ses bras, mais elle n'émit aucune pro-testation.

— Et si on restait comme ça pour toujours ? soupira-t-elle tristement.

Avant de lui répondre, il s'assura qu'il avait retrouvé la maîtrise de sa voix.

— À mon avis, on serait mieux au lit, lui fit-il remarquer d'un ton léger.

Elle laissa échapper un petit rire bien différent de cette irrépressible gaieté qu'il aimait tant chez elle. Mais il le préférait de loin à ce ton peiné qui le mettait hors de lui.

— Une douche, ça te dirait ? suggéra-t-il.

— Ensemble ?

— J'aimerais bien, mais faut que je range la salle à manger et que je prépare le p'tit déj.

Quand elle se pencha en arrière pour le regarder dans les yeux, il la retint par les épaules, l'empêchant de basculer. Cette confiance muette qu'elle lui portait parvint à lui arracher un sourire. Oui, elle avait douté de lui, mais même alors, elle avait suivi son instinct. Un instinct qui avait toujours tranché en sa faveur.

— Tu vas faire quoi pour le p'tit déj ?

La nuit précédente, elle avait ri aux larmes en le voyant débarquer dans la chambre à trois heures du matin avec un plateau chargé de biscuits au chocolat généreusement tartinés de beurre de cacahuète.

— Quoi ? avait-il protesté en souriant. C'est plein de protéines, le beurre de cacahuète.

Lyssa s'était tordue de rire dans les draps froissés, incitant Aidan à déposer le plateau sur la table de nuit pour sauter dans le lit avec elle. Bien calé contre les oreillers, il l'avait attirée sur lui. Lyssa l'avait chevauché les yeux dans les yeux. Ils s'étaient étalé du beurre de cacahuète sur les lèvres et l'avaient léché goulûment en faisant l'amour au milieu des biscuits et des rires.

Il déposa un baiser sur son nez.

— Je vais nous trouver quelque chose.

— D'accord. Je te fais confiance.

Prononcés tout bas et avec ferveur, ces quelques mots le touchèrent profondément. Malgré ses révélations délirantes de la veille, Lyssa croyait toujours en lui.

Leurs corps se séparèrent à contrecœur, puis tous deux se levèrent. Dès qu'ils furent debout, Aidan ôta son pendentif et le mit au cou de la jeune femme. Se logeant au creux de ses seins, le bijou sc mit à irradier de l'intérieur. Le guerrier attribua cette anomalie au passage entre les deux dimensions, ou à un effet du monde de Lyssa sur la pierre. Que la pierre puisse réagir à Lyssa ne lui traversa pas l'esprit.

Il posa la main sur le pendentif et le cœur de son amante.

— Je ne peux pas accepter, murmura-t-elle. C'est trop précieux pour toi.

— *Tu* es précieuse pour moi. Jure-moi que tu la porteras tout le temps. Je ne l'avais jamais ôtée jusqu'à aujourd'hui. Je me douchais, je me baignais avec elle. Tu n'as aucune raison de l'enlever. Elle est indestructible et elle ne perdra jamais son éclat, contrairement aux minéraux terriens. J'ai besoin de savoir qu'elle sera toujours au contact de ta peau.

— Mais…

Elle fronça les sourcils et le dévisagea avec inquiétude.

— Allez, jure-le. Ça me rassurera.

— D'accord, c'est promis. Je la garderai précieusement.

Elle porta la pierre à ses lèvres, y posa un baiser, puis se dressa sur la pointe des pieds et embrassa Aidan.

— Je te remercie du fond du cœur.

Il l'enlaça puis posa ses lèvres sur son front. Il voulait imprimer à jamais dans sa mémoire l'odeur et la douceur du corps de Lyssa contre lui.

— Nous trouverons un moyen de rester ensemble, Aidan, chuchota-t-elle en lui caressant le dos. Je refuse d'envisager ton départ.

Aidan savait qu'elle pensait tout ce qu'elle venait de dire. Jusqu'ici, elle avait dû sa survie à cet espoir qu'elle n'avait jamais perdu. Il avait donc décidé de ne pas lui révéler son départ imminent. Si elle apprenait qu'il ne reviendrait pas, elle ferait tout pour le retenir.

— Le p'tit déj sera prêt dans cinq minutes, lui dit-il. Et tu as intérêt à manger !

Il la lâcha et recula en souriant d'un air insouciant, au prix d'un énorme effort de volonté.

Leurs doigts restèrent entrelacés jusqu'au dernier moment, puis Lyssa s'élança dans l'escalier et Aidan entra dans la salle à manger. Il disposa les livres sur la table de manière à attirer l'attention de la jeune femme, pour qu'elle puisse comprendre son plan et ce qui l'avait poussé à agir ainsi. Il ne voulait surtout pas qu'elle croie qu'il l'avait abandonnée ou qu'il lui était arrivé quelque chose ; et il espérait que si elle apprenait pourquoi il était parti, elle supporterait mieux son absence et finirait par l'accepter. Et par tourner la page.

D'abord, elle ne remarquerait rien ; mais plus tard, elle examinerait les volumes de plus près et tout deviendrait clair.

Quand il fut satisfait de ce qu'il voyait sur la table, il tira une chaise, respira un grand coup et rédigea sa lettre d'adieu.

Il ne pouvait pas la prévenir de vive voix, c'était bien trop douloureux. Il posa la feuille pliée sur le livre ouvert qu'il avait volé à Sheron.

Le second livre, celui dont la reliure était ornée de pierres précieuses et dans lequel il avait trouvé des informations sur Stonehenge et les alignements stellaires, n'avait apparemment rien à voir avec le gros ouvrage trouvé au temple. Il contenait peut-être quelques renseignements utiles, mais Aidan n'avait pas réussi à mettre le doigt dessus. Ces pages soulevaient plus de problèmes qu'elles n'en résolvaient, comme un puzzle de plus en plus compliqué.

Sans en avoir conscience, il posa son index sur la partie du texte qu'il avait traduite.

Prends garde à la Clé qui ouvre la Serrure et révèle la Vérité.

Il reçut chacun de ces mots comme un coup de poing en plein ventre.

Pétrifié, il respira lentement entre ses dents serrées.

La Clé ne livrait pas le Crépuscule aux Cauchemars, elle pouvait révéler un secret que les Anciens voulaient garder pour eux. Voilà pourquoi ils la traquaient. Voilà pourquoi ils voulaient la détruire.

Mais pourquoi devait-il s'agir d'une Rêveuse ? Et pourquoi ses capacités étaient-elles si importantes aux yeux des Anciens ?

Quant au pendentif que Sheron lui avait offert tant d'années auparavant...

Il frissonna et ferma les yeux. Là, dans le texte ancestral, il avait découvert un dessin représentant cette pierre. Et il avait compris qu'il portait une relique du vieux monde, un élément de la prophétie dont les Anciens n'avaient jamais fait part à personne. Une pierre qui protégerait Lyssa, et dont la luminosité recrudescente au contact de sa peau décuplerait ses pouvoirs dans le Crépuscule. La Rêveuse n'en avait pas eu besoin pour créer son redoutable portail, mais avec elle, elle parviendrait à maintenir à distance sans effort à la fois les Gardiens et les Cauchemars. Elle serait enfin en sécurité dans ses rêves.

Arrivé au passage concernant le pendentif, il s'était demandé pourquoi on lui avait confié cet objet redoutable, à lui qui rencontrait toutes les nuits des Rêveuses, autrement dit des Clés potentielles... Pourquoi la pierre n'était-elle pas enfermée à double tour dans un coffre ?

Il avait poursuivi sa lecture.

La Clé. La Serrure. Le Gardien.

À en juger par la réaction de la pierre – la serrure –, Lyssa était la Clé. Et le Gardien ? Il devait s'agir de lui. Et qu'était censée produire la réunion des trois ?

La fin de l'Univers tel que nous le connaissons.

Ensuite, sa traduction devenait fragmentaire. Les pages grouillaient de termes qu'il ne connaissait pas. En revanche, d'autres étaient très clairs : « Rupture », « Anéantissement »... Ça s'annonçait mal, et c'était peu de le dire.

C'est pour cela, pour trouver les réponses qui lui

manquaient encore et pour s'éloigner de Lyssa qu'il devait retourner dans le Crépuscule.

En cherchant à en savoir plus sur la création de la fissure, il s'était engagé sur une mauvaise piste. Ce qu'il devait découvrir, c'est pourquoi les Anciens redoutaient tant cette femme qui avait le pouvoir de voir dans le Crépuscule et de contrôler ses rêves. En quoi était-elle plus dangereuse qu'un Gardien trop curieux comme lui ? Et cette pierre... De quoi s'agissait-il au juste ? Quelle était sa fonction ? Pourquoi la lui avait-on confiée ?

En somme, qu'est-ce que ça voulait dire, tout ça ? Les Anciens étaient-ils bienveillants ou hostiles ? S'ils défendaient une cause honorable, pourquoi ne pas y rallier les Gardiens ? Tous les mensonges dont ils l'avaient abreuvé lui revinrent alors en mémoire. Ils lui avaient affirmé que se rendre dans le monde des hommes était un voyage sans retour ; or certains passages de sa traduction l'incitaient à penser le contraire. Pourquoi cacher aux Gardiens qu'ils pouvaient circuler librement entre les deux dimensions ? Et ce n'était que l'une des mille questions que soulevaient les deux volumes.

Mais si jamais Aidan se trompait, si jamais il était réellement impossible de revenir de la Terre, il se réveillerait dans le monde de Lyssa. À cette pensée, il serra les poings. Sa présence mettait la jeune femme en danger. Il devait trouver un moyen de s'en aller. N'importe lequel.

À l'étage, l'eau arrêta de couler. Il se lava en hâte dans la salle d'eau du bas, puis entra dans la cuisine. Son départ approchait.

*
* *

En entendant le signal convenu – les trilles d'un rossignol –, Connor comprit qu'il avait le champ libre. Dans une situation comme celle-ci, il fallait renoncer aux moyens habituels de communication à distance car leurs conversations seraient immanquablement enregistrées et utilisées contre eux plus tard. Cette mission devait donc se dérouler sans dispositifs techniques sophistiqués. Ça tombait bien, il adorait ça.

Philippe avait neutralisé le garde à l'entrée en lui tirant une fléchette tranquillisante dans le cou qu'il avait récupérée ensuite pour ne laisser aucune trace derrière lui. Quand le garde se réveillerait, il aurait la vague impression de s'être assoupi, probablement parce qu'il s'ennuyait à mourir. Connor procéderait de même avec la sentinelle de faction dans la salle de contrôle. En prenant toutes ces précautions, les deux Gardiens espéraient que personne ne les verrait ni ne se souviendrait d'eux. S'ils parvenaient à mettre la main sur quelques informations utiles sans se faire repérer, leur mission serait une vraie réussite.

Tous ses sens en alerte, Connor s'enfonça dans le Temple en se glissant d'une ombre à l'autre tout en prenant soin d'éviter les caméras. Il parvint jusqu'au couloir central qui s'éloignait du *haiden*. À sa gauche, un autre couloir desservait les appartements des Anciens, et à droite, un troisième donnait accès à une cour isolée réservée à la méditation.

Jusque-là, tout se passait bien.

Soudain, il sentit le sol vibrer sous ses pieds. Le

dallage de pierre chatoya, puis devint de plus en plus translucide. Pendant un court instant, le géant crut même que le sol s'était dérobé sous ses pieds et qu'il allait tomber dans un océan d'étoiles. Instinctivement, il tendit la main vers le mur pour se retenir, puis l'espace qu'il venait d'apercevoir sous ses pieds se fondit en un tourbillon de couleurs.

— Putain… souffla-t-il.

Fasciné par le kaléidoscope qui se déployait sous lui, il se demanda si ce qu'il contemplait était réel ou bien s'il s'agissait d'une sorte de projection virtuelle.

Mais le temps pressait. Connor reprit sa progression en luttant contre le vertige. Chaque fois qu'il posait le pied par terre, des ondes de couleur se déployaient sous sa semelle ; un peu comme s'il marchait dans une mare d'eau irisée. Il repéra devant lui l'entrée voûtée d'une salle et se plaqua contre le mur pour jeter un coup d'œil à l'intérieur. Il vit un Ancien penché au-dessus des lumières d'une console.

Il dégaina le poignard fixé à sa cuisse et orienta sa lame de manière à ce que l'Ancien absorbé par sa tâche s'y reflète. Il n'aurait droit qu'à un seul essai. S'il le ratait, il pouvait dire adieu à sa carrière et bonjour à de sévères sanctions disciplinaires.

Il sortit sa sarbacane et attendit, les tempes ruisselantes de sueur. Quand l'Ancien se retourna pour aller prendre un livre dans la bibliothèque, Connor bondit sur le seuil, visa sa victime et lui décocha une minuscule fléchette qui fila à la vitesse de l'éclair. Toute l'opération n'avait pris qu'une fraction de seconde.

De nouveau caché dans l'embrasure de la porte, l'oreille aux aguets, Connor attendit en contemplant le sol tourbillonnant que l'Ancien perde connaissance et s'écroule.

Dès qu'il entendit le bruit sourd de sa chute, il siffla, signalant à Philippe qu'il devait déclencher le compte à rebours. Le tranquillisant ne ferait pas effet très longtemps.

— Dis-moi tous tes secrets, murmura-t-il en posant sa dague sur la console, à portée de main.

Devant lui se déployait un panneau de contrôle semi-circulaire couvert de boutons lumineux et surmonté par une rangée de petits écrans vidéo montrant différents Gardiens en mission. Connor fixa les écrans, consterné.

Les Gardiens pensaient que les moments qu'ils passaient dans l'inconscient des Rêveuses relevaient de la vie privée. Visiblement, ils se trompaient.

Donc, les Anciens savaient depuis le début que Cross se posait des questions sur sa Rêveuse. Et depuis le début, ils observaient l'affection croissante qu'il éprouvait pour elle. Ils avaient peut-être même cherché à renforcer ce lien en chargeant Cross d'une deuxième mission auprès d'elle. Autrement dit, leur relation n'avait pu progresser que parce que les Anciens le voulaient bien.

À la fois intrigué et horrifié, Connor se mit au travail, ses doigts agiles volant sur le clavier. Il espérait trouver dans les archives de quoi confirmer ou infirmer ces suppositions. Il jeta un coup d'œil vers l'entrée de la salle. Depuis qu'il ne le foulait plus, le sol du couloir avait repris son aspect normal. Une bizarrerie de plus dans un monde qu'il croyait comprendre, mais dont il constatait qu'il ne savait presque rien.

Et lui qui, pendant toutes ces années, avait raillé Aidan et sa curiosité dévorante... Il sentit une grande amertume l'envahir. Jusqu'à présent, les seules choses qui l'intéressaient, c'était le sexe et la bagarre. Tout cela lui semblait inepte, désormais. Finalement, la vie était plus compliquée que la simple quête d'une prophétie vieille de plusieurs siècles.

Qui sont les Anciens ? Qui les a mis à notre tête ? Pourquoi leur apparence change-t-elle aussi radicalement ? D'où tiennent-ils leurs connaissances sur la Clé ? Pourquoi arrêtons-nous de vieillir en pleine force de l'âge ? Tu ne te poses jamais la question, Connor ?

Toi, tu t'en poses trop, Cross.

Quel imbécile ! Lui qui ne partait jamais en mission sans en comprendre toutes les facettes, il avait en fait toujours vécu dans une ignorance crasse. Les quelques dernières minutes venaient de le lui prouver.

— Il est temps que ça change

Il se redressa, les épaules bien droites. Il savait qu'il vivait un de ces moments charnières où l'existence prend un tournant décisif.

Et puis soudain, quelqu'un cria son nom. Pétrifié, il tendit l'oreille pour localiser la provenance du cri. On l'appela encore une fois, et ses yeux écarquillés se posèrent sur la rangée d'écrans. Cross !

Sur le premier d'entre eux, à droite, il aperçut le rêve d'Aidan... et Aidan en personne.

*
* *

Tout en appliquant une crème sur son visage, Lyssa réfléchissait à la situation. Elle devait absolument trouver un moyen de donner un coup de main à Aidan. L'aider à traduire ses vieux livres, elle y avait déjà renoncé, ils étaient rédigés dans une langue qu'elle ne comprenait pas. En revanche, les nouveaux, ceux qu'il avait achetés la veille, parlaient tous de Stonehenge. Et elle avait bien l'intention de découvrir pourquoi cet endroit l'intéressait tant.

En tout cas, il était hors de question qu'elle le laisse sortir de sa vie sans rien faire. Et encore moins après ce qu'ils avaient partagé le matin même. Son guerrier immortel n'avait jamais eu besoin d'une femme et n'en avait jamais aimé aucune... jusqu'à leur rencontre. À présent, il rêvait d'elle, et ce cadeau-là, elle n'y renoncerait pas sans se battre.

Elle s'arrêta sur le seuil de la salle de bains : affalé sur le lit, Aidan dormait à poings fermés. Émue aux larmes, elle ne put s'empêcher de sourire.

— Mon pauvre chéri. Même les amants de rêve doivent parfois se reposer.

Elle traversa le tapis beige à pas de loup, retenant contre ses seins la serviette dont elle s'était enveloppée. Penchée au-dessus du lit, elle ramassa l'ample pantalon noir et la veste d'Aidan. À la différence des vêtements achetés la veille, ceux-ci lui allaient parfaitement, le moulant comme une seconde peau jusqu'aux hanches, et s'évasant en dessous pour lui laisser une grande aisance dans ses mouvements. En examinant ce tissu inconnu ne présentant pas la moindre couture, Lyssa se rappela soudain que son homme venait d'un autre monde.

La gorge serrée, elle s'efforça de mémoriser le visage qu'elle aimait tant, avec ses traits anguleux adoucis par le sommeil. Mis à part les fils d'argent soulignant ses tempes, Aidan ne paraissait pas plus vieux qu'elle. Trente ans, tout au plus.

— Tu es magnifique, souffla-t-elle, subjuguée par ses bras nus et sa gorge hâlée.

Elle se pencha vers lui et ajouta, ses lèvres frôlant celles du guerrier :

— Je t'aime.

Il dormait profondément.

Ayant très envie d'un café, elle enfila une petite robe fleurie aux coloris pastel et s'élança dans l'escalier. Une voix familière s'éleva vers elle depuis la porte d'entrée ouverte :

— Lyssa ?

La jeune femme descendit les dernières marches quatre à quatre et étreignit vigoureusement l'intruse.

— Maman !

— Bon sang, mais qu'est-ce qui s'est passé, ici ?

Du bout de sa sandale à talon, sa mère tapota les restes fendillés et couverts de poussière d'un carreau de marbre.

— J'ai laissé tomber quelque chose.

— Une massue ?

Lyssa éclata de rire.

— Je rêve ! Ma fille rigole ! s'exclama Cathy.

Elle se redressa, les yeux plissés, et poussa un petit sifflement.

— Et regarde-toi ! Je ne sais pas qui est ton copain, mais il n'a pas perdu de temps, on dirait. Vous êtes directement passés à l'étape lune de miel, hein ?

— Maman !

Faussement indignée, Lyssa partit se servir un café dans la cuisine et découvrit, préparée à son intention, une assiette de biscuits tartinés au beurre de cacahuète et couronnés de grains de raisin qui l'attendait sur le plan de travail.

— Tiens, qu'est-ce que c'est que ça ? lui demanda sa mère qui l'avait suivie.

Ses grands yeux curieux contrastaient avec son maintien distingué. Elle portait une jupe vaporeuse multicolore et un haut bleu ciel. Comme toujours, elle était splendide. Chaque fois qu'elle agitait les mains, de fins bracelets d'or tintinnabulaient joyeusement à ses poignets.

— C'est le petit déjeuner.

— Tu fais du baby-sitting ? Justin est là ?

— Non, c'est pour moi.

Elle entama un biscuit et réalisa qu'elle n'avait jamais rien mangé d'aussi exquis. Tartiné par des mains aimantes, il lui rappelait un souvenir torride : leur petite collation de la nuit précédente.

Cathy plissa le nez :

— Bon alors, il est où ?

— Qui ça ?

Lyssa se versa une tasse de café, y ajouta de la crème et des sucrettes et engloutit le tout pour faire descendre le beurre de cacahuète qui collait à ses dents.

— Pas de ça avec moi, Lyssa. Je veux faire sa connaissance. Ça fait des années que je ne t'ai pas vue aussi rayonnante.

La jeune femme préleva un autre biscuit dans l'assiette et contourna le comptoir pour se hisser sur son tabouret préféré. Sa mère la suivit du regard, un pli soucieux sur le front.

— C'est un prof ?

Elle s'approcha de la table couverte de livres.

— Ou un étudiant ?

— Quelque chose comme ça.

— Pourquoi tout ce mystère ? Je n'aime pas ça.

Lyssa se raidit soudain : comment expliquer à sa mère la présence du petit volume serti de joyaux ? Mais à son grand soulagement, elle constata qu'il était bien caché sous un tas de papiers.

— Tu es trop curieuse, maman.

— Tiens, Stonehenge ! J'ai toujours rêvé d'y aller.

— Pas moi.

En tout cas, pas si cela impliquait le départ définitif d'Aidan. Elle avait encore tant de choses à découvrir à son sujet… et tant d'autres à lui montrer, à partager avec lui… Aidan savait déjà tout sur elle, car il avait pu explorer ses pensées quand ils s'étaient rencontrés dans le Crépuscule. Elle espérait avoir le temps d'en apprendre autant sur son bel amant.

— Il est allé faire des courses ? demanda Cathy en balayant la pièce du regard. Peut-être que quand il a vu ce que tu considères comme un petit déjeuner, il s'est senti obligé d'aller acheter de la vraie nourriture. Franchement, Lyssa… C'est pas comme ça qu'on nourrit un homme.

— Il est en haut. Il dort.

— C'est vrai ?

Elle en avait trop dit. Cathy se rua dans l'escalier sans attendre la réaction de sa fille, qui lui emboîta le pas en râlant :

— Tu vas trop loin, maman !

— Allez, un petit coup d'œil… Je ne le réveillerai pas, promis !

Cathy s'immobilisa sur le seuil de la chambre, le

souffle coupé. Quelques longues secondes s'écoulèrent, puis elle chuchota :

— Oh ! bon sang… Il existe vraiment, ce type ?

— Non, c'est une poupée gonflable. Le dernier modèle.

Sa mère lui jeta un regard noir par-dessus son épaule.

— C'est malin ! Où tu l'as trouvé ? Il y en a d'autres, des comme lui ?

— Je te rappelle que c'est lui qui m'a trouvée.

Merci, mon Dieu, il m'a trouvée…

Lyssa se mit sur la pointe des pieds pour le contempler elle aussi. Y avait-il quelque chose de plus érotique au monde qu'Aidan Cross dormant dans votre lit ?

La mère et la fille se turent, subjuguées par ce parangon de virilité si vulnérable à cet instant. Dans la chambre, on n'entendait que le doux bruit de sa respiration. Cathy mit un pied dans la pièce… et Chamallow redevint le chat possessif qu'il était d'habitude. Il feula si soudainement que Cathy hurla, effrayant sa fille qui poussa elle-même un cri de surprise.

Aidan ne tressaillit même pas.

Et pourtant, le hurlement de Cathy aurait pu réveiller un mort. Celui de Lyssa n'était pas mal non plus dans le genre. Déjà surmené par trop d'émotions, le cœur de la jeune femme faillit s'arrêter de battre. Il se passait quelque chose d'anormal.

— Maman, tu dois t'en aller.

— Hein ? Pourquoi ?

— Mec sexy. Dans mon lit. À ton avis ?

Un mec sexy qui ne bougeait plus et ne réagissait à aucun stimulus externe…

— Je serais curieuse de savoir comment tu vas t'y prendre pour le réveiller alors que nos cris stridents n'ont pas eu le moindre effet sur lui. Tu l'as lessivé, ce pauvre homme.

Se tournant vers l'escalier, la main encore pressée contre sa poitrine, Cathy ajouta :

— Ce chat est démoniaque. Tu ne retiendras jamais aucun homme avec cette bestiole dans les pattes.

— Ne t'inquiète pas pour ça.

Lyssa escorta sa mère jusqu'au rez-de-chaussée et la serra très fort dans ses bras, respirant ce parfum Chanel qu'elle connaissait si bien. Au cas où elle ne pourrait plus le dire, elle chuchota :

— Je t'aime, maman. Énormément.

— Je sais, mon bébé, murmura Cathy en lui caressant les cheveux.

Lyssa faillit fondre en larmes.

— Et j'espère bien voir ton monsieur Rêve réveillé la prochaine fois.

— Je vais tout faire pour, ça je te le promets.

*
* *

— Connor ! Où t'es, bordel ?

Comme n'importe quel Rêveur, Aidan était parfaitement lucide. À la différence près que son faisceau semblait altéré, ce qui donnait l'impression de contempler le rêve du guerrier à travers une vitre sale. Connor passa un temps précieux à tenter – en vain – d'établir la connexion avec son meilleur ami depuis le panneau de contrôle. Découragé, il finit par effacer toutes les séquences vidéo des dernières minutes dans le Temple et alla retrouver Philippe à l'extérieur.

— Cross est revenu dans le Crépuscule par l'intermédiaire de ses rêves.

Philippe fronça les sourcils.

— Allez le rejoindre, acquiesça-t-il. Je retourne fouiner dans la salle de contrôle.

— Pas question. C'est trop dangereux. Tu n'auras personne pour couvrir tes arrières.

— Rien à foutre, répliqua sèchement Philippe. On a pris de gros risques, faut que ça serve à quelque chose. Les chances qu'une opportunité comme celle-là se représente sont quasi nulles, vous le savez aussi bien que moi.

— Alors on trouvera autre chose. Tu ne peux pas faire ça tout seul.

— Vous perdez votre temps. Et votre salive.

Connor poussa un juron. Il n'avait pas le choix, il devait rejoindre Aidan au plus vite. Et puis de toute façon, dès qu'il aurait le dos tourné, le lieutenant n'en ferait qu'à sa tête.

— Si tu te fais prendre, je te botte le cul, grommela-t-il.

— Marché conclu. Partez maintenant.

Connor contourna le bâtiment. Une fois sur le plateau herbeux bordant l'arrière du Temple, il s'éleva d'un bond dans le ciel. Il survola la maison d'Aidan, puis une très haute montagne. À ses pieds s'étirait la vallée des Rêves. De grands faisceaux dorés partaient du sol et transperçaient la brume avant de se perdre dans le ciel, flots mouvants de pensées inconscientes qui se succédaient à perte de vue. Des ombres menaçantes, des traînées de fumée noire trahissaient la présence des Cauchemars qui avaient réussi à s'infiltrer dans la vallée malgré les efforts des Gardiens. Ce champ de bataille n'égalait pas l'enfer de la Frontière, mais l'enjeu du combat restait considérable.

Filant à la vitesse de l'éclair, Connor longea la vallée en rase-mottes. Tout au fond, après une petite élévation, il plongea vers une étendue d'affleurements rocheux où se dressait le faisceau de lumière bleu pâle représentant l'inconscient d'Aidan.

Par un curieux hasard, Connor connaissait déjà cet endroit. Un jour, alors qu'il rentrait d'une mission, une faible lueur bleue reflétée sur une paroi rocheuse presque lisse avait attiré son attention. Après avoir mené quelques recherches, il avait localisé le faisceau d'Aidan et s'était connecté à son inconscient juste assez pour savoir que son ami avait survécu à son intrusion chez les mortels et découvrir dans l'esprit d'Aidan l'empreinte de la salle de contrôle des Anciens.

À nouveau, Connor entra dans le faisceau bleu et s'introduisit dans le rêve d'Aidan. Comme décor, le guerrier avait reproduit sa maison et les deux amis s'installèrent sous la galerie, un lieu qui leur était agréable à tous les deux.

— Tu tombes toujours au mauvais moment, Cross, maugréa Connor en s'approchant de son ami.

Aidan se massa la nuque.

— Je me doutais que quelque chose n'allait pas, mais la réalité est pire que ce que j'avais imaginé.

Une marche craqua, attirant leur attention : un Ancien semblait vouloir se joindre à eux. Ses traits étaient noyés dans l'ombre de son grand capuchon, mais dès qu'il vit Aidan se raidir, Connor comprit que quelque chose ne tournait pas rond. Il le comprit trop tard, hélas.

Le capuchon glissa vers l'arrière et un flot de Cauchemars déferla des profondeurs de la robe.

Chapitre 15

Dès que Connor vit Aidan dégainer son glaive, il tira son poignard de l'étui fixé sur sa cuisse et se jeta dans la bataille.

Les muscles gonflés par une fureur qui lui commandait de mettre l'ennemi en pièces, il s'appropria le combat de toutes ses forces et injuria à gorge déployée les Cauchemars grouillant autour de lui.

Son hurlement enfla, puis se répandit comme une onde de choc autour de lui. C'était un cri terrifiant, débordant de rage et de frustration. Les Cauchemars s'éloignèrent du guerrier en se tordant de douleur, certains tellement épouvantés qu'ils se dissipèrent en bouffées de cendres pestilentielles. Leurs cris de bébé provoquèrent le courroux d'Aidan, soudain pris d'une telle frénésie que Connor se figea en plein mouvement pour l'observer avec admiration. Aidan Cross n'avait pas volé sa réputation de meilleur guerrier de l'Élite ; dès qu'il maniait un glaive, il se transformait en un tueur de la plus belle espèce.

Les Cauchemars reculèrent en tourbillonnant insidieusement autour d'eux. Gonflé à bloc, débordant d'agressivité, Connor se jeta sur les formes indistinctes, son épée lui taillant la route. À son côté, Aidan combattait avec une ardeur que Connor ne lui avait pas vue depuis des années.

Absorbé par le spectacle de son capitaine aux prises avec les Cauchemars, il s'aperçut trop tard de l'arrivée d'un troisième parti : des centaines d'Anciens venaient de surgir de nulle part, armes étincelantes au poing. Bientôt, toute la prairie disparut sous une mer de silhouettes en robe grise et de Cauchemars déchaînés, qui se répandirent comme une tache d'encre le long de la galerie et derrière la maison.

Connor ne comprenait rien à ce qui se déroulait sous ses yeux, mais pour l'instant, il s'en moquait. Sa seule préoccupation, c'étaient les Cauchemars qu'il avait bien l'intention de trucider jusqu'au dernier. Avec l'aide des Anciens, cet objectif devenait réalisable.

Dans toute bataille, il arrive toujours un moment où l'équilibre des forces bascule. Tous les guerriers, quels qu'ils soient, le savent d'instinct et le ressentent dans leurs tripes. Ils l'expriment par une poussée d'adrénaline, un sursaut de puissance ou un rugissement de triomphe.

C'est lorsque les deux amis se trouvèrent dans cet état d'exaltation que les Anciens passèrent à l'action. Comme un seul homme, ils grimpèrent en haut des marches, submergèrent Aidan de leurs bras avides et l'entraînèrent avec eux. Le capitaine luttait comme un possédé, mais il ne pouvait venir à bout d'un tel nombre d'assaillants. Inquiet pour son ami, Connor beugla de frustration. Mais, entouré des derniers Cauchemars, il ne pouvait rien faire. Il ne pouvait pas leur tourner le dos, porter secours à son ami lui était donc impossible.

Il ne pouvait qu'accélérer la cadence en se jurant de se venger.

*

* *

Lyssa fixa le livre et le petit billet posé dessus.
Je t'aime.
Elle n'avait jamais vu l'écriture d'Aidan, mais elle ne doutait pas que ces lettres arrogantes jetées avec fougue sur le papier lui appartenaient. Belles et hardies comme lui, et en même temps sévères, anguleuses…

En larmes, elle suivit du doigt les phrases qu'il avait tracées. Dans ce billet, il lui expliquait que s'il restait avec elle, il la mettrait en danger. Il avait donc décidé de se sacrifier par amour pour elle.

— Aidan…

Elle essuya ses larmes, puis serra le pendentif dans son poing.

— Je ne te laisserai pas te débrouiller seul, et il est hors de question que je te laisse partir sans combattre.

Épuisée, elle se leva de table et monta se coucher. Avec un peu de chance, elle parviendrait à dériver dans le Crépuscule. Elle voulait sauver l'homme qu'elle aimait. Même si elle n'avait aucune idée du moyen d'y parvenir et ignorait ce qu'elle pourrait faire pour l'aider. Elle avait passé presque toute sa vie à se cacher des Anciens et des Cauchemars mais elle n'avait plus le choix, désormais, elle allait devoir les affronter. Elle ne pouvait rester sans rien faire et laisser Aidan comme ça, suspendu entre deux dimensions – son corps dans l'une d'elles, son esprit dans l'autre. Jusqu'à présent, elle avait fait confiance à son instinct et ça avait payé. Pourquoi arrêter de l'écouter maintenant ?

Elle grimpa sur son matelas et alla se lover contre Aidan, glissant ses jambes entre les siennes et passant un bras autour de sa taille. Il respirait normalement, calmement, mais son cœur battait de façon complètement erratique. Elle enfouit son visage dans le cou du guerrier et respira son odeur. Ce parfum, celui de ses caresses et de sa tendresse, la revigora.

Il avait traversé cette maudite fissure galactique pour elle, le moment était venu de faire la même chose pour lui.

Elle se réveilla sur une couverture posée à même le sable. Une plage… Il ne lui fallut qu'un instant pour trouver ses repères dans ce nouvel environnement, mais les souvenirs qui lui revinrent lui firent l'effet d'un seau d'eau glacée sur la tête. Elle se leva d'un bond et s'épousseta machinalement pour faire tomber le sable de ses nouveaux vêtements. Elle les palpa avec précaution. Veste noire, pantalon ample, c'était une version féminine et miniature de la tenue de combat d'Aidan.

— Elles déchirent, ces fringues, murmura-t-elle fièrement. Ça va chauffer.

Armée des souvenirs tout frais des moments qu'elle avait passés avec Aidan dans son monde, elle sentit croître sa résolution : elle allait sauver son homme. Chaque fois qu'elle pensait à ses yeux bleus remplis de chagrin et de désespoir, elle avait mal.

Je suis heureux d'être ici avec toi, lui avait-il dit le jour où il avait sonné à sa porte. Subjuguée par ce sourire débordant de joie, Lyssa avait senti son cœur s'arrêter de battre. Et elle avait écrabouillé sa méfiance comme un cafard contrariant.

— J'arrive, mon amour, murmura-t-elle en se dirigeant vers l'énorme portail de métal qui se dressait juste au-delà du cercle de lumière créé par son rêve ensoleillé.

Elle prit son courage à deux mains, agrippa la poignée, ouvrit le portail et... se retrouva face à deux yeux d'un gris renversant. Des yeux dont l'éclat presque métallique offrait un contraste saisissant avec la peau hâlée et la mâchoire carrée de leur propriétaire. Noués à la nuque par une bande de tissu noir, ses cheveux aile de corbeau tombaient bien au-dessous de ses omoplates.

Elle le regarda bouche bée.

— Votre retour hâtif me laisse espérer que les sentiments que le capitaine Cross vous porte sont réciproques, lui dit l'inconnu.

Elle referma la bouche, puis répliqua :

— Qui êtes-vous ? Et où est-il ? Il va bien ? Il est blessé ?

Il s'inclina devant elle en souriant.

— Lieutenant Wager, à votre service. J'ai été chargé de vous ramener au plus vite auprès du capitaine Cross. Ne vous inquiétez pas.

Elle se pencha un peu pour voir ce qui se cachait derrière sa haute silhouette et découvrit une vingtaine d'hommes derrière lui, tous plus beaux les uns que les autres. Elle poussa un petit sifflement.

— Eh bien, on dirait que je sais rêver...

— Cross ne s'est pas trop mal débrouillé, lui non plus, répliqua l'homme. De quelle couleur sont mes yeux ?

— Gris.

— Et mes cheveux ?

— Noirs.

— C'est donc vrai, murmura-t-il en la détaillant des pieds à la tête d'un regard amusé. Jolie tenue, au fait. Rien n'y manque, pas même le pendentif.

Lyssa remarqua alors qu'elle portait les mêmes vêtements que les hommes qui lui faisaient face, sauf que la leur était grise. Il s'agissait d'un uniforme ! Et comme tous la regardaient avec un grand sourire, elle en déduisit qu'elle portait les attributs du capitaine.

— Oups, grimaça-t-elle. Ce pendentif, on me l'a offert. Le reste, c'est une erreur. Je vais me changer.

— Non, pas la peine, répondit précipitamment Wager en posant la main sur son bras. Vous êtes parfaite ainsi, et l'élément de surprise est un excellent atout.

Elle soupira.

— Oui, mais c'est le seul que j'ai.

Comme il haussait l'un de ses sourcils, elle ajouta :

— Je suis vétérinaire. Si vous avez un animal malade, vous ne trouverez pas mieux que moi pour le soigner. Mais si c'est Wonder Woman que vous voulez, c'est raté.

Le sourire de l'homme aux yeux gris s'élargit.

— Ça dépend. Voyons si vous êtes capable de sortir du faisceau à votre gré…

— Hein ?

Il lui fit signe de le précéder, et les autres guerriers s'écartèrent de leur chemin.

— D'après la prophétie, vous êtes la Clé, et nous sommes censés vous craindre comme la peste. Mais je ne vois pas comment vous pourriez nous mettre en danger si vous n'êtes pas capable de sortir de votre propre inconscient.

Elle s'arrêta.

— Qu'est-ce qui va se passer si je ne peux pas en sortir ?

— Rien.

— D'accord.

Lyssa lui prit la main et la serra. Stupéfait, le guerrier la regarda avec des yeux ronds.

— Comment vous appelez-vous ? lui demanda-t-elle. Votre prénom…

— Philippe.

— Philippe, si je n'arrive pas à vous aider, promettez-moi de sauver le capitaine Cross, quoi qu'il arrive.

— Quoi qu'il arrive.

Il avait parlé avec une conviction telle qu'elle le crut sans hésiter.

— Bien, alors je suis prête.

À quoi ? Elle ne savait pas vraiment. Mais elle était aussi prête qu'elle pouvait l'être.

Il la poussa gentiment vers un mur qui semblait fait d'une lumière bleue miroitante. De l'autre côté, Lyssa devinait quelques formes indistinctes. Elle avait l'impression de regarder à travers un rideau d'eau électrique.

— Vous voyez ce mur ? lui demanda-t-il.

Elle hocha la tête.

— Il vous suffit de bondir au travers.

— D'accord. C'est parti !

Elle prit une grande inspiration et sauta.

*
* *

Ceux qui mettaient des bâtons dans les roues de Connor Bruce commettaient souvent une erreur fatale : ils le sous-estimaient, à la grande satisfaction du géant.

Ce jour ne faisait pas exception à la règle.

— Nous sommes heureux de te retrouver à nos côtés, déclara un des Anciens au nom de tous les autres.

— Je vous demande pardon pour mon comportement inqualifiable, répliqua Connor en exécutant une courbette censée exprimer ses remords. Je n'aime pas les surprises, et j'aime encore moins qu'on se mette en travers de mon chemin.

— Nous savions que tu ne comprendrais pas tout de suite pourquoi le capitaine Cross devait être placé en détention préventive. Mais nous espérons que tu te souviens que notre but a toujours été de servir et protéger notre peuple.

— Bien sûr, mentit calmement Connor. Personne n'en doute, moi encore moins que les autres.

— Le capitaine Cross, lui, se pose des questions.

Les yeux mi-clos pour leur cacher l'intensité de sa haine, Connor haussa les épaules.

— La Clé l'a corrompu, mais il a toujours fait passer sa mission avant tout le reste. Si on l'éloigne de cette femme, il retrouvera ses esprits. C'est le seul homme que je connaisse qui ait vécu si longtemps sans s'engager dans une seule relation sentimentale. Le premier amour chamboule n'importe qui, mais ça ne dure jamais. Vous le savez tous, j'imagine.

— Bien sûr, et nous sommes d'accord avec toi. Le capitaine restera à l'isolement pendant un temps, puis il sera lentement réintégré dans la communauté.

— Si vous avez besoin d'aide au moment de sa réinsertion comptez sur moi.

— Excellent. Ta coopération est grandement appréciée. Rompez, capitaine Bruce.

Connor balaya du regard la mer de visages noyés dans l'ombre qui s'étalait devant lui. Il s'inclina une dernière fois puis tourna les talons et sortit dans la cour où des Gardiens, inconscients de ce qui se tramait, se croisaient sans savoir qu'ils vivaient dans un océan de mensonges.

Le ciel était noir, et la journée terminée depuis longtemps. Une brise fraîche portant l'odeur parfumée des fleurs s'ouvrant la nuit lui caressait la peau. Au loin, on entendait vaguement rugir les cascades.

Sa patrie.

Comme Aidan, il était né ici et n'avait aucun souvenir du monde que les Gardiens avaient abandonné des siècles plus tôt. Mais qu'est-ce qui faisait une patrie ? Était-ce un simple lieu ? Ou bien les gens qui vous aimaient ?

Se sachant surveillé, il fonça droit dans la vallée des Rêves. Depuis qu'il servait dans l'Élite, il avait appris à ronger son frein. Il prendrait donc tout le temps nécessaire pour s'éclaircir les idées avant de réfléchir aux endroits où les Anciens avaient pu mettre Aidan « à l'isolement ».

Comme il fonçait au ras du sol, il ne put s'arrêter à temps pour éviter la petite blonde agile qui surgit d'un faisceau juste devant lui.

Quand il la heurta de plein fouet, elle poussa un

hurlement qui lui vrilla les tympans. Il la plaqua contre lui avant de toucher le sol, puis se propulsa d'un coup de pied vers le ciel pour éviter de l'écraser en retombant sur elle.

— Mais qu'est-ce que vous… aah ! cria-t-elle en lui balançant un coup de poing au menton.

— Putain ! Ça fait mal !

— Lâchez-moi !

La petite tigresse se débattait dans ses bras comme un chaton en colère ; elle griffait, cognait, crachait.

— Mais arrête ! lui ordonna-t-il de son ton le plus impérieux.

— Je suis la Clé ! hurla-t-elle, pas du tout impressionnée, ses grands yeux sombres lui décochant un regard furibond. Je… Je… Je vais vous jeter un sort !

Connor remarqua les vêtements qu'elle portait à l'instant exact où elle prononçait le mot *clé*. Un grand sourire lui monta aux lèvres, un sourire qui ne s'effaça même pas quand elle lui asséna dans les dents un crochet du droit tout à fait acceptable.

Il la secoua un peu, puis ralentit et s'arrêta en plein vol.

— Arrête, je te dis ! Je suis Connor, le meilleur ami d'Aidan.

Elle se figea, stupéfaite. Il en profita pour l'examiner en détail à la lueur simulée des étoiles. Elle était belle, mince mais tout en courbes, avec des boucles dorées qui tombaient en cascade sur ses épaules, des lèvres pleines et rouges, et de grands yeux en amande conférant un petit côté exotique à son allure plutôt classique.

— Mince, désolée, marmonna-t-elle, confuse.

Il comprit immédiatement pourquoi Aidan l'avait trouvée si intéressante.

— Me jeter un sort, hein ? lui demanda-t-il, goguenard.

Elle fronça les sourcils, ce qui ne gâcha en rien son extraordinaire beauté.

Un rire leur parvint aux oreilles, de plus en plus sonore : c'était celui de Philippe qui surgit sous leurs pieds et monta jusqu'à eux.

— Je crois que si elle l'avait voulu, elle vous aurait botté le cul, Bruce.

— Seulement parce que je ne frappe pas les filles, répliqua Connor.

— Ben voyons, ricana Philippe en lançant un clin d'œil à la dame d'Aidan. Vous n'en auriez fait qu'une bouchée, Lyssa.

Malgré le déchaînement de violence dont elle venait de se rendre coupable, Connor dut admettre qu'il avait du mal à voir en elle la destructrice de toute chose. Elle était bien trop petite et un peu trop fine. Et son regard était bien trop franc, bien trop innocent...

Elle baissa soudain les yeux vers le sol, un kilomètre plus bas, et s'agrippa au géant comme du lierre sur une façade.

— Oh ! bon sang, faites-moi descendre !

Interloqué, Connor retourna lentement dans la vallée. Lyssa était douce et chaude contre lui. Il retint son souffle, une part de lui souhaitant qu'Aidan soit toujours un célibataire endurci. Mais d'un autre côté, le lieutenant comprenait très bien son ami : cette fille était une vraie beauté, à l'esprit en acier trempé. Il était déjà rare que les Rêveurs prennent conscience qu'ils rêvaient, mais c'était la première fois que Connor voyait l'un d'entre eux sortir du flot de son inconscient pour explorer le Crépuscule.

Dès qu'elle sentit le sol sous ses pieds, Lyssa recula et détailla ce géant blond qui lui avait tant fait peur. Deux choses la frappèrent aussitôt : sa stature – il était immense, plus de deux mètres de haut, et pesait au moins cent kilos – et sa beauté. Encore un type splendide, se dit-elle. Comme tous les autres Gardiens qu'elle avait aperçus jusqu'alors. Et lui aussi, il avait cet accent délicieux.

— Jolie tenue, lui dit-il avec un grand sourire.

— Bon, ça suffit, marmonna-t-elle. Je me change.

— Non, surtout pas ! Je parie que Cross adorerait te voir habillée comme ça.

Au souvenir de son amant, les yeux de la jeune femme étincelèrent, et elle laissa tomber les problèmes triviaux de garde-robe.

— Je veux le voir. Il faut qu'on fasse quelque chose.

— Je suis d'accord, intervint Philippe, dont le beau visage avait retrouvé son sérieux. Nous n'avons pas beaucoup de temps. Les Anciens ont des caméras partout. Ils sauront bientôt que Lyssa est ici.

— Ils l'ont eu, grommela Connor, la mine lugubre. Et je ne sais pas où ils l'ont emmené.

Lyssa faillit fondre en larmes. Quelle idiote elle faisait ! Ici, elle n'avait aucun moyen d'aider son guerrier, en fin de compte. Les hommes d'Aidan étaient bien mieux équipés qu'elle pour sauver leur chef. Au final, elle allait probablement les gêner plus qu'autre chose.

— Moi, je sais, dit Philippe en faisant signe à ses hommes de se mettre au repos. J'ai fait quelques recherches dans la salle de contrôle.

— Oh ! putain… grogna tout bas Connor.

Tous les guerriers se tournèrent vers lui, alarmés par son ton soudain grave.

Lyssa leva la tête et suivit la direction du regard du géant.

À la lueur des faisceaux, ils aperçurent une tache noire parfaitement circulaire qui fonçait droit vers eux. Une tache qui grandissait de seconde en seconde.

— Qu'est-ce que c'est que ça ? demanda Lyssa, épouvantée.

— Des Cauchemars, répondit Philippe en dégainant son glaive. Des Cauchemars par milliers.

Chapitre 16

Horrifiée, Lyssa observa les ombres noires qui grouillaient sous ses yeux. Translucides, presque immatérielles, elles formaient une sorte de brouillard confus d'où s'élevait un bruit étrange, un cri strident qui mit à vif ses nerfs déjà tendus, comme de la craie crissant sur un tableau noir. De temps à autre, des mots se détachaient au hasard de cette cacophonie, trop disparates pour signifier quoi que ce soit.

— Qu'est-ce qu'ils font ? demanda-t-elle, accroupie derrière les jambes des hommes imposants qui avaient formé un cercle autour d'elle pour la protéger.

— Strictement rien, répliqua Connor.

Plusieurs minutes s'écoulèrent en silence, puis Lyssa craqua et leur redemanda :

— Est-ce qu'il se passe quelque chose ?

— Rien du tout, marmonna Philippe. Et c'est bien le problème.

À coups d'épaule, elle se fraya un passage pour assister à la scène. Pour l'instant, elle avait du mal à faire le lien entre les cauchemars-je-me-réveille-en-sueur de son monde et ces insignifiants nuages de fumée.

Le cou tendu vers eux, elle cria :

— Bouh !

Ils refluèrent précipitamment.

— Ben ça… articula Connor en la fixant avec stupéfaction.

— Désolée, grimaça-t-elle.

Puis elle remarqua que tous les hommes la regardaient ainsi, et elle recula au milieu du cercle. Génial. Ils avaient tous assisté à ses gamineries.

— C'est elle qui les attire, déclara Connor d'un ton respectueux. Mais ils ont peur d'elle, aussi. Je n'y croirais pas si je ne le voyais pas moi-même.

— Nous devons absolument découvrir de quoi elle est capable.

Philippe pivota pour inclure la jeune femme dans son champ de vision en même temps que les Cauchemars.

— Je pensais que sa présence effraierait assez les Anciens pour nous donner un léger avantage, ajouta-t-il. Mais je n'aurais jamais cru qu'une chose pareille puisse arriver. En fait, j'avais peur qu'il se passe exactement le contraire.

— T'as appris quelque chose dans la salle de contrôle ? lui demanda Connor.

— On pourrait parler de ça en chemin, non ? intervint Lyssa en tapant impatiemment du pied. Pour l'instant, je me fous de ce que la prophétie dit de moi.

— Mais pour nous, c'est extrêmement important, répliqua Connor, qui l'observait avec attention de son regard bleu scandinave.

Rappelée à l'ordre, elle soupira :

— Oui, je sais. Aidan m'a raconté qu'il a passé des siècles à me chercher et à tenter de comprendre ce que je suis censée accomplir. Je sais ce que cette légende représente pour vous. Si vous m'aidez à sauver Aidan, je vous promets de vous aider à comprendre ce que je suis et ce que je peux faire pour vous.

— Nous avons besoin du capitaine Cross ici, dans notre monde, lui fit remarquer un autre Gardien sans quitter les Cauchemars du regard. Quand il est parmi nous, rien ni personne ne peut nous vaincre. S'il retourne dans votre dimension, il ne nous sert plus à rien.

Un murmure d'approbation se répandit dans le cercle.

— Selon toute vraisemblance, il va rester avec vous, et je l'accepte, leur assura-t-elle en redressant stoïquement le menton.

Elle refusait de pleurer devant les hommes d'Aidan.

— Mais pas ainsi, ajouta-t-elle. Pas écartelé entre votre dimension et la mienne.

— Peut-être que c'est ça, peut-être que ce n'est pas la porte des Cauchemars que tu es censée ouvrir, lui fit remarquer Connor en faisant un pas vers elle, ils ne savent pas quoi faire de toi, les pauvres ; mais peut-être plutôt celle entre ton monde et le nôtre ?

— Pas question, répliqua-t-elle, les bras croisés sur la poitrine. Aidan m'a expliqué que votre force d'élite a justement été créée pour empêcher la propagation des Cauchemars dans mon monde, alors je ne permettrai pas que ça se produise.

— En fait, l'Élite a été créée pour vous tuer, lui dit doucement Philippe.

Elle ne trouva rien à lui répondre.

— En attendant, voyons si ces petites ordures vont nous laisser partir sans combattre, grommela Connor.

Il rengaina son épée, sortit le poignard fixé à sa cuisse et passa son bras musclé autour de la taille de Lyssa. Il décolla en douceur, puis s'éleva lentement, la jeune femme s'accrochant à lui avec l'énergie du désespoir.

Les Cauchemars se tortillèrent frénétiquement en hurlant de plus belle, mais aucun ne fit mine de les attaquer.

Philippe s'éleva lui aussi, ainsi que les hommes qu'il commandait. Ils gardèrent un long moment leur épée à la main, puis le lieutenant leur cria un ordre que Lyssa ne comprit pas, et toutes les armes retournèrent dans leurs fourreaux.

— Juste après les montagnes, il y a un lac, indiqua le lieutenant.

Lyssa sentit Connor hocher la tête dans son dos.

— Je sais où il est. Allons-y.

Tandis qu'ils fonçaient dans le ciel de cette soirée brumeuse, Lyssa étudia le paysage qui s'étirait en contrebas. Cet endroit magnifique, c'était le monde d'Aidan. Il avait passé des siècles à le défendre au péril de sa vie. Ici, il était quasiment immortel et avait le pouvoir de faire apparaître des choses d'une simple pensée. Elle sentit des larmes brûlantes lui monter aux yeux. La Terre n'était pas un endroit pour un homme comme lui, elle le comprenait enfin. Un jour ou l'autre, il trouverait un moyen de revenir ici, et il l'avait prévenue : quand il partirait, ce serait à jamais.

La voix de Connor résonna à ses oreilles :

— Si Cross est détenu sous le lac, nous n'aurons aucun moyen de nous en approcher sans nous faire repérer.

Philippe jeta un regard en coin à Connor.

— Vous y êtes déjà allé ?

— Pas tout à fait, je n'ai pas réussi à émerger dans la caverne. De ce que j'en sais, il n'y a qu'une entrée et aucun moyen de s'y faufiler en douce.

— Merde ! s'exclama Philippe d'un ton si irrité que Lyssa tressaillit.

— Quand vous aurez libéré le capitaine Cross, que va-t-il vous arriver ? lui demanda-t-elle. Les Anciens vont être furieux, non ?

Toute la troupe avait une mine lugubre.

— Nous connaissons les risques, lui répondit Connor au bout d'un moment.

— Est-ce qu'ils vont me tuer ? insista-t-elle pour se préparer mentalement à la confrontation qui l'attendait.

Il pouvait lui arriver n'importe quoi. Elle n'avait de prise sur rien.

— Ça m'étonnerait beaucoup que Cross les laisse faire, répliqua sèchement Connor.

— Et vous ? insista-t-elle. Et le lieutenant ? Vous n'avez aucune raison de me faire confiance. Même moi, je ne me fais pas confiance ! Je ne sais même pas ce que je suis censée faire. Et si je faisais tout exploser rien qu'en éternuant ?

Les bras de Connor se resserrèrent autour d'elle, geste qu'elle apprécia énormément, vu l'altitude à laquelle ils volaient.

— Tu l'aimes, Lyssa ?

— À la folie.

— Et si ton existence met la sienne en péril ?

— Alors vous réglerez le problème.

Elle sentit le guerrier respirer plus vite dans son dos.

— Tu mourrais pour lui ?

— S'il le faut, oui, lui dit-elle avec fougue.

Emportées par la vitesse, ses larmes roulaient sur ses tempes et mouillaient ses cheveux.

— Il a tout risqué pour me rejoindre, Connor. Alors qu'il savait que même s'il arrivait vivant jusqu'à moi, je ne me souviendrais pas de lui. Nous avons passé si peu de temps ensemble, mais ça lui a suffi, il me voulait à ce point.

— Tu ressens la même chose ?

— Oh oui…

Elle voulut tourner la tête vers lui, mais le vent plaqua ses cheveux sur son visage. Elle les repoussa impatiemment, et puis soudain, elle les sentit retenus par un élastique.

— C'est vous qui avez fait ça ? lui demanda-t-elle.

Il secoua la tête.

— Mince alors…

— Ouais, marmonna-t-il, mince alors.

Ils gardèrent le silence pendant quelques instants, puis Connor ajouta :

— Quand on sera au-dessus du lac, on plongera aussitôt. La caverne est assez loin sous la surface, donc on a besoin d'élan pour y arriver. Je te préviendrai avant de me lancer et toi, retiens ta respiration et ne te débats pas. Garde les bras le long du corps et les jambes serrées pour minimiser la résistance de l'eau.

— OK.

— Je n'ai aucune idée de ce qu'on trouvera là-bas ajouta-t-il. La zone sera sans doute bien gardée, et ils savent que nous arrivons.

— Je comprends. J'essaierai de ne pas rester dans vos pattes.

— Parfait. J'aurais préféré ne pas t'emmener, mais

nous sommes actuellement les seules personnes dans le Crépuscule qui ne cherchent pas à te tuer.

Lyssa mordilla sa lèvre tremblante. Tous les habitants de ce monde voulaient sa peau.

Ils survolèrent à toute vitesse une montagne peu élevée et foncèrent vers le lac qui s'étalait de l'autre côté.

— Suivez-moi ! cria-t-il aux autres.

Et puis, beaucoup plus bas, il ajouta :

— Prépare-toi.

Elle prit une grande inspiration, et immédiatement la sentit se coincer dans ses poumons. Ils venaient de plonger tête la première dans une eau glaciale. Elle fit tout son possible pour ne pas gigoter, mais fut très vite étourdie par le froid hallucinant qui lui contractait la poitrine. Comme si elle avait de la neige dans les poumons. Juste au moment où elle sombrait dans l'inconscience, ils émergèrent dans une atmosphère chaude et humide.

Quelqu'un la hissa hors de l'eau et l'allongea sur le côté. Elle cracha, toussa, essuya ses yeux mouillés. Leur arrivée avait déclenché une énorme bagarre. Les Gardiens combattaient à coups de glaive une légion de silhouettes grises brandissant elles aussi des lames redoutables. Cette grotte exiguë grouillante de monde était dominée en son centre par une console d'ordinateur circulaire et un écran lumineux sur lequel des images se succédaient à un rythme rapide. En se tournant un peu, Lyssa aperçut la pièce suivante, un espace rempli de gros faisceaux de lumière comme celui dont elle avait jailli plus tôt : des flots de pensées inconscientes.

Puis elle repéra un couloir à l'autre bout de la

caverne, et cette vue la galvanisa. Elle s'écarta d'un bond de la trajectoire d'un Ancien qui reculait devant une épée d'élite. Esquivant les corps qui chutaient et les coups de glaive vicieux, elle traversa la caverne et s'éclipsa, bien résolue à retrouver Aidan.

Elle remonta au petit trot le couloir creusé dans le roc, en s'arrêtant devant chaque passage pour y jeter un coup d'œil. Au bout d'un moment, elle perçut un bruit de pas derrière elle. C'était Philippe, qui la rattrapa au pas de course. Devant eux, les seuils voûtés se succédaient à perte de vue. Les pieds de Lyssa clapotaient dans ses chaussures mouillées et son pantalon pourtant si léger pesait maintenant des tonnes contre ses jambes. Elle l'imagina sec de toutes ses forces, mais sans résultat.

— Continuez à courir ! lui lança Philippe d'un ton pressant.

Sans la consulter, il avait pris en charge les salles qui se trouvaient sur leur gauche. Lui aussi était toujours trempé.

Au seuil de l'une des salles, son cœur bondit dans sa poitrine quand elle aperçut un homme aux cheveux noirs piégé dans un grand cylindre de verre. Mais son espoir s'évanouit quand elle réalisa que l'individu était trop petit pour être Aidan. Toutes les salles suivantes contenaient ce même genre de tubes translucides dont les occupants semblaient endormis. Ou morts.

— C'est quoi, cet endroit ?

— L'enfer, répliqua Philippe, les doigts crispés sur la garde de son épée.

Ils continuèrent leur progression.

Et finalement, elle le trouva. Les vêtements noirs

du guerrier contrastaient avec les tenues blanches des prisonniers des salles précédentes.

— Oh ! mon Dieu... souffla-t-elle, le cœur au bord des lèvres.

Le menton collé à sa poitrine, Aidan semblait inconscient, son corps suspendu par un dispositif invisible. Lyssa se rua vers lui et tapa du poing sur la cage de verre, cherchant une porte ou un quelconque autre moyen d'ouvrir le tube...

— Aidan ! Aidan, réponds-moi !

L'idée qu'il était peut-être mort la rendit si malade que la pièce se mit à tourner autour d'elle.

— Attention ! cria Philippe en la tirant de côté.

Du coin de l'œil, elle perçut un mouvement, puis une lame siffla à son oreille. Elle avait failli perdre un bras.

En voyant l'Ancien qui l'avait attaquée se jeter sur elle à nouveau, elle plongea vers la gauche.

— Tue-la, lieutenant ! tonna le nouveau venu.

Philippe para son coup avec une force telle que le vieil homme tituba vers l'arrière, son capuchon retombant sur ses épaules.

— Qu'es-tu en train de faire ? tonna l'homme au visage blafard.

Philippe poussa Lyssa derrière lui, puis bondit vers l'Ancien à son tour.

— Dites-moi comment faire sortir le capitaine de là.

— Il est séquestré pour le bien de tous !

Lyssa écarquilla les yeux, horrifiée par l'homme en robe grise. Avec sa peau parcheminée fine comme du papier, ses cheveux d'un blanc aveuglant et ses yeux trop pâles qui la fixaient avec fureur, on aurait dit un cadavre. Elle comprit aussitôt qu'il ferait tout pour la supprimer.

— Je répète, l'Ancien, articula clairement Philippe en manquant de peu l'abdomen de son adversaire. Que doit-on faire pour sortir le capitaine Cross de là ?

— Jamais je ne vous le dirai ! répliqua rageusement l'Ancien.

Sidérée, Lyssa regarda ces deux hommes, en apparence si différents – le premier jeune et viril, l'autre comme sorti du tombeau –, échanger des coups d'épée avec une redoutable dextérité. Elle recula pas à pas sans les quitter des yeux et ne s'arrêta que lorsqu'elle heurta quelque chose. Elle jeta un coup d'œil hésitant à l'objet contre lequel elle s'était cognée. C'était une console d'ordinateur, semblable à celle qu'elle avait vue dans la caverne, mais beaucoup plus petite. L'écran tactile était couvert de lettres étranges, mais Lyssa y repéra immédiatement une petite fente en forme de serrure.

À moi de jouer.

Malgré les terribles frissons qui la secouaient, elle s'efforça de comprendre à quelle clé correspondait la serrure. Et tout d'un coup, elle la sentit.

À sa grande surprise, une clé suspendue à une chaîne venait d'apparaître dans son poing.

— Ça alors, souffla-t-elle, ébahie par les pouvoirs dont elle disposait dans le monde d'Aidan.

Apparemment, elle n'avait pas besoin de chercher les objets qu'elle désirait. Une rapide vérification lui confirma que c'était la bonne clé. Elle n'avait plus qu'à aider Philippe à se débarrasser de l'Ancien.

— Pigé, murmura-t-elle, un large sourire s'épanouissant sur son visage tandis qu'elle visualisait un pichet.

Aussitôt, une cruche en verre se matérialisa dans sa main. Lourde, bien épaisse, avec un petit bec. Elle attendit le moment idéal et dès que l'Ancien fut à sa portée, elle lui fracassa le récipient sur la tête.

Le verre se brisa en mille morceaux et le vieillard émit une sorte de gargouillis avant de s'effondrer aux pieds de Lyssa. Son épée heurta bruyamment le sol, et la jeune femme jeta l'anse, devenue inutile, pour s'essuyer les mains sur son pantalon mouillé.

— Ouah ! s'extasia Philippe, son bras armé se figeant en plein mouvement.

— Tenez ! Faites sortir Aidan de ce truc !

Elle lança la clé à Philippe, qui la rattrapa au vol et fonça vers la console. Il activa le pavé tactile, et quelques instants plus tard, un sifflement d'air leur signala l'ouverture de la cage. Lyssa se précipita juste à temps pour soutenir un Aidan titubant.

— Mon amour, murmura-t-elle, les jambes bien plantées au sol pour supporter le poids de son compagnon.

L'étreignant de toutes ses forces, le guerrier se redressa, sa joue posée sur celle de la jeune femme.

— Tu es mouillée, ronronna-t-il. Mais pas pour la bonne raison.

— Espèce d'obsédé, répliqua-t-elle, tellement soulagée qu'elle en avait du mal à respirer.

Voir cet homme hors du commun dans une position aussi vulnérable la déstabilisait. D'habitude, même quand il dormait, il y avait chez lui une sorte de tension qui rappelait à tout le monde à quel point il était dangereux. Mais dans ce tube, elle n'avait rien vu de tel.

— Ça va ? chuchota-t-elle.

Il l'attira contre lui. Il resta ainsi un long moment, puis releva la tête et étudia ce qui l'entourait.

— Non, ça va pas. Je suis furieux et je flippe. Qu'est-ce que tu fais ici bordel ?!

— Je te sauve la vie.

— Rien à foutre, tu…

— « Foutre » ? le coupa-t-elle avec un petit sourire, ça t'arrive de penser à autre chose qu'au sexe ?

Le gloussement réticent d'Aidan vibra contre sa poitrine.

— Tu vas me rendre fou, ma belle…

Elle lui caressa le dos, puis plongea ses doigts dans les cheveux épais et soyeux de sa nuque. Nichée contre lui, elle finit par se dresser sur la pointe des pieds pour semer de tendres baisers le long de sa mâchoire et jusque dans son cou. Lorsqu'elle lécha l'artère qui y palpitait, il frissonna.

— Lyssa… gémit-il en la serrant si fort contre lui qu'elle en eut le souffle coupé.

— J'ai eu si peur, Aidan…

— Et moi, je suis terrifié. C'est le dernier endroit où je voulais te voir.

Quand elle se frotta à lui, il l'enlaça de plus belle, palpant possessivement le dos et les hanches rebondies de la jeune femme.

— Capitaine.

Aidan leva les yeux et salua Philippe d'un signe de tête. Le lieutenant lui répondit par une petite courbette.

— Merci.

— Nos motivations ne sont pas complètement

altruistes, commenta le lieutenant avec ironie. Après tout, on aura besoin d'un chef en exil.

— Qui est avec toi ?

Philippe dressa une liste de noms.

— C'est seulement une mission de sauvetage ? continua Aidan en écartant sa compagne.

Toute son attention s'était reportée sur Philippe et la situation présente.

— Pour l'instant, répondit le lieutenant. J'ai passé un moment au Temple, aujourd'hui.

— Dans la salle de contrôle ?

Philippe acquiesça.

— Je pense que la plupart des réponses que nous cherchons s'y trouvent. Les Anciens nous ont caché tellement de choses. Vous saviez qu'il était possible de se déplacer dans le monde de votre Rêveuse en occupant le corps d'un autre Rêveur ?

— Oui, je le savais.

— Et que nous pouvons changer de dimension à notre guise, vous le saviez aussi ?

— Oui.

— Donc, tu pourras revenir ! s'écria Lyssa.

Un immense espoir la submergea si brutalement qu'elle fut prise de vertige.

— Tant que je ne serai pas sûr que c'est sans danger, je ne resterai pas avec toi.

Le guerrier serra les dents et détourna le regard.

Elle se mordilla l'intérieur de la joue pour se retenir de hurler. Elle attendrait un autre moment pour laisser éclater sa frustration. Aidan et elle n'avaient rien fait pour mériter ce sort. Ils s'étaient attendus toute leur vie, mais ils allaient devoir se séparer pour des raisons qui n'avaient rien à voir avec eux.

Pendant de longues secondes, le guerrier resta immobile, dans une posture chargée de tension sous-jacente. Comme s'il se préparait à une tâche particulièrement pénible. Lyssa en eut la chair de poule.

— Mais qu'est-ce que tu branles, Cross ? mugit Connor en entrant au pas de course dans la pièce.

Son regard passa du tube de verre à Aidan.

— Tu n'es plus flou ! Et tu es sorti de ton faisceau. Je croyais qu'elle seule en était capable.

— C'est le cas. Je ne rêve plus. Je suis ici en chair et en os.

— Comment c'est possible ?

— Les Anciens m'ont ramené, répondit Aidan d'un ton sinistre. En entier.

— Conneries ! rugit Connor. S'ils savaient refermer leurs fissures, ça fait longtemps qu'on se serait installé dans le royaume des mortels en laissant les Cauchemars derrière nous !

— On ignore des tas de choses. Ces tubes, par exemple. Ils contiennent des Anciens en formation.

— Quoi ?! Pas impossible ! s'exclama Philippe en se détournant de la console.

Lyssa fronça les sourcils. Les hommes qu'elle avait aperçus dans les tubes de verre ne ressemblaient pas aux Anciens en robe grise.

— Lyssa doit quitter cet endroit, déclara brutalement Aidan. Ramenez-la d'où elle vient.

— Non ! s'écria-t-elle en s'agrippant au bras du guerrier.

Sous ses doigts, les muscles devinrent durs comme l'acier.

Aidan posa son regard bleu saphir sur elle.

— De ce que je sais, tu mets ta vie en danger

dès que tu quittes ton faisceau. Tu ne devrais pas la risquer pour moi.

— Mais toi, tu peux risquer la tienne pour moi ?!

Aidan resta muet, son beau visage figé par le stress. Ses yeux magnifiques – qui l'avaient regardée avec tant d'amour quelques instants plus tôt – étaient à présent froids et indifférents. Des yeux blasés, anciens…

— Tu dois rester en vie, Lyssa. C'est plus important que ta présence à mes côtés.

Connor tendit son épée à Aidan, puis attrapa Lyssa par la taille et la souleva. Complètement perdue, elle hurla quand elle comprit qu'il l'emmenait vers la porte.

— Ne rends pas les choses plus difficiles qu'elles ne le sont déjà, ajouta Aidan sans la regarder.

Il avait la mâchoire contractée, les narines dilatées. Il ajouta :

— Wager, au rapport.

— Ça n'a rien de personnel, murmura Connor à l'oreille de Lyssa tandis qu'ils quittaient la pièce. Cross doit faire taire ses émotions pour pouvoir réfléchir à la suite des événements.

Le grand guerrier blond avait une foulée si longue qu'il combla en un rien de temps la distance qui le séparait de la caverne. Tous les Anciens avaient été regroupés dans un coin ; certains étaient blessés, d'autres croassaient d'horribles menaces. Les hommes d'Aidan semblaient un peu effrayés, mais gardaient leurs épées résolument pointées vers le groupe.

Derrière la console, un homme s'activait sur le clavier. Il leva les yeux quand Connor les rejoignit.

— Capitaine, vous pouvez venir jeter un coup d'œil ?

Connor acquiesça et déposa Lyssa.

— Ne bouge pas, lui ordonna-t-il avant de s'approcher de l'écran tactile.

À part les ignobles Anciens qui lui jetaient des regards à glacer le sang, plus personne ne faisait attention à Lyssa. Malgré la chaleur et l'humidité qui régnaient dans la grotte, la jeune femme était frigorifiée, comme gelée de l'intérieur.

Les deux guerriers s'absorbèrent dans leur étude de la console et le temps s'écoula. Lyssa profita de ce répit pour se retirer en elle-même. Elle allait devoir tenir le coup jusqu'à ce qu'on la laisse seule. Elle devait combattre l'envie presque irrésistible de courir retrouver Aidan qui la tiraillait. Le savoir si proche et ne pas pouvoir être avec lui était un vrai supplice. Elle l'aimait de toute son âme, d'un amour si puissant que rien ne pourrait jamais l'en guérir, mais elle comprenait ce qui avait poussé le guerrier à l'écarter. En revanche, elle ne pouvait supporter l'idée qu'il lui arrive quoi que ce soit, raison pour laquelle il lui était si dur de laisser Aidan se débrouiller seul. Si seulement elle pouvait faire quelque chose…

Perdue dans ses pensées, elle ne remarqua pas tout de suite le calme surprenant qui s'était abattu dans la caverne. Elle ne s'en rendit compte que lorsqu'elle sentit comme une chaleur dans son dos. Puis l'odeur torride et capiteuse d'Aidan Cross flotta jusqu'à ses narines, et tout son corps se tendit.

— Tu es encore là, murmura-t-il.

Il s'était arrêté juste derrière elle, si près qu'elle sentait sur sa nuque sa respiration lente et profonde. Il se battait intérieurement, elle le sentait. Il se battait pour conserver ses distances. Les poings serrés, elle ferma les yeux.

Ils devaient se séparer sans effusion de tendresse, ça, elle l'avait compris. Le capitaine Cross ne pouvait se permettre de laisser libre cours à ses sentiments. Ses gestes tendres, quand il était sorti du tube, lui avaient sans doute déjà causé du tort. Quand une digue rompait, le flot qui s'épanchait ne s'arrêtait qu'une fois que toute l'eau s'était écoulée.

Et puis, elle aussi devait garder ses distances. Elle se connaissait et savait très bien que lorsqu'elle commencerait à pleurer, le désespoir engloutirait son cœur des jours et des jours.

Mais elle ne pouvait pas le quitter sans lui dire au moins une fois…

— Je t'aime.

Ces deux mots ébranlèrent Aidan comme un tremblement de terre dont les ondes de choc frappèrent le dos de Lyssa. Il lui saisit les poignets sans pour autant réduire la distance entre eux. De ses pouces, il caressa le pouls de la jeune femme.

— Jolie tenue, chuchota-t-il.

Lyssa sentit une larme perler au coin de ses cils puis s'en échapper, bientôt imitée par une autre. Mais elle se contrôla pour qu'Aidan ne voie pas à quel point sa dernière réplique, uniquement amicale, l'affectait. Ses derniers mots étaient ceux d'un ami, pas d'un amant. Comme elle ne voulait pas que les Anciens assistent à son supplice, elle ouvrit les yeux.

— Rappelle-toi ce que tu m'as promis, lui dit-il doucement. N'enlève jamais le pendentif.

Elle hocha la tête, incapable de parler.

Connor s'approcha d'eux, inhabituellement calme,

et la jeune femme se demanda ce qu'il voyait en les regardant, ce qui le fit détourner la tête avec une grimace.

Aidan la lâcha et se dirigea vers la console.

Lyssa lui tourna résolument le dos.

— Allons-y.

Chaque pas qui l'éloignait d'Aidan la démolissait un peu plus. Elle arriva au bord de l'eau dans un état pitoyable. Connor y entra avant elle en s'avançant sur une corniche peu profonde, puis lui tendit les bras. Elle glissa ses doigts entre les siens… et étouffa un cri en sentant quelqu'un l'attraper par-derrière et l'enlacer vigoureusement. Elle reconnut immédiatement cette étreinte. Un bras d'acier plaqué sur sa taille, un autre glissé entre ses seins, Aidan l'immobilisa.

— Je t'aime, lui dit-il d'une voix rauque, les lèvres collées à son oreille, son corps l'enveloppant comme une couverture.

Son désespoir était évident.

— Dis-moi que tu le sais, chuchota-t-il.

S'agrippant à ses avant-bras, elle répondit :

— Oui, je le sais.

Elle faillit lui demander de rêver d'elle, mais s'en abstint et sentit son cœur se briser.

Se réveillant en sursaut, Lyssa se redressa brutalement dans son lit. Elle était en sueur, haletait et son cœur battait à tout rompre contre ses côtes.

Dans ses draps bleus, elle était seule, mais l'un des oreillers avait conservé la forme de l'homme qui avait dormi là.

— Aidan…

Des larmes jaillirent des yeux de la jeune femme et coulèrent en silence.

Enfouissant son visage dans le coussin, Lyssa respira l'odeur entêtante de l'homme qu'elle aimait et éclata en sanglots.

Chapitre 17

Les pieds fermement ancrés dans le sol, les mains nouées dans le dos, Aidan observait l'Ancien en formation dans le tube qui se dressait devant lui. Mais c'était le visage de Lyssa qu'il voyait – deux grands yeux sombres remplis de chagrin et d'incompréhension. Il prit une profonde inspiration et essaya de se concentrer, refusant de laisser sa santé mentale s'envoler. Même si des jours sans fin l'attendaient ; une éternité sans Lyssa.

— Putain, Cross !

Il tourna la tête et croisa le regard renfrogné de Connor.

— Mec, ça fait cinq minutes que je crie ton nom, grommela le géant blond.

Aidan le regarda d'un air indifférent.

— Qu'est-ce que tu veux ?

Le géant passa la main dans ses cheveux et soupira.

— Je veux que tu sois heureux. Ou au moins que tu ne sois pas malheureux.

— Tu as fait ce que je t'ai demandé ?

Connor s'avança dans la pièce en hochant la tête.

— À part Lyssa, plus personne sur Terre ne sait que tu existes.

— Lyssa résiste encore ? demanda-t-il tranquillement.

— Désolé, répondit Connor sans conviction. Elle est trop forte.

La gorge serrée, Aidan détourna le regard. Ça le tuait de laisser Lyssa endurer les mêmes tourments que lui. Il parvenait à peine à respirer, alors qu'est-ce que ça devait être pour la jeune femme, bien plus sensible ? C'était cette empathie qui l'avait d'abord attiré chez elle.

— Essayez encore.

— Wager fait de son mieux.

Connor resta silencieux pendant un long moment, puis :

— Si tu pouvais, tu l'oublierais ?

— Non, répondit Aidan avec un sourire désabusé. Il vaut mieux aimer et avoir le cœur brisé que de ne jamais savoir ce que c'est.

— Ça me dépasse, commenta Connor d'un ton bourru. J'aime bien mon côté de la barrière, et franchement j'ai l'impression que l'herbe y est plus verte que du tien.

Son avis exprimé, le géant s'en alla, foulant le sol de pierre dans un silence presque total malgré sa carrure imposante.

Les questions informulées qu'il avait soulevées demeurèrent présentes longtemps après son départ. Aidan était reconnaissant envers son ami de les avoir gardées pour lui. Il lui faudrait un moment avant de pouvoir parler de Lyssa ou de ce qu'il avait vécu avec elle. Pour l'heure, c'était encore trop douloureux.

Il ferma résolument les yeux et tenta de se concentrer sur son travail pour oublier la douleur lancinante qui lui broyait la poitrine. Il n'avait aucune idée du temps qu'il avait passé perdu dans ses pensées. Il s'en moquait.

— Cross.

Instinctivement, Aidan empoigna le glaive appuyé contre la cage de verre en pivotant à la vitesse de l'éclair. Sheron bondit en arrière, évitant son attaque de justesse. Son ancien élève avait failli le couper en deux.

L'Ancien leva précipitamment les mains.

— Je viens sans arme, capitaine.

Aidan plissa les yeux.

— Comment êtes-vous arrivé jusqu'ici ? Vous n'étiez pas avec les autres.

— Tu me déçois. Je croyais t'avoir appris plus de choses.

— Vous m'en avez appris assez pour vous tuer. Pour l'instant, c'est tout ce que j'ai besoin de savoir.

— Vraiment ? répliqua Sheron en regardant autour de lui. Donc je suppose que savoir comment retourner dans le monde de ta Rêveuse et être bien plus utile qu'ici ne t'intéresse pas.

Aidan crut apercevoir un sourire dans les ombres du capuchon. Il se rua sur son ancien maître, le plaqua contre la paroi rocheuse, lui écrasa la trachée.

— Si vous voulez retrouver votre souffle, je vous suggère de parler.

Sheron parvint à hocher la tête, Aidan relâcha donc un peu son étreinte.

— Il existe sur Terre différentes légendes sur les rêves, commença l'Ancien essoufflé.

— Venez-en au fait.

— Certaines cultures humaines ont réussi à contrôler les rêves à l'aide de divers objets : capteurs de rêves, poupées, symboles…

— Continuez.

Sheron avait réussi à piquer sa curiosité.

— À ton avis, d'où leur est venue l'idée d'employer ce genre d'objets ? Il y a un fond de vérité derrière toutes les légendes…

— Je sais. Et ?

— Dans certains lieux, sur la planète des Rêveurs, sont conservés les artefacts originels ayant donné naissance à ces légendes. Jusqu'à la découverte de la Clé, ils devaient rester cachés, car si jamais l'élite ne parvenait pas à la tuer ou y renonçait, les Anciens pouvaient toujours compter sur cette dernière ressource.

Le sang d'Aidan se figea dans ses veines.

— Qu'est-ce qu'ils vont faire ?

— Tout ce que tu as besoin de savoir se trouve dans le livre que tu as emporté avec toi.

Sheron baissa le ton et devint plus pressant :

— Ils vont envoyer quelqu'un chercher ces objets. Quelqu'un qui va profiter de ta présence ici pour agir contre ta Rêveuse.

— Pourquoi est-ce que je vous croirais ?

— Qu'est-ce que ça m'apporterait de te mentir ?

Aidan le regarda d'un air dubitatif.

— Vous ne m'auriez plus dans vos pattes pendant un bon moment.

— Ah… En effet, sourit Sheron.

Aidan s'éloigna du mur en levant la pointe de son glaive. Son cœur battait à un rythme régulier, sa poitrine se soulevait et retombait sans heurt, mais il était pris dans un tourbillon d'émotions.

— Ce livre parle de la Clé, de la Serrure, et d'un Gardien détruisant le monde tel que nous le connaissons.

— Vraiment ? répliqua calmement Sheron.

Aidan se figea, le temps de se remémorer ce qu'il avait pu traduire du texte. Soudain, il doutait de ses déductions.

— Il y a des caméras partout, Cross. Jusqu'à ce que tes hommes prennent d'assaut la caverne, je ne pouvais pas parler librement. Quant à ton retour parmi nous, l'Élite n'aurait pas envahi cet endroit si tu ne t'y étais pas trouvé. Tu as besoin des appareils qui se trouvent ici si tu veux avoir une chance de réussir. Tout s'est passé exactement comme il fallait, crois-moi.

— Et le pendentif ?

— Lis le livre. Tu y trouveras toutes les réponses. Les Anciens ne savent pas qu'il est entre tes mains. Et tes hommes te fourniront le temps dont tu auras besoin.

— Vous les trahissez. Pourquoi ?

— Nous voulons tous la même chose : la fin des Cauchemars. Mais je crois qu'il existe d'autres façons d'arriver à ce résultat. Je ne peux rien faire sans perdre ma position, mais tu peux agir à ma place. Peut-être que tu ne comprends pas toujours ce qui me pousse à agir, ce qui m'a fait t'offrir le pendentif par exemple, mais sache qu'il y a toujours une bonne raison à mes actions, alors fais-moi confiance.

Puis, dans un tourbillon de robes grises, Sheron se dirigea vers la porte.

Aidan se jeta sur lui, mais aussi vite qu'il était venu, l'Ancien disparut. Il s'était volatilisé.

*
* *

Chamallow lui laboura la cuisse en ronronnant comme une chaudière. Elle se pelotonna dans les coussins du canapé, puis rabattit le plaid sur sa tête.

Ce maudit chat l'avait réveillée.

— Va-t'en, râla-t-elle.

Au moins, quand elle dormait, elle ne pensait pas à Aidan. Pour la première fois de sa vie, elle était contente de son sommeil sans rêves.

Un mois s'était écoulé depuis leur séparation, mais la douleur de son absence la rongeait. Son chagrin et sa souffrance n'avaient rien perdu de leur intensité.

Et ce qui rendait les choses pires que tout, c'était le fait que personne ne se souvenait de lui. Personne à qui se confier…

Si elle n'avait pas eu sous la main les preuves concrètes du passage d'Aidan dans sa vie – les livres, le pendentif, son épée –, elle en aurait conclu qu'elle était bonne pour l'asile. Mais bon, ça n'allait pas tarder. Parfois, pendant ces heures lugubres où elle pleurait toutes les larmes de son corps, elle regrettait qu'il n'ait pas effacé tous ses souvenirs à elle aussi. Juste un instant. Un merveilleux petit instant de paix.

Chamallow rampa sur sa cuisse et fourra sa tête contre son ventre. Résignée, Lyssa le gratta derrière les oreilles.

Il bâilla, elle pleura. Écrasée sous le poids de son chagrin, la poitrine secouée par des sanglots douloureux, elle se recroquevilla sur elle-même. Les petits bouts de son cœur brisé lui faisaient atrocement mal.

Quelques souvenirs se frayèrent un chemin jusqu'à sa conscience : des yeux bleus remplis d'une fièvre prédatrice, un corps dur et puissant, un visage d'une beauté sauvage. Les attouchements fantômes des mains calleuses d'Aidan lui chatouillèrent la peau.

Je t'aime. Tu le sais, n'est-ce pas ?

Oui, elle le savait, elle en était persuadée jusqu'au tréfonds de son âme. C'était à la fois un baume apaisant et une couronne de barbelés. Avoir trouvé un amour si fort, pour le perdre aussitôt… Savoir qu'il était toujours là-bas, quelque part, qu'il l'aimait, qu'ils ne pourraient jamais se retrouver…

Quelqu'un sonna à la porte.

Elle fit la sourde oreille. Cathy était passée un peu plus tôt, tout ça pour la réprimander et lui ordonner d'aller voir son docteur. Elle avait vécu un véritable supplice. Au lieu de lui avouer qu'elle avait le cœur brisé et qu'elle en mourait, elle avait dû prétendre que son état était dû à la fatigue. Finalement, elle lui avait crié de s'en aller, et sa mère, offusquée, était ressortie comme un ouragan, laissant Lyssa s'écrouler de soulagement. Aller au travail pendant la semaine, c'était déjà assez dur. Inutile de supporter en plus les visites indiscrètes.

La porte s'ouvrit. Elle poussa un gémissement et s'enfonça plus profondément sous sa couverture. Elle ne voulait pas voir Stacey. Ni sa mère, ni Stacey.

— Lyssa ?

L'accent d'Aidan la caressa comme du velours. Sous la couverture, elle se crispa. Elle avait peur de regarder, peur de ne pas regarder, peur de se réveiller, peur d'être morte et de se retrouver au paradis, où son vœu le plus cher serait enfin exaucé.

— Eh, ma belle...

L'amour et l'inquiétude dans cette voix qu'elle aimait embuèrent ses yeux et lui serrèrent la gorge. De grandes mains la saisirent tendrement, mirent de l'ordre dans ses cheveux, puis la soulevèrent sans effort. Elle se recroquevilla contre ce corps ferme qu'elle connaissait si bien, et se leva tout contre lui alors qu'il se laissait tomber sur le divan. Une jambe de chaque côté du guerrier, ses bras blancs autour de son cou, elle fourra son nez au creux de la gorge hâlée et inonda de larmes la peau tannée.

— Lyssa...

Aidan lui caressait le dos en l'embrassant doucement dans les cheveux.

— Ne pleure pas, ça me tue.

— Stacey se rappelle pas... Personne se rappelle...

— Regarde-moi, murmura-t-il.

Un peu tremblante, la jeune femme leva les yeux et croisa le sombre regard saphir du guerrier. Un regard profond, si profond, derrière lequel se cachaient des siècles de souvenirs. Elle prit ce visage incroyablement beau entre ses mains et déposa un baiser frémissant sur ses lèvres.

— Je pensais qu'on ne se reverrait jamais.

— Je suis là et je t'aime, lui dit-il d'une voix rauque. Bon Dieu, je t'aime tellement.

Il prit les lèvres de la jeune femme d'un baiser à couper le souffle. Les mains plongées dans les cheveux blonds de Lyssa, il lui inclina la tête pour y mettre encore plus de passion. Il remua sous elle, et elle le sentit se raidir. Des pieds à la tête.

En proie au chagrin et à un besoin impérieux de s'assurer qu'il était bien réel, elle glissa ses mains sous le T-shirt du guerrier. Sa peau était chaude et douce comme du satin. Il gémit quand elle le toucha mais le son se perdit dans la bouche de la jeune femme. De fiévreux, leur baiser devint animal et elle comprit à quel point il avait envie d'elle.

Sa main descendit lentement vers la ceinture d'Aidan.

— Attends… souffla-t-il, d'un ton qui disait tout le contraire.

Elle repoussa ses doigts et déboutonna sa braguette.

— Lyssa… gémit-il en serrant les dents.

À la fois capitulation et supplique, ce mot tendre fit se dresser les tétons de la jeune femme.

— Ne m'allume pas, ma belle. Tu m'as manqué au point de me rendre fou. Laisse-moi me calmer un peu.

— Tout à l'heure.

Le membre d'Aidan jaillit dans la main de la jeune femme, dur, gonflé, frémissant. Quand les doigts minces de Lyssa se refermèrent dessus, le souffle du guerrier s'accéléra. Comme la première fois qu'il était apparu chez elle, ses vêtements étaient trop grands pour lui. Ce détail, auquel elle s'accrochait avec reconnaissance, lui prouvait qu'elle ne rêvait pas.

Elle lui lécha le gland.

— Ah… Recommence.

Sa tête partit en arrière quand elle entreprit de suivre du bout de la langue une des veines qui palpitaient sur sa verge. L'empoignant par les cheveux, il l'éloigna de son membre. Surprise, elle leva les yeux. Le regard presque noir, les pupilles dilatées et les joues roses,

Aidan brûlait de désir. Ses lèvres magnifiquement dessinées à peine entrouvertes, il haleta :

— Ouvre la bouche.

Surprise par la dureté de son ton, elle tressaillit. Elle fut presque choquée quand d'une main il poussa la tête de la jeune femme vers son sexe qu'il empoignait de l'autre.

— Aidan ?

Il introduisit son membre dans la bouche de Lyssa. Quand ses lèvres pulpeuses se refermèrent dessus, il se laissa retomber contre le dossier.

— Je crevais d'envie que tu me touches comme ça.

Elle remarqua soudain que son séducteur immortel tremblait de la tête aux pieds. Du bout de la langue, elle titilla le point le plus sensible de son gland, lui arrachant un râle. C'était sûrement la première fois qu'il se laissait autant aller pendant l'amour.

— Lyssa…

La bouche pleine, elle lui sourit. Il releva la tête et la dévisagea.

— Tu vas me tuer.

Elle le suça un peu, juste pour le plaisir de le voir se tordre sur le divan, puis le relâcha.

— C'est donc l'astuce pour abattre l'invincible capitaine Cross, le taquina-t-elle.

— Tu t'y prends sacrément bien, crois-moi.

Il l'attira contre lui.

— Sans toi, j'ai cru mourir, souffla-t-elle d'une toute petite voix. Tous les jours, pendant un mois.

— C'est fini, maintenant.

Il écarta la table basse d'un coup de pied, puis roula avec elle et la plaqua au sol sous son grand corps musculeux.

— Tu te souviens bien de nos derniers moments ensemble ?

— Trop bien.

— Ils ne nous sépareront pas, Lyssa, lui dit-il entre ses dents serrées. On ne les laissera pas.

Il lui ôta sa robe sans ménagement et arracha son string en dentelle.

Sous la détermination de sa voix, elle sentit son cœur bondir dans sa poitrine.

— Et le problème mortel/immortel, on en fait quoi ?

D'une main calleuse, il lui caressa le mollet, remonta jusqu'à son genou puis l'empoigna pour lui écarter les cuisses. Sans la quitter des yeux, le regard intense, il commença à stimuler son clitoris.

— On vivra au jour le jour jusqu'à ce qu'on trouve la solution.

Lorsque deux doigts s'enfoncèrent en elle, elle se cambra dans ses bras.

— Wager et Connor font des recherches dans le Crépuscule, souffla-t-il. Moi, j'en ferai ici.

La respiration de Lyssa s'emballa. Aidan explorait les parois hypersensibles de sa chatte.

— Tu chercheras quoi ? parvint-elle à demander alors que le pouce du guerrier lui massait le clitoris et que le mouvement de va-et-vient du reste de la main lui faisait tant de bien.

Aidan s'installa plus confortablement, la tête dans une main. Il voulait observer sa compagne pendant qu'elle grimpait vers l'extase.

— On dirait qu'une chasse au trésor m'attend, répondit-il.

Comme elle se tortillait sous ses attentions, il retira

ses doigts, coinça les hanches de la jeune femme entre ses jambes, puis, à califourchon sur elle, il reprit son délicieux supplice.

— Qu… quoi ?

— On en parlera plus tard, chuchota-t-il, le regard brillant de malice. La semaine prochaine, ça te va ?

Il toucha en elle un point sensible qui la fit sursauter de plaisir.

— Tes hommes n'ont pas besoin de toi ?

Sa peau était brûlante et sa chatte tétait avidement les doigts qui la malmenaient. Une semaine au lit avec lui… Elle frissonna.

— J'ai besoin de toi. Quand tu es partie avec Connor…

Le va-et-vient des doigts s'arrêta. Aidan ferma les yeux, puis expira brutalement. Quand elle lui caressa la joue, il frotta son nez dans sa paume.

— Il y a encore trop de choses que nous ignorons. Nous ne savons même pas ce dont tu es capable ou ce que tu es censée accomplir. Et puis il y a ce foutu pendentif… Mais on y arrivera. Du moment qu'on est ensemble.

— Je t'aime…

Des larmes roulèrent sur les tempes de Lyssa.

— Je sais, répliqua-t-il avec un sourire résolument viril.

Son membre brûlait comme un tison contre le ventre de Lyssa, qui s'en empara à tâtons. Elle voulait le tenir, l'aimer, lui donner le même plaisir que celui qu'il lui offrait. Elle s'humecta les lèvres.

— Tu ne voulais pas que je te suce ?

Il se pencha au-dessus d'elle et l'embrassa au coin de la bouche.

— Eh bien quand tu m'as dit que tu avais l'impression de mourir, bizarrement, ça m'a dégrisé.

Il s'était brusquement tendu, et elle dut lever la tête pour garder ses lèvres collées aux siennes.

— Qu'est-ce que tu cherches ? Tu devras voyager ?

— Oui, malheureusement.

— Comment on va faire ?

— Tu te rappelles l'épée dont Chad s'est servi contre moi ? Il l'a volée chez un riche collectionneur privé qui s'offre des objets hors de prix au marché noir. Or, il se trouve que ce type cherche discrètement un spécialiste qui puisse tâter le terrain à sa place. Je parle toutes les langues de la Terre et je connais son histoire plutôt bien puisque je fréquente ses habitantes depuis des siècles ! À mon avis, je vais décrocher ce job sans problème. Grâce à moi, il enrichit sa collection. Grâce à lui, je pourrai voyager tous frais payés.

Les doigts d'Aidan remuèrent en elle. Elle planta ses ongles dans son avant-bras.

— Je n'enregistre rien, là, tu sais...

— Je t'en reparlerai, j'ai tout le temps devant moi.

Elle gémit de frustration, embringuée dans un combat contre un homme beaucoup plus fort qu'elle. Un orgasme la narguait, tout proche et pourtant si loin... Les hanches clouées au sol sous le poids d'Aidan, elle ne pouvait pas le provoquer d'un coup de reins.

— Tu veux jouir ? lui demanda-t-il avec un sourire machiavélique.

— Oui !

Il augmenta la pression de son pouce sur le clitoris et accéléra ses caresses.

Le cou tendu, la tête rejetée en arrière, Lyssa se

crispa soudain, toute tremblante, sur les doigts qui s'agitaient en elle puis s'abandonna à l'onde intense de plaisir qui l'inonda.

— Bon Dieu ce que tu es belle... marmonna-t-il avec dévotion.

Il l'embrassa encore, apprivoisa sa langue, la suça. Elle ne pouvait plus se passer de ses baisers. Elle glissa ses mains sous le T-shirt de son amant et caressa les muscles noués de son dos puissant. Il lui murmurait des mots crus, torrides, sensuels, et la recouvrait entièrement de son corps exigeant...

Elle cria quand il la pénétra d'une seule poussée brutale qui la fit reculer de quelques centimètres. Lui empoignant les épaules, il poussa un râle animal.

Puis il lui effleura les pommettes et leurs lèvres se frôlèrent.

— Vivons ensemble, Lyssa, ronronna-t-il.

— Oui...

Elle se redressa pour lui rendre fougueusement ses baisers.

— Reste avec moi.

— On trouvera un moyen, lui promit-il.

Le nœud d'angoisse qu'elle avait ressenti à l'idée que tout ceci n'était peut-être qu'un rêve se desserra tout à coup. Ses sens enfin libérés, elle put se focaliser sur l'endroit où leurs corps s'emboîtaient.

— Aidan ?

Il lui mordillait l'épaule avec amour

— Oui ?

— Je t'en supplie, bouge...

Elle gémit de le sentir en elle. Il prenait tant de place ! Elle avait besoin de mouvement, de friction ;

elle voulait sentir le corps de son amant se tendre au-dessus d'elle.

— On n'en peut plus ?

— T'as pas idée !

Il sourit contre sa peau.

— Sans toi, j'ai failli perdre la boule. Maintenant que je suis avec toi, en toi et que nous ne faisons plus qu'un, j'ai bien l'intention d'en profiter.

— Je préférais quand tu me laissais faire de toi ce que je voulais.

— Je t'ai toujours laissée faire de moi ce que tu voulais.

Il contracta son cul splendide pour s'enfoncer un tout petit peu plus en elle, ses testicules plaqués contre sa peau.

— J'en veux toujours plus de toi. Je suis raide dingue de toi. Donc c'est toi qui commandes.

— Comme si je pouvais te dire non…

Elle referma ses jambes sur les hanches d'Aidan, le sommant de la besogner. Les ongles plantés dans les muscles de sa colonne vertébrale, elle respira à fond et sentit sa chatte se contracter autour du membre d'airain. Tendu à l'extrême, Aidan grogna :

— Je ne vais pas pouvoir me retenir…

— Alors ne te retiens pas !

Ils n'avaient pas pris le temps de se déshabiller, et maintenant, c'était trop tard.

Aidan engloutit voracement la bouche de sa compagne, l'ensorcela, l'enivra de ses caresses profondes qui agissaient sur elle comme une drogue. Puis il bougea les hanches, sans à-coups, simplement pour se frotter contre le clitoris de sa partenaire. Cette fois-ci, la vague de volupté qui la souleva brutalement

349

la laissa pantelante et tendue comme un arc. Le guerrier se délectait de sa victoire quand il sentit la chatte frémir et se resserrer autour de sa queue arrogante.

— Je t'aime, gémit-elle en étreignant de toutes ses forces le corps délicieux de son guerrier.

Puis le plaisir décrut, la laissant vidée de ses forces. Ses bras retombèrent le long de son corps, et ses jambes glissèrent jusqu'à ce que ses talons rencontrent le sol.

— Épouse-moi, murmura-t-il contre sa bouche.

Elle l'embrassa tendrement, un doux sourire aux lèvres.

— Toi, moi, d'autres orgasmes comme celui-là, et non seulement je m'occupe de mon monde, mais encore du tien et de tous ceux qui me tombent sous la main.

Il frotta son nez contre celui de Lyssa.

— Tu es bien installée ?

— Mmmm…

— Tant mieux. Parce qu'on est là pour un moment.

Glossaire

CHOZUYA : Fontaine située à l'entrée du *jinga* (temple shinto). Elle est destinée aux ablutions des visiteurs avant toute visite du temple.

HAIDEN : Seul bâtiment accessible à tous dans les sanctuaires shinto.

HONDEN : Bâtiment le plus sacré du temple, il est en général interdit au public.

JINGA : Ensemble des bâtiments du temple.

SHOJI : Paroi ou porte en papier de riz translucide montée sur une trame de bois qui, dans l'architecture japonaise traditionnelle, permet d'économiser de l'espace par rapport aux portes à battants. Elle coulisse ou se replie à moitié.

TAI-CHI (ou *tai-chi-chuan*) : Art martial chinois qui se pratique à mains nues. Il en existe différents styles, mais le principal fut créé par la famille Chen au XIXe siècle et repris ensuite par la famille Yang.

Cet art martial privilégie la relaxation, l'absence de tension musculaire, se distinguant ainsi des sports de combat plus durs où les efforts musculaires sont plus intenses.

TORII : Portail d'accès traditionnel des temples shintoïstes, le *torii* signale la présence d'un lieu sacré. C'est donc une sorte de sas entre le monde terrestre et le monde divin.

Remerciements

Durant la conception de ce roman, j'ai pu compter sur les critiques affectueuses de la formidable Annette McCleave (www.annettemccleave.com). Merci, Annette.

C'est de la première lectrice de ce texte que Lyssa tient son nom, Alyssa Hurzeler, qui est aussi une grande amie. Je la remercie pour sa franchise...

Je remercie également Rose Shapiro pour son soutien éditorial et ses suggestions. Son aide m'a été précieuse.

Merci aux Allure Authors (www.allureauthors.com) pour tous leurs encouragements. Notre travail est parfois difficile, mais votre amitié et votre aide le rendent plus facile.

Pour terminer, je tiens à remercier mon éditrice, Erika Tsang, qui a signé en ma faveur pour cette série. Merci pour votre confiance et votre enthousiasme. Je vous en suis très reconnaissante.

Cet ouvrage a été composé par
PCA – 44400 REZÉ

Imprimé en France par

BRODARD & TAUPIN

à La Flèche (Sarthe)
en septembre 2014

POCKET – 12, avenue d'Italie – 75627 Paris Cedex 13

N° d'impression : 3006860
Dépôt légal : octobre 2014
S24878/01